Mala fama

Primera edición: junio de 2024
Título original: *Bad Girl Reputation*

© Elle Kennedy, 2022
© de la traducción, Eva García Salcedo, 2024
© de esta edición, Futurbox Project, S. L., 2024
Todos los derechos reservados.
Se declara el derecho moral de Elle Kennedy a ser reconocida como la autora de esta obra.

Diseño de cubierta: Taller de los Libros
Imágenes de cubierta: Freepik - woodhouse - undrey
Corrección: Isabel Mestre, Sofía Tros de Ilarduya

Publicado por Wonderbooks
C/ Roger de Flor n.º 49, escalera B, entresuelo, despacho 10
08013, Barcelona
www.wonderbooks.es

ISBN: 978-84-18509-82-7
THEMA: YFM
Depósito Legal: B 10920-2024
Preimpresión: Taller de los Libros
Impresión y encuadernación: Liberdúplex
Impreso en España – *Printed in Spain*

ELLE KENNEDY

MALA FAMA

Traducción de
Eva García Salcedo

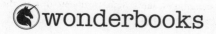

CAPÍTULO 1

GENEVIEVE

Todas las personas que están emparentadas conmigo, aunque sea vagamente, se encuentran en esta casa. Vestidas de negro, se apiñan alrededor de tablas de queso y cazuelas mientras hablan incómodas. En la pared hay fotos de cuando era un bebé. De vez en cuando, alguien da golpecitos a un botellín de cerveza o a una copa de *whisky* con el tenedor para proponer un brindis y contar una anécdota de lo más inapropiada sobre mamá, como, por ejemplo, que una vez montó en *topless* en una moto de agua durante el desfile naval del Día de la Independencia. Mientras mi padre mira por la ventana con gesto de circunstancias, yo, sentada con mis hermanos, finjo que conocemos de sobra esas viejas anécdotas sobre nuestra madre, la juerguista y decidida Laurie Christine West..., a pesar de que, en realidad, no la conocíamos en absoluto.

—Estábamos fumando hierba en la parte trasera de un viejo camión de helados, rumbo a Florida —empieza a contar Cary, un primo de mi madre—, cuando, en algún lugar al sur de Savannah, oímos una especie de crujido que venía de la parte de atrás...

Agarro una botella de agua, pues temo lo que haría con las manos vacías. Me ha costado un huevo mantenerme sobria. Todas las personas con las que me he topado han intentado ponerme una copa en la mano porque no saben qué más decirle a la pobre huérfana de madre.

Me lo he planteado: escabullirme a mi antiguo cuarto con una botella de lo que sea y pimplármela entera hasta que se acabe este día. Pero aún me arrepiento de la última vez que caí en la tentación.

Aunque haría este calvario un poquito más soportable, eso seguro.

La tía abuela Milly da vueltas por la casa como un pez en una pecera. Cada vez que pasa por mi lado, se detiene junto al sofá, me da unas palmaditas en un brazo, me aprieta sin fuerza la muñeca y me dice que me parezco a mi madre.

Estupendo.

—Que alguien la pare —susurra mi hermano pequeño Billy, a mi lado—. Como siga andando con esos tobillitos tan finos, se caerá.

Es maja, pero empieza a darme repelús. Como me llame otra vez por el nombre de mi madre, no respondo.

—Le digo a Louis que baje la radio —prosigue el primo Cary, cada vez más emocionado con su anécdota—, que quiero ver de dónde viene el ruido exactamente. Pensaba que arrastrábamos algo.

Para cuando le diagnosticaron el cáncer de páncreas, mamá llevaba meses enferma. Según papá, lidiaba con un dolor continuo en la espalda y el abdomen que ella había confundido con los achaques propios de la edad. Murió un mes después. Sin embargo, para mí esto empezó hace solo una semana. Primero me llamó mi hermano Jay a media tarde para que fuera corriendo a casa, y después mi padre, para decirme que a mamá no le quedaba mucho.

Todos me lo habían ocultado. Porque mamá no quería que me enterase.

Qué pensamiento más retorcido.

—Pero es que llevábamos kilómetros escuchando el golpeteo ese. Íbamos bastante puestos, ¿vale? Entendedlo. En Myrtle Beach nos cruzamos con un friki, un *hippie* ya viejo que nos pasó maría.

Alguien tose y gruñe por lo bajo.

—No los aburramos con los detalles —interviene el primo Eddie. Los primos se miran y se sonríen con complicidad.

—Total —reanuda la anécdota Cary, tras mandar callar a todos—, que escuchamos algo y no sabemos qué es. Tony va al volante y vuestra madre —dice mientras señala a sus hijos con la copa— se planta ante el congelador con una cachimba por encima de la cabeza, como si fuera a cargarse un mapache o algo así.

Mi mente está a años luz de esa estúpida anécdota, liada y confusa con recuerdos de mi madre. Guardó cama durante semanas, mientras se preparaba para morir. Su último deseo fue que su única hija se enterase de que estaba enferma en el último momento. Ni mis hermanos tenían permitido velar junto a su lecho en sus últimos días de lenta agonía. Como siempre, mamá prefirió sufrir en silencio y mantener a sus hijos al margen. De cara a la galería, parecerá que lo hizo por el bien de sus niños, pero sospecho que lo hizo por el suyo propio. Querría ahorrarse los momentos íntimos y emotivos con los que, sin duda, la habría torturado su muerte inminente; del mismo modo que había evitado esos momentos en vida.

Al final, la aliviaba tener una excusa para no ejercer de madre.

—Ninguno de nosotros quiere abrir el congelador. Alguien le grita a Tony que pare en el arcén, pero está cagado porque ve a un poli unos coches detrás de nosotros, y, buah, nos acordamos de que llevamos contrabando de un estado a otro, así que…

Y la perdono. Hasta su último aliento, fue ella misma. Nunca fingió ser otra persona. Desde niños, nos dejó claro que le importábamos un comino, por lo que no esperábamos mucho. En cambio, mi padre y mis hermanos deberían haberme contado que estaba enferma. ¿Cómo le ocultas algo así a tu hija, a tu hermana? Aunque viviera a cientos de kilómetros. Deberían habérmelo contado, joder. Puede que hubiese querido decirle algo. De haber tenido tiempo para pensarlo detenidamente.

—Al final, coge Laurie y me dice: «Quitas la tapa, abrimos la puerta lateral y, cuando Tony frene lo justo, tiramos lo que salga al arcén».

La gente ríe por lo bajo.

—Contamos hasta tres, cierro los ojos y quito la tapa pensando que me saltará a la cara algo peludo y con garras. ¿Y qué hay? Un tío sobando. A saber cuándo se metió ahí. Mientras estábamos en Myrtle Beach, supongo. Se acurrucó ahí a echarse una siesta.

No me imaginaba así mi vuelta a Avalon Bay, con la casa en la que crecí llena de personas de luto. Con arreglos florales y tarjetas de condolencias en todas las mesas. Hace horas que volvimos del funeral, pero supongo que estas cosas te persiguen durante días. Semanas. Uno nunca sabe cuándo será aceptable que diga: «Vale, ya está, seguid con vuestras vidas para que yo siga con la mía». ¿Cómo se tira un corazón floral de un metro?

Cuando ya se han olvidado de la anécdota de Cary, mi padre me da unos golpecitos en un hombro y señala el vestíbulo con la cabeza para llevarme aparte. Va trajeado por tercera vez en su vida, seguramente, y no me acostumbro. Otra cosa más que está mal. Vuelvo a un hogar irreconocible, como si hubiera despertado en una realidad alternativa en la que todo me resulta familiar, pero no lo es. Un poco excéntrico. Supongo que yo también he cambiado.

—Quiero que hablemos un ratito —dice mientras nos alejamos del lúgubre festejo. No deja de toquetearse la corbata o de tirarse del cuello de la camisa. Se lo afloja, se convence de que está mejor recto y vuelve a enderezárselo, como si se sintiera culpable—. Sé que no es el mejor momento para sacar el tema, pero tengo que preguntártelo.

—¿Qué pasa?

—Me gustaría saber si te has planteado quedarte aquí una temporada.

Mierda.

—No lo sé, papá. No he pensado mucho en ello. —No esperaba que me acorralasen tan pronto. Creía que tendría tiempo, tal vez un par de días, para ver cómo iba la cosa y decidir. Me marché de Avalon Bay hace un año por un motivo, y, de no haber sido por las circunstancias, habría preferido seguir fuera. Tengo una vida en Charleston. Un trabajo, una casa. Una montaña de paquetes de Amazon en la puerta.

—Confiaba en que me echases una mano con el negocio. Tu madre se encargaba del papeleo, y está todo un poco manga por hombro desde que... —Calla. Ninguno de los dos sabemos cómo hablar del tema, cómo hablar de... ella. Nos parece inapropiado da igual la forma en la que lo abordemos. De modo que nos quedamos callados y nos hacemos un gesto con la cabeza como diciendo: «Ya, yo tampoco, pero te entiendo»—. Se me ha ocurrido que, si no estás muy apurada, podrías ocupar su puesto y poner orden.

Pensaba que pasaría una temporada deprimido y necesitaría tiempo para asumir la pérdida, para asimilar lo que ha pasado. Que se iría por ahí a pescar o algo así. Pero esto es... pedir mucho.

—¿Y qué tal Kellan o Shane? Cualquiera de los dos sabrá más que yo de dirigir el negocio. No creo que les haga gracia que me cuele por la cara.

Mis dos hermanos mayores hace años que trabajan para papá. Además de una ferretería pequeña, regenta un negocio de venta de piedras de construcción que atiende a paisajistas y a gente que se lanza a reformar su casa. Desde que yo era niña, mi madre se encargaba del trabajo interno —pedidos, facturas, nóminas— y papá se ocupaba del trabajo duro de fuera.

—Kellan es el mejor encargado que tengo, y, con todas las reconstrucciones que estamos llevando a cabo en la costa sur, debido a los huracanes, no puedo permitirme apartarlo de las obras. Y Shane se ha pasado el último año conduciendo con el permiso caducado porque el tío no abre el correo. Como lo deje a él a cargo de la contabilidad, estaré arruinado en un mes.

No le falta razón. A ver, quiero a mis hermanos, pero la única vez que nuestros padres dejaron que Shane cuidase de nosotros, permitió que Jay y Billy se subieran al tejado con una caja de petardos. El departamento de bomberos se personó cuando los tres se pusieron a lanzar petardos con un tirachinas a los hijos adolescentes de los vecinos mientras se bañaban en la piscina. Crecer con dos hermanos pequeños y tres hermanos mayores fue como mínimo entretenido.

Aun así, no me dejaré engatusar para ser la sustituta permanente de mamá.

Me muerdo el labio y digo:

—¿De cuánto tiempo hablamos?

—¿Un mes? ¿Dos, quizá?

Mierda.

Me lo pienso un momento y suspiro.

—Con una condición —digo—. Tienes que contratar a un nuevo jefe de personal en las próximas semanas. Me quedaré hasta que encuentres al candidato ideal, pero no será un acuerdo a largo plazo, ¿vale?

Papá me pasa un brazo por los hombros y me besa en la sien.

—Gracias, peque. Me vienes como agua de mayo.

No puedo negarle nada, ni siquiera a pesar de que sé que se aprovecha de mí. Puede que Ronan West parezca un hueso, pero siempre ha sido buen padre. Nos ha dado la libertad justa para meternos en líos, pero siempre nos ha sacado las castañas del fuego. Hasta cuando estaba cabreado con nosotros, sabíamos que nos quería.

—Ve a por tus hermanos, anda. Tenemos que hablar de un par de cosas.

Me voy con un mal presentimiento y una palmadita en la espalda. La experiencia me ha enseñado que las reuniones familiares no son nunca un acontecimiento positivo. Las reuniones familiares traen consigo más revuelo, lo que es horrible, pues ¿no era ya mucho pedir que renunciase a mi vida para mudarme de manera temporal a mi antiguo hogar? Se me pasan por la cabeza cosas como anular mi contrato de alquiler o realquilar mi casa, dimitir o solicitar un año sabático, ¿y mi padre aún tiene más en la lista?

—Eh, caraculo. —Jay, sentado en el brazo del sofá del salón, me da una patada en una espinilla al pasar—. Tráeme otra birra.

—Tráetela tú, comemierda.

Ya se ha quitado la chaqueta y la corbata. Se ha desabrochado los primeros botones de la camisa blanca y se ha remangado. Los demás no tienen mejor aspecto. Desde que volvimos del cementerio, todos han renunciado de algún modo al traje.

—¿Has visto a la señora Grace? La del instituto. —Billy, que no tiene edad aún para beber, trata de ofrecerme una petaca, pero la rechazo con un gesto y Jay se la quita—. Ha estado aquí hace un momento con Corey Doucette y su chucho faldero.

—¿Doucette el Bigotes? —Sonrío al recordarlo. En tercero de secundaria, Corey se dejó crecer una línea de vello encima del labio a lo asesino en serie. Daba mal rollo. Se negó a afeitarse esa cosa tan fea hasta que lo amenazaron con expulsarlo si no se deshacía de ella. Asustaba a los profesores—. La señora Grace tendrá setenta años ya, ¿no?

—Para mí ya tenía setenta cuando me daba clase en segundo —comenta Shane, que se estremece.

—¿Se la está tirando? —A Craig se le desencaja el rostro, horrorizado. Fue uno de los últimos alumnos que tuvo antes de jubilarse. El menor de mis hermanos ya ha acabado el instituto—. Qué turbio.

—Vamos —digo—. Papá quiere hablar con nosotros en la sala de estar.

Una vez reunidos, papá vuelve a tirarse de la corbata y del cuello de la camisa hasta que Jay le pasa la petaca y, aliviado, le da un lingotazo.

—Voy a ir directo al grano: voy a poner la casa a la venta.

—¿Qué dices? —Kellan, el mayor, habla por todos cuando su arrebato interrumpe el anuncio de papá—. ¿A qué viene eso?

—Ya solo quedamos Craig y yo —contesta papá—, y, si en un par de meses se va a la universidad, no tiene mucho sentido seguir anclado a esta casa grande y vacía. Es hora de deshacerse de ella.

—Venga ya, papá —interviene Billy—. ¿Dónde dormirá Shane cuando olvide otra vez dónde vive?

—Solo pasó una vez —gruñe Shane, que le da un puñetazo en un brazo.

—Sí, una vez, ya. —Billy lo empuja—. ¿Y cuando te quedaste dormido en la playa porque no encontrabas tu coche, que estaba a menos de cincuenta metros de distancia?

—Ya vale. Os comportáis como un hatajo de imbéciles. Aún hay gente ahí llorando la muerte de vuestra madre.

Eso hace que todos callen al momento. Por un segundo lo habíamos olvidado. Nos pasa sin cesar. Lo olvidamos y al instante caemos en la cuenta de nuevo y volvemos al presente, a esta realidad extraña que no parece que esté bien.

—Como decía, es una casa muy grande para una sola persona. Está decidido. —El tono de papá es firme—. Pero, antes de que la saque al mercado, tendremos que arreglarla un poco. Hacerle un lavado de cara.

Me da la impresión de que todo cambia muy deprisa y no me adapto. Antes de que me diese tiempo a asimilar que mamá estaba enferma, ya la habían enterrado, y ahora tengo que coger y trasladar mi vida a mi antiguo hogar, para al momento descubrir que ese hogar dejará de existir. Me ha dejado aturdida, pero me mantengo fuerte mientras todo me da vueltas.

—No tiene sentido que la vendamos hasta que Craig empiece el curso en otoño —dice papá—, de modo que aún falta un poco. Pero se hará. Y, cuanto antes lo sepáis, mejor.

Dicho esto, abandona la sala de estar. El daño ya está hecho. Nos deja ahí para que asimilemos las consecuencias de su anuncio. Estamos aturdidos y estupefactos.

—Mierda —suelta Shane, como si se hubiese acordado de que se ha dejado las llaves en la playa y hubiese marea alta—. ¿Tenéis idea de la cantidad de vídeos porno y porros viejos que hay escondidos en esta casa?

—Cierto. —Billy, que finge seriedad, da una palmada y añade—: Pues, cuando se duerma papá, levantamos los tablones del suelo.

Mientras los chicos discuten sobre quién se lleva el alijo que encuentren, yo todavía intento recobrar el aliento. Supongo que nunca me han gustado los cambios. Aún me cuesta asumir la transformación que yo misma he sufrido desde que me fui del pueblo.

Contengo un suspiro y abandono a mis hermanos para volver al vestíbulo, donde reparo en lo que probablemente sea lo único de este sitio que no ha cambiado ni un ápice.

Mi ex, Evan Hartley.

CAPÍTULO 2

GENEVIEVE

¿Cómo se atreve a presentarse aquí con estas pintas? Sus ojos oscuros aún me persiguen en los recovecos más profundos de mi memoria. Aún me parece que atuso sus cabellos castaños casi negros. Está tan guapo como en mis recuerdos. Hace un año que no lo veo y, sin embargo, reacciono a él de la misma forma. Entra en una sala y mi cuerpo lo nota antes que yo. Es una perturbación en la electricidad estática del ambiente que me hace cosquillas en la piel.

Es odioso, eso es lo que es. Y que mi cuerpo tenga la osadía de reaccionar a él *ahora,* en el funeral de mi madre, es más molesto aún.

Evan, al lado de su hermano gemelo Cooper, recorre la sala con la mirada hasta que me ve. Los dos son idénticos, salvo por cómo se cortan el pelo a veces, pero la mayoría los distingue por los tatuajes. Cooper lleva los brazos enteros tatuados, mientras que Evan tiene la mayor parte de la tinta en la espalda. Yo, en cambio, lo distingo por sus ojos. Cuando despiden un destello travieso o se le iluminan de alegría, necesidad, frustración..., siempre sé cuándo es Evan quien me mira.

Cruzamos la mirada. Asiente. Asiento. Se me acelera el pulso. Literalmente tres segundos después, Evan y yo quedamos al fondo del vestíbulo, donde nadie pueda oírnos.

Es curioso lo cercanos que somos con ciertas personas aunque haya pasado el tiempo. Recuerdos de los dos me acarician como una brisa balsámica. Caminamos por esta casa como si volviéramos a estar en el instituto. Cuando salíamos y entrábamos a escondidas a todas horas. Cuando tanteábamos la pared

15

con torpeza para no perder el equilibrio. Cuando reíamos con susurros histéricos para no despertar a toda la casa.

—Hola —saluda mientras abre los brazos con duda. Acepto su oferta, porque lo contrario se me haría más raro.

Además, siempre se le ha dado bien abrazar.

Me obligo a no abrazarlo más de la cuenta, a no respirar su aroma. Su cuerpo es cálido, musculoso y tan familiar para mí como el mío. Conozco hasta el último ápice de su esbelta y exquisita figura.

Retrocedo precipitadamente.

—Pues eso, que me he enterado. Como es obvio. Venía a darte el pésame. —Evan se muestra cohibido, casi tímido, tiene las manos en los bolsillos y la cabeza gacha mientras me mira por entre sus gruesas pestañas. No me imagino el valor que habrá tenido que echar para venir aquí.

—Gracias.

—Y, bueno, sí. —Se saca una piruleta azul del bolsillo—. Te he traído esto.

No he llorado ni una vez desde que enfermó mamá. Y, sin embargo, aceptar el regalito de Evan hace que se me cierre la garganta y me escuezan los ojos.

De pronto, rememoro la primera vez que uno le dio al otro una piruleta. Otro funeral. Otro progenitor fallecido. Fue después de que el padre de Evan, Walt, muriese en un accidente de tráfico. Conducía borracho, pues Walt Harley era esa clase de hombre imprudente y autodestructivo. Por suerte, nadie más salió herido, pero la vida de Walt acabó esa noche en una carretera oscura, cuando perdió el control y se estrelló contra un árbol.

Por aquel entonces, yo tenía doce años y no sabía qué llevar a una vigilia. Mis padres llevaron flores, pero Evan también era un niño. ¿Qué haría él con unas flores? Lo único que sabía era que mi mejor amigo, el chico por el que llevaba colada desde siempre, estaba sufriendo mucho, y solo tenía un triste dólar. Lo más chulo que podía comprar en una tienda cualquiera era una piruleta.

Evan se puso a llorar cuando planté la piruleta en su mano temblorosa y me senté a su lado en silencio en el porche trasero de su casa.

—Gracias, Gen —me susurró, y nos quedamos más de una hora ahí sentados sin hablar, mientras veíamos las olas besar la orilla.

—Calla —mascullo para mí mientras aferro la piruleta—. Eres tontísimo. —A pesar de mis palabras, ambos sabemos que estoy profundamente conmovida.

Evan esboza una sonrisa cómplice y se alisa la corbata con una mano. Va arreglado, pero no en exceso. Este chico huele a peligro hasta trajeado.

—Tienes suerte de que te haya visto yo antes —digo cuando puedo hablar de nuevo—. No sé si mis hermanos habrían sido tan simpáticos.

Sonríe despreocupado y se encoge de hombros.

—Kellan pega como una chica.

Típico.

—Le diré que piensas eso.

Algunos primos que deambulan por la casa nos ven al doblar la esquina y nos miran como si fuesen a buscar una excusa para hablar conmigo, de modo que cojo a Evan por la solapa y lo meto en el lavadero. Me pego al marco de la puerta y me aseguro de que no haya nadie cerca.

—Me niego a que me digan otra vez lo mucho que les recuerdo a mi madre —gruño—. Es en plan «Tío, la última vez que me viste aún comía papilla».

Evan se pone bien la corbata y dice:

—Creen que así ayudan.

—Pues no.

Todos se empeñan en decirme que mamá era una mujer estupenda a la que le importaba su familia. Es casi espeluznante escuchar a los demás hablar de una mujer que no guarda ningún parecido con la persona que conocí.

—¿Cómo lo aguantas? —me pregunta con brusquedad—. En serio, ¿cómo?

Me encojo de hombros por toda respuesta. Porque esa es la cuestión, ¿no? Me lo han preguntado por activa y por pasiva los dos últimos días, y aún no tengo una respuesta clara. O, al menos, no la que los demás quieren escuchar.

—No estoy segura de que sienta algo. No lo sé. A lo mejor aún estoy en *shock* o algo así. Uno piensa que estas cosas pasan en una fracción de segundo, o que se alargan meses y meses. ¿Esto, en cambio? Parece que me avisaron tarde. Vuelvo a casa y a la semana muere.

—Lo entiendo —dice—. Antes de que te dé tiempo a asimilarlo siquiera ya se ha acabado.

—Hace días que no doy pie con bola. —Me muerdo el labio—. Empiezo a preguntarme si me pasa algo.

Frunce el ceño con una incredulidad que me deja pasmada, y comenta:

—Es lo que tiene la muerte, Fred. No te pasa nada.

Me río por la nariz al escuchar el mote que me puso. Hacía tanto que no lo oía que casi había olvidado cómo sonaba. Hubo un tiempo en que respondía más a ese nombre que al mío.

—No, en serio. Todavía espero que su pérdida me afecte, pero no es así.

—Cuesta emocionarse por alguien que no te tenía en mucha estima. Aunque sea tu madre. —Hace una pausa y agrega—: Quizá sobre todo si es tu madre.

—Ya ves.

Evan lo entiende. Siempre lo ha entendido. Una de las cosas que tenemos en común es una relación atípica con nuestras madres. Una relación que no puede considerarse como tal. Mientras que su madre es una idea inconstante en su vida —ausente salvo en las pocas ocasiones al año que se deja caer por el pueblo para dormir la mona o pedir dinero—, la mía estaba ausente en espíritu, y hasta en cuerpo si me apuras. La mía era tan fría y distante, incluso en mis primeros recuerdos, que parecía inexistente. Crecí celosa de los parterres de flores que cuidaba en el patio delantero.

—Casi me alivia que haya fallecido. —Se me forma un nudo en la garganta—. No, más que casi. Lo que digo es horrible, lo sé, pero siento que… puedo dejar de esforzarme, ¿sabes? De esforzarme y de sentirme como el culo cuando no cambia nada.

Me he pasado toda la vida esforzándome por conectar con ella. Por entender por qué mi madre no me tenía demasiado aprecio. Nunca he conseguido una respuesta. Quizá ahora pueda dejar de preguntar.

—No es horrible —dice Evan—. Hay gente que no sabe ser padre. No es culpa nuestra que no sepan querernos.

Salvo a Craig; a él sabía quererlo. Tras cinco intentos fallidos, encontró la clave con él. El hijo perfecto al que podía aplicar todos sus conocimientos sobre la maternidad. Quiero a mi hermanito, pero nos han criado dos personas distintas. Es el único de los seis que tiene los ojos hinchados y rojos.

—¿Puedo decirte algo? —pregunta Evan con una sonrisa que me despierta recelo—. Pero prométeme que no me pegarás.

—Vale, eso sí que no.

Se ríe para sí y se relame los labios. Una manía que siempre me ha vuelto loca, pues sé lo que es capaz de hacer con ellos.

—Te he echado de menos —admite—. ¿Soy un cabrón por alegrarme de la muerte de alguien?

Le pego en el hombro y él simula que le he hecho daño. No lo dice en serio. Para nada. Pero, a mi manera, agradezco el gesto, aunque solo sea porque me permite sonreír un instante. Porque me permite respirar.

Jugueteo con la pulserita plateada que llevo en una muñeca. Paso de mirarlo a los ojos.

—Yo también te he echado de menos. Un poco.

—¿Un poco? —inquiere, burlón.

—Solo un poco.

—Mmm..., así que has pensado en mí, ¿cuánto? ¿Una o dos veces al día mientras estabas fuera?

—Más bien una o dos veces *en total*.

Se ríe entre dientes.

Para ser sincera, tras marcharme de Avalon Bay, durante meses me esforcé al máximo por dejar de pensar en él cuando me asaltaban los recuerdos. Por rechazar las imágenes que me venían cuando cerraba los ojos por la noche o durante una cita. A la larga se volvió más sencillo. Casi conseguí olvidarlo. Casi.

Y míralo ahora. Es como si no hubiera pasado el tiempo. Aún saltan chispas entre nosotros. Es evidente por cómo se inclina hacia mí, por cómo me apoyo en su brazo más de la cuenta. Por cómo duele no tocarlo.

—No hagas eso —le ordeno al reparar en su expresión. Soy presa de sus ojos. Estoy atrapada, como cuando me pillo la camiseta con el pomo de la puerta; pero no es eso, sino un recuerdo que me embota el cerebro.

—¿El qué?

—Ya lo sabes.

Evan tuerce la sonrisa. Solo un poquito. Porque sabe cómo me mira ahora mismo.

—Te veo bien, Gen. —Ya está otra vez. El desafío de sus ojos, lo que implica su mirada—. Pasar un tiempo fuera te ha sentado bien.

Será mamón. No es justo. Lo detesto, aunque le roce el pecho con los dedos y los baje por su camisa.

No, lo que detesto es lo fácil que me desarma.

—No deberíamos hacer esto —murmuro.

Estamos apartados, pero aún nos ve quien decida mirar en nuestra dirección. Evan tantea el dobladillo de mi vestido. Me mete una mano por debajo de la tela y, con ternura, me acaricia una nalga con la yema de los dedos.

—No —me susurra al oído—. No deberíamos.

Así que, por supuesto, lo hacemos.

Nos metemos en el baño contiguo al lavadero y echamos el pestillo. Me quedo sin aire cuando me sube al tocador.

—Es una idea malísima —le digo mientras me agarra de la cintura y yo me apoyo en el lavamanos.

—Ya. —Y funde su boca con la mía.

Nos besamos con urgencia y avidez. Dios, cómo echaba de menos esto. Añoraba que me besara, que me metiera la lengua con fervor, que se desatara y desmelenara. Nos devoramos el uno al otro, casi con demasiada brusquedad, y, aun así, quiero más.

Sucumbo a las ganas y al delirio furioso. Le desabrocho los botones de la camisa con torpeza y le araño el pecho hasta que le duele tanto que me inmoviliza los brazos por detrás. Esto es puro fuego. Con una pizca de rabia, tal vez. Nuestros asuntos pendientes salen a la luz. Cierro los ojos y me preparo para lo que viene; me dejo llevar por el beso y el sabor de su boca. Evan me besa con más ímpetu y pasión, tanto que estoy desesperada.

No lo aguanto más.

Me zafo para desabrocharle el cinturón. Evan me observa. Me mira a los ojos. A los labios.

—Echaba de menos esto —susurra.

Y yo, pero no me atrevo a decirlo en alto.

Ahogo un grito cuando se acerca a mi entrepierna. Temblando, le meto una mano en los calzoncillos y...

—¿Va todo bien por ahí? —Una voz. A continuación, un golpe. Mi numerosa familia está al otro lado de la puerta.

Me quedo paralizada.

—Sí —contesta Evan con las puntas de los dedos a escasos milímetros del centro de mi deseo.

Bajo del tocador, le aparto la mano y retiro la mía de sus calzoncillos. Antes siquiera de plantar los pies en el suelo embaldosado, ya me doy asco. Ni diez minutos en la misma habitación que él y ya se me ha ido la olla.

Me cago en la puta, he estado a punto de acostarme con Evan Hartley en el funeral de mi madre. Si no nos hubieran interrumpido, fijo que habría dejado que me hiciera suya aquí y ahora. Ni yo había caído tan bajo nunca.

Maldita sea.

Me he pasado el último año preparándome para llevar una vida adulta normal, o algo que se le parezca. Para no ceder al más mínimo instinto destructivo que se me pasara por la cabeza. Para tener un poquito de control, coño. Y Evan Hartley se relame y ya sucumbo.

¿En serio, Gen?

Mientras me peino frente al espejo, veo que me mira con una pregunta en la punta de la lengua.

Al fin la formula.

—¿Estás bien?

—No me creo que hayamos estado a punto de hacerlo —murmuro con la voz ahogada por la vergüenza. Recobro la compostura y me pongo a la defensiva. Levanto la cabeza y añado—: No será una costumbre, que te quede claro.

—¿A qué viene eso? —Nos miramos a los ojos a través del reflejo; los suyos están afligidos.

—A que me quedaré en el pueblo para ayudar a mi padre, pero, durante el poco tiempo que esté aquí, no volveremos a vernos.

—¿En serio? —Cuando se percata de lo decidida que estoy, se le desencaja el rostro—. ¿Qué dices, Gen? ¿Me metes la lengua hasta la campanilla y me mandas a freír espárragos? ¿De qué vas?

Me vuelvo hacia él y me encojo de hombros con fingida indiferencia. Quiere que discuta con él porque sabe que es una cuestión muy visceral, y, cuanto más me provoque, más le sonreirá la suerte. Pero no pienso permitirlo; esta vez no. Ha sido un desliz. Una locura momentánea. Ahora estoy mejor. Tengo la cabeza fría y pienso con claridad.

—Sabes que no podemos estar separados —me asegura, cada vez más frustrado con mi decisión—. Lo hemos intentado muchas veces y no ha funcionado.

No se equivoca. Hasta el día en que al fin me marché del pueblo, llevábamos rompiendo y volviendo desde primero de bachillerato. Una atracción y repulsión constante de amor y riñas. A veces soy la polilla y otras la luz.

Sin embargo, la conclusión a la que llegué con el tiempo es que la única forma de ganar es no jugando.

Abro el pestillo y me detengo un momento para mirar atrás.

—Siempre hay una primera vez para todo.

CAPÍTULO 3

EVAN

Esto es lo que me pasa por ser majo. Gen necesitaba olvidarse de todo un momento. Vale, guay. Nunca, jamás, me quejaré de haberla besado. Pero, por lo menos, podría haber jugado limpio después. «¿Qué tal si quedamos luego para tomar algo y ponernos al día?». Mandarme a paseo es fuerte hasta para ella.

Gen siempre ha sido un poco borde. Joder, de hecho, es una de las cosas que me atraen de ella. Pero es la primera vez que me mira con semejante desinterés. Como si no fuera nadie para ella.

Alucinante.

Mientras abandonamos la casa de los West y nos dirigimos a la camioneta de Cooper, este me mira con recelo. Salvo por la apariencia, somos del todo opuestos. Si no fuéramos hermanos, lo más seguro es que no fuéramos ni amigos. Pero somos hermanos —peor aún, gemelos—, lo que significa que podemos leernos la mente con un mero vistazo.

—No fastidies —dice, y suspira mientras me juzga con la cara de siempre. Hace meses que critica cada cosa que hago.

—No sigas. —Sinceramente, no estoy de humor para escuchar su sermón.

Se aleja de la larga hilera de coches aparcados en la calle.

—No te creo. Te has liado con ella. —Me mira de soslayo, pero paso de él—. Joder. Te has ido diez minutos. ¿Qué le has dicho? «Lamento mucho tu pérdida. Toma, mi rabo».

—Que te follen, Coop. —Dicho así, suena bastante mal.

¿Bastante?

Está bien. De acuerdo. Quizá casi acostarme con ella en el funeral de su madre no haya sido la mejor idea del mundo, pero... pero la echaba de menos, joder. Verla de nuevo después

23

de más de un año separados ha sido como un jarro de agua fría. Mi necesidad de tocarla y besarla rayaba en la desesperación.

Lo mismo eso me convierte en un debilucho de mierda. Pues vale.

—Creo que ya has hecho suficiente de eso por los dos.

Aprieto los dientes y me obligo a mirar por la ventanilla. Lo que le ocurre a Cooper es que, cuando, de críos, nuestro padre murió y nuestra madre básicamente nos abandonó, se le metió en la cabeza que yo quería que él se ocupara de los dos. Se convirtió en un continuo cascarrabias al que siempre decepcionaba. La cosa mejoró una temporada, cuando sentó la cabeza con Mackenzie, su novia, que le quitó el palo del culo. Pero, ahora que tiene una relación estable por fin, de nuevo cree que está capacitado para juzgar mi vida.

—No ha sido así —le explico, pues noto que está cabreado conmigo—. Hay quien llora cuando está de luto. Gen no es una llorica.

Niega ligeramente con la cabeza y aprieta el volante mientras rechina las muelas, como si no escuchara lo que piensa.

—Te dará un aneurisma. Suéltalo, anda.

—No lleva ni una semana en el pueblo y ya estás pillado hasta las trancas. Te he dicho que era mala idea ir.

Nunca le daría el gusto a Cooper, pero tiene razón. Aparece Genevieve y se me va la pinza. Lo nuestro siempre ha sido así. Somos dos compuestos químicos, en general inocuos, que, al juntarse, se convierten en una combinación explosiva que arrasa una manzana con una solución salina.

—Hablas como si hubiéramos atracado una licorería. Relájate. Solo nos hemos besado.

Cooper rezuma desaprobación cuando dice:

—Hoy ha sido solo un beso. Mañana ya veremos.

¿Y? No le hacemos daño a nadie. Lo miro con el ceño fruncido y espeto:

—¿Y a ti qué más te da?

Él y Genevieve se llevaban bien. Eran colegas y todo. Entiendo que tal vez le guarde rencor por irse del pueblo, pero no se marchó por él. De todas formas, ya hace un año de eso. Si a mí ya se me ha pasado el cabreo, ¿por qué a él no?

Aprovecha que hay un semáforo para mirarme a los ojos.

—Mira, eres mi hermano y te quiero, pero te vuelves gilipollas cuando está cerca. En los últimos meses has madurado mucho. No mandes todo ese progreso al garete por una tía que no te dará más que problemas.

Algo —no sé si su tono desdeñoso o su actitud condescendiente— me toca los huevos. Cooper es un pretencioso de mierda cuando se lo propone.

—Que tampoco es que haya vuelto con ella. No exageres, anda.

Aparcamos delante de nuestra casa, la cabaña playera de dos pisos y apariencia campestre que lleva tres generaciones en la familia. Se caía a cachos antes de que iniciásemos las reformas hace ya varios meses. Hemos invertido casi todos nuestros ahorros y nuestro tiempo, pero está dando sus frutos.

—No te lo crees ni tú. —Cooper apaga el motor y suspira, exasperado—. El cuento de nunca acabar: se pira cuando le da la gana, vuelve de repente, y ya te mueres por hornear galletitas con ella. ¿No te recuerda a otra mujer que conoces? —Tras eso, se baja de la camioneta y cierra de un portazo.

Vale, eso no venía al caso.

De los dos, Cooper es el que se la tiene más jurada a nuestra madre, hasta el punto de que me reprocha que no la odie tanto como él. No obstante, la última vez que vino defendí a mi hermano. Le dije que no era bienvenida aquí, no después de lo que le había hecho. Shelley Hartley se había pasado de la raya.

Pero supongo que ponerme del lado de Cooper no basta para que me dé manga ancha. No veas con los golpes bajos hoy.

Más tarde, durante la cena, Cooper aún le da vueltas a lo de Genevieve. Lo lleva en la sangre.

Qué rabia me da. Intento comerme los dichosos espaguetis, y el capullo este no deja de criticarme mientras le cuenta a Mackenzie, que hace unos meses que vive con nosotros, que casi me tiro a mi ex en la tumba de su madre recién fallecida.

—Me dice Evan que ahora vuelve. Me deja solo en la casa para darles el pésame a su padre y a sus cinco hermanos, que básicamente creen que Evan es el culpable de que Gen huyera del pueblo hace un año —gruñe Cooper mientras clava el tenedor en una albóndiga—. Me preguntan dónde está, y resulta que se está cepillando a la niñita del señor West en la bañera o qué sé yo.

—Que solo nos hemos besado —repito exasperado.

—Joder, Coop —dice Mac tras apartar de su boca el tenedor lleno de pasta y dejarlo en el aire—, que estoy comiendo.

—Eso. Ten más tacto, imbécil —añado para chincharlo.

Cuando no me miran, le doy un trocito de albóndiga a Daisy, el cachorro de *golden retriever* que hay a mis pies. Cooper y Mac la rescataron del rompeolas el año pasado y ya mide el doble que entonces. Al principio no me entusiasmaba la idea de cuidar de la criatura que la nueva novia de Cooper nos había encasquetado, pero durmió una noche acurrucada a los pies de mi cama con su carita de cachorro y me rompí como un juguete barato. Desde entonces se me cae la baba con ella. Es la única hembra que sé que no me dejará tirado. Por suerte, Coop y Mac están bien, por lo que no hemos tenido que pelear por la custodia.

Es curiosa la vida, a veces. El año pasado, Cooper y yo tramamos un plan intencionadamente maquiavélico para boicotear la relación de Mac con el que por aquel entonces era su novio. En nuestra defensa diré que el tío era un gilipollas. Pero Cooper tuvo que aguar la fiesta y pillarse de la universitaria forrada. Al principio no la tragaba, pero, por lo visto, juzgué mal a Mackenzie Cabot. Yo, al menos, fui lo bastante hombre para reconocer que la juzgué mal. Cooper, en cambio, tenía que soltar todo lo que se le pasaba por la cabeza sobre Gen. Típico.

—¿Qué hay entre vosotros? —pregunta Mac con un destello de curiosidad en sus ojos verde oscuro.

¿Que qué hay? ¿Por dónde empiezo? Genevieve y yo tenemos una historia. Una larga. Hemos vivido cosas buenas y cosas no tan buenas. Lo nuestro siempre ha sido complicado.

—Íbamos a tercero de secundaria juntos —le explico a Mac—. Era mi mejor amiga, ni más ni menos. Siempre estaba de cachondeo y se apuntaba a un bombardeo.

De pronto me inundan los recuerdos de los dos yendo por ahí a las dos de la mañana con nuestras motos y una botella de tequila para los dos. Surfeando las olas cuando se acercaba un huracán y capeando el temporal en la parte trasera del *jeep* de su hermano. Gen y yo desafiábamos sin parar los límites aventureros del otro, y coqueteamos más de una vez con la muerte o con la amputación, unas situaciones de las que no teníamos derecho a salir ilesos. No había ningún adulto en la relación, por lo que nunca nadie le puso freno. Siempre buscábamos la adrenalina.

Y Gen era pura adrenalina. Valiente y osada. Orgullosa de sí misma, mandaba a la mierda a los que la criticaban. Me volvía loco; más de una vez me rompí la mano por pelearme con los capullos que la acorralaban en el bar. Vale, sí, quizá fuera posesivo, pero no más que ella. Tiraba a las chicas del pelo por mirarme como no debían. En general, la nuestra era una relación de idas y venidas: uno de nosotros se ponía celoso, discutíamos y entonces tratábamos de darle celos al otro. Era algo retorcido, pero era nuestro lenguaje. Yo era suyo y ella era mía. Estábamos enganchados a los polvos de reconciliación.

Los momentos de paz eran igual de adictivos. Nos tumbábamos en una manta en la playa, en nuestro rincón favorito de la bahía, ella acurrucaba la cabeza en el hueco de mi cuello y yo la rodeaba con un brazo mientras mirábamos las estrellas. Nos susurrábamos nuestros secretos más oscuros, a sabiendas de que el otro no nos juzgaría. Joder, es la única persona que me ha visto llorar aparte de Cooper.

—Rompimos y volvimos muchas veces —reconozco—. Pero así era lo nuestro. Y entonces, de repente, el año pasado desapareció. Un día cogió y se fue. Sin decirle nada a nadie.

Se me parte el alma solo con recordarlo. Al principio pensé que era coña. Que Gen se había ido con sus amigas y quería que me acojonase y fuese hasta Florida, o algún sitio así, para dar con ella, discutir y echar un polvo. Hasta que las chicas me juraron que no sabían nada de ella.

—Más tarde me enteré de que se había mudado a Charleston para empezar una nueva vida. Así, sin más. —Me trago la amargura que me constriñe la garganta.

Mac se queda mirándome un momento. Hemos llegado a tener una relación muy cercana desde que se mudó con nosotros, por lo que reconozco cuándo busca la forma amable de decirme que soy un desastre. Como si no lo supiera ya.

—Dispara, princesa. Di qué opinas.

Deja el tenedor y aparta el plato.

—Me parece que tenéis una relación tóxica. Quizá Gen haya hecho bien en romperla para siempre. Os irá mejor separados.

Tras eso, Cooper me fulmina con la mirada, pues nada le gusta más que un «te lo advertí».

—Le dije a Cooper lo mismo de lo vuestro —le recuerdo—. Y mira ahora.

—¡Venga ya! —Cooper tira los cubiertos al plato y la silla chirría en el suelo de madera cuando se echa hacia atrás—. No compares. Lo nuestro no se parece en nada a lo vuestro. Genevieve es un desastre. Lo mejor que ha hecho por ti ha sido dejar de cogerte el teléfono. Pasa de ella, tío. No ha venido por ti.

—Lo estás disfrutando, ¿eh? —le suelto. Me limpio la boca con la servilleta y la arrojo a la mesa—. Esto es una venganza, ¿no?

Cooper suspira mientras se frota los ojos, como si fuera un perro que se niega a que lo domestiquen. Condescendiente de mierda.

—Me preocupo por ti, porque tu polla te ciega tanto que no ves cómo acabará esto. Como siempre acabáis.

—¿Sabes qué te digo? —espeto mientras me levanto de la mesa—. A lo mejor deberías dejar de proyectar tus rayadas en mí. Genevieve no es Shelley. Deja de castigarme por que te cabree que tu mamaíta te abandonase.

Me arrepiento de mis palabras nada más pronunciarlas, pero no miro atrás. Daisy me sigue a la cocina y nos dirigimos a la playa. La verdad es que nadie sabe mejor que yo todas las movidas por las que hemos pasado Gen y yo. Que lo nuestro es inevitable. Pero es lo que hay. Ahora que ha vuelto, no puedo ignorarla.

Lo que tenemos, la atracción que sentimos… no me lo permitirá.

CAPÍTULO 4

GENEVIEVE

Ya me arrepiento. El primer día en el despacho de la tienda de piedras de construcción de papá es peor de lo que imaginaba. Durante semanas —meses, tal vez—, los chicos venían aquí a amontonar facturas de cualquier manera en el mostrador que hay delante de un sillón vacío. El correo se dejaba en una bandeja sin siquiera mirar el remitente. Aún hay una taza de lodo, que en su día fue café, encima del archivador. En la papelera hay sobres de azúcar abiertos que las hormigas vaciaron hace tiempo.

Y Shane no ayuda. Mientras yo estoy frente al ordenador e intento descifrar el sistema de mamá para denominar los archivos y rastrear constancias de pago y cuentas pendientes, mi hermano mayor mira TikTok en su móvil como un poseso.

—Eh, caraculo —digo a la vez que chasqueo los dedos—. Hay unas seis facturas aquí a tu nombre. ¿Las has pagado o están pendientes de pago?

No se molesta en apartar la cabeza de la pantalla.

—¿Y a mí qué me cuentas?

—Son de tus obras.

—Eso a mí ni me va ni me viene.

Shane no ve que simulo que lo estrangulo con las manos. Capullo.

—Hay tres correos aquí de Jerry. Dice que quiere una terraza para su restaurante. Llámalo y quedad para echarle un vistazo y hacerle un presupuesto.

—Tengo cosas que hacer —responde casi farfullando, pues su atención está puesta en la pantallita brillante que tiene entre las manos. Parece que tenga cinco años.

29

Le lanzo un sujetapapeles con una goma elástica. Le da en mitad de la frente.

—Joder, Gen. ¿De qué vas?

He llamado su atención.

—Toma. —Le acerco las facturas del mostrador y le anoto el teléfono de Jerry—. Ya que estás con el móvil, llámalo.

Sumamente asqueado por mi tono, me responde con desdén:

—Te das cuenta de que no eres más que la secretaria de papá, ¿no?

De verdad que pone a prueba mi amor por él y mis ganas de dejarlo con vida. Tengo cuatro hermanos más. No echaré en falta a uno.

—Tú no me mandas —se queja.

—Papá me ha nombrado jefa de personal hasta que encuentre a alguien. —Me levanto del mostrador, le pongo los papeles en una mano y lo echo del despacho—. A partir de ahora soy tu diosa. Vete acostumbrando. —Y le cierro la puerta en las narices.

Sabía que pasaría esto. He crecido en un hogar con seis hijos; siempre hemos competido por escalar posiciones. Todos tenemos un complejo de autonomía; tratamos de ejercer nuestra independencia mientras nos comemos marrones de los hermanos mayores. Es peor ahora que la mediana de veintidós años les dice lo que hay que hacer a los mayores. Aun así, papá tenía razón: este sitio está en las últimas. Como no lo arregle pronto, se arruinará en menos que canta un gallo.

Después, al salir del curro, quedo con mi hermano Billy para tomar algo en Ronda, un garito para *swingers* jubilados, que van todo el día en *boggies* de golf por Avalon Bay e intercambian llaves en una pecera mientras juegan al póker. Las temperaturas cada vez más altas del mes de mayo en la bahía atraen de nuevo a los turistas y a los ricachones de mierda, que llenan el paseo marítimo, por lo que los demás tenemos que buscarnos sitios más originales en los que pasar el rato.

Billy le sonríe al barman de rostro curtido y le pide una birra —aquí nadie le pide la documentación a los vecinos—, y yo opto por un café. Hace un bochorno inusual para esta época del año, incluso al atardecer, y la ropa se me adhiere a la piel como si fuera papel maché, pero nunca le hago ascos a un café caliente y descafeinado. Así se reconoce a los sureños.

—Os vi a ti y a Jay trayendo cajas anoche —me dice Billy—. ¿Era lo último?

—Sí, he dejado casi todas mis cosas en un trastero en Charleston. No tiene sentido que me traiga todo el mobiliario para llevármelo de nuevo en unos meses.

—¿Aún estás empeñada en volver?

Asiento y respondo:

—Aunque tendré que buscarme otro piso.

Mi casero es un cabronazo y no me dejó anular el contrato un par de meses antes cuando se lo comenté, así que seguiré pagándole mientras vivo en el dormitorio de mi infancia. Renunciar al curro no me fue mucho mejor. Mi jefe de la agencia inmobiliaria se rio de mí cuando le mencioné que quería coger una excedencia. Espero que papá me pague bien. Puede que haya enviudado y esté de luto, pero no trabajo por amor al arte.

—Adivina a quién vi entrar en la ferretería el otro día —dice Billy con una cara que me indica que me prepare—. El ayudante del *sheriff* Zurullo vino a quejarse del letrero de fuera. Me dijo no sé qué de unas ordenanzas municipales y que impedía el paso a los peatones.

Clavo las uñas en la barra deteriorada. Incluso un año después, escuchar el nombre de Rusty Randall, el ayudante del *sheriff,* todavía despierta en mí una rabia sin igual.

—El letrero lleva ahí ¿cuánto? —continúa Billy—, veinte años por lo menos.

Desde que tengo memoria, vamos. Es un básico de la acera: nuestro cartel de madera con forma de A, con un manitas dibujado que anuncia «¡Sí, ESTÁ ABIERTO!» mientras agita una llave Stillson. En el otro lado hay una pizarra con la oferta semanal o con los productos recién llegados a la tienda. Cuando era niña, me encantaba acompañar a papá al curro, y él me gritaba desde dentro que no se me ocurriese dibujar en el letrero. Entonces borraba mis dibujos a toda prisa y los trasladaba al suelo de hormigón. Me esforzaba al máximo para que los viandantes sorteasen mis obras de arte, y poco me faltó para morder en el tobillo a los turistas que pisoteaban mi galería con sus náuticos de marca.

—Pues el tío empeñado en que no se iba hasta que no guardase el letrero —gruñe Billy—. Se quedó un cuarto de hora ahí plantado mientras fingía que ayudaba a unos clientes y discutía con ellos sobre la ordenanza que se había sacado de la manga. Estuve a punto de llamar a papá para que lo hiciese entrar en razón, pero el tío sacó las esposas como si fuera a detenerme, de modo que me jiñé. Cuando se fue, esperé un poco y saqué otra vez el letrero.

—Imbécil —mascullo mientras bebo—. Ya sabes que disfruta con eso.

—Me sorprende que no te haya seguido hasta el pueblo. Casi esperaba verlo sentado en la entrada de casa en plena noche.

No me extrañaría de él. Hace más o menos un año, el ayudante del *sheriff* Randall se convirtió en una especie de advertencia para mí. Esa noche toqué fondo. En ese momento me di cuenta de que no podía seguir viviendo así. Bebía en exceso, salía de fiesta todas las noches y dejaba que me consumieran los demonios. Tenía que hacer algo al respecto —recuperar mi vida— antes de que fuera tarde. Así que tracé un plan y a los dos meses hice las maletas con todo lo necesario y me fui a Charleston. Billy fue el único al que le conté lo que pasó esa noche con Rusty. Aunque le saque dos años, siempre ha sido mi mayor confidente.

—Aún pienso en ella —le confieso a mi hermano. Después de todo este tiempo, la culpa que me roe las entrañas solo de pensar en Kayla y sus hijos todavía está muy viva. Hace un tiempo me enteré de que dejó a Rusty y se llevó a los niños—. Siento que debería encontrarla para pedirle perdón.

Aunque basta con imaginarme su reacción al verme para que entre en una espiral de ansiedad. Se ha convertido en una nueva sensación para mí desde esa noche. Hubo un tiempo en que no me asustaba nada. Las cosas que hacían que los demás se mordiesen las uñas me resbalaban. Ahora recuerdo mis días de locura y me estremezco. Algunos de esos días no son tan remotos.

—Haz lo que quieras —dice Billy mientras le da un lingotazo a la cerveza como si quisiera quitarse el cuento de nunca acabar de la boca—. Pero no tienes nada por lo que disculparte. El tío es un capullo y un cerdo. Tiene suerte de que no lo hayamos pillado en un camino de tierra de noche.

Le hice jurar a Billy que guardaría el secreto o fijo que habría ido corriendo a chivarse a papá y a nuestros hermanos de lo ocurrido. Me alegro de que no se haya ido de la lengua. No tendría sentido que todos acabasen en el trullo por darle una paliza a un poli. En ese caso, ganaría Randall.

—Algún día me lo cruzaré —digo, aunque más para mí que para él.

—Bueno, si tienes que salir por patas, aún tengo ochenta pavos escondidos en el cabecero de mi antigua cama, en casa de papá. —Billy me sonríe, lo que me desata el nudo del pecho. Qué bueno es.

Cuando vamos a pagar la cuenta, recibo un mensaje de mi mejor amiga Heidi.

Heidi: Hoguera en la playa esta noche.

Yo: ¿Dónde?

Heidi: Donde siempre.

O sea, en casa de Evan y Cooper. Ese sitio está repleto de minas emocionales.

Yo: No sé si es buena idea.

Heidi: Va. Un par de copas y te vas.

Heidi: No me hagas ir a por ti.

Heidi: Hasta luego.

Yo: Vale. Cabrona.

Contengo un suspiro mientras mi cansado cerebro intenta superar otro obstáculo más. Cuando volví al pueblo, deseaba reencontrarme con viejos amigos y pasar más tiempo con los demás, pero tratar de evitar a Evan lo complica todo. No puedo delimitar el centro del pueblo. Y no me apetece nada que el verano se convierta en pruebas de lealtad y peleas para salir con nuestros amigos más íntimos, pues son relaciones que se entrelazan y se superponen. No es justo para ninguno. Porque, aunque sé que no saldrá nada bueno de dejar que Evan forme otra vez parte de mi vida, no pretendo hacerle daño. Es mi castigo, no el suyo.

CAPÍTULO 5

EVAN

Todos los bichos raros salen por la noche. Bajo la luna llena, somos la imagen oculta de nosotros mismos, revelada a la luz plateada. La bahía se desinhibe y se vuelve traviesa; todos estamos excitados y deseamos pasar un buen rato. Cualquier excusa es buena para dar una fiesta.

En la playa, un montón de nuestros amigos y unos cuantos acoplados se sientan alrededor de una hoguera. Nuestra casa está tras las dunas y la frondosa arboleda. Solo se distingue su contorno por las luces anaranjadas del porche. Se está guay. Nos tomamos unas birras y fumamos porros. Un par de guitarristas discuten sobre las canciones que les pide el público y un grupo cercano juega, en pelotas, a pasarse un frisbi resplandeciente. Hoy en día uno hace lo que sea con tal de mojarla, supongo.

—Pues eso, que el pavo está pedo —dice Jordy, un viejo amigo del instituto, a los que nos reunimos en torno al fuego. Sentado en un tronco que ha traído la marea, se lía un porro. El tío podría hacerlo con los ojos cerrados, y seguiría siendo el canuto más fino y perfecto que has visto en tu vida—. Y va y se choca con nuestra mesa. Que nos come, vaya. Y empeñado en que me llamo Parker.

Reímos porque es un nombre tan típico… Los niños ricos con camisa que van a la Universidad de Garnet son superpredecibles. Los muy nenazas no saben beber y lo pagan con los demás.

—Nos habla unos veinte minutos o así, agarrado a la mesa para no darse un porrazo con el suelo. Ni idea de qué balbucea. Y, de repente, suelta: «Eh, tíos, la fiesta sigue en mi casa. Apuntaos».

—Venga ya —dice Mackenzie, atónita y con un deje de pánico en la voz—. Dime que no fuisteis.

Esta noche, Mac, sentada en su regazo, con las tetas en su cara, ha conseguido que Cooper esté de buen humor. Lo tiene entretenido, lo que es un alivio. Ya estoy harto de sus rabietas.

Jordy se encoge de hombros y prosigue:

—A ver, él insistió. Así que sacamos al tío del bar entre los cuatro. Entonces, va, me pasa las llaves y me suelta: «Conduce tú, es el azul». Aprieto el botón del llavero y se encienden los faros de un Maserati todoterreno. Me estás vacilando. Ese coche vale cientos de miles de dólares. Fijo que pisé el meado de alguien en el baño de la pocilga esa, pero tú mandas, tío.

—Dime que aún conserva los riñones —digo con una sonrisa.

—Sí, sí. No lo destripamos ni a él ni al coche. —Jordy le quita hierro al asunto con una mano y enciende el porro—. Total, que va el tío y dice: «Coche, llévame a casa». Y el coche responde: «De acuerdo, Christopher. Este es el camino». A esas alturas pienso: «Mierda». Entonces enciendo esa belleza y conduzco. Al cabo de una media hora llegamos a su casoplón de la costa, con su puerta de hierro, sus arbustos decorativos y toda la pesca. Llegamos sanos y salvos, y el tío suelta: «Eh, ¿queréis ver algo chulo?».

Siempre igual. Como cuando nuestro colega Wyatt intentó emular el truco del cuchillo de *Aliens: el regreso* y tuvieron que ponerle treinta y siete puntos y coserle un tendón. Ahora que lo pienso, fue de las últimas veces que Genevieve y yo salimos juntos. Y, antes de la parte de la sangre, estuvo muy guay. No sé muy bien cómo acabamos en un barco de pesca deportiva de veinte metros de eslora en plena bahía, solo que las pasamos canutas para llevarlo al muelle y, no sé cómo, atracamos a quince metros o así de nuestro objetivo. Navegar en la oscuridad cuesta muchísimo más después de unos cuantos *whiskies*.

Me parece imposible que casi hubiese olvidado esa noche. Pero supongo que he olvidado muchas cosas durante este último año. O eso he intentado, al menos. Durante un tiempo, pensé que Gen aparecería como si nada. Como si hubiese hibernado seis meses. Luego siete, ocho..., y así hasta que pasó un año, que fue cuando al fin logré dejar de pensar en ella cada vez que una cosa u otra me recordaba los viejos tiempos. Y, ¡cómo no!, cuando casi me la había sacado de la cabeza, vuelve. Un chupito nuevo y puro directo a mi torrente sanguíneo cuando estaba casi limpio. Ahora solo saboreo sus labios. Por la noche, cuando me tumbo en la cama, noto cómo me araña la espalda. Me despierto oyendo su voz. Es exasperante.

—El loco este se cree que es Ojo de Halcón o algo —continúa Jordy, que pasa el porro—. Se pone a correr con un arco y a disparar flechas de fuego por su patio trasero. Y yo en plan: «No, mimado, yo ya sé cómo acaba esto». Vamos a pirarnos, pero, hostia, hemos venido con el coche del tío y estamos atrapados tras una puerta de hierro.

No puedo evitar echar una ojeada a la casa. Aún espero que Gen emerja de entre las sombras. Noto que Mackenzie me mira y me doy cuenta de que me ha pillado. O, más bien, que me ha pillado *haciéndome ilusiones*, porque sé que Heidi o alguna de las chicas habrá invitado a Gen, y, si no viene, es porque prefiere esconderse en casa de su padre antes que cruzarse otra vez conmigo. La idea me repatea una barbaridad.

—Hay que abrirse porque el tío está como una chota. Trepamos los dichosos arbustos, que nos arañan por todos lados. Me subo a Danny al hombro para que salte la verja. Juan intenta pillar un Uber, pero la señal es una mierda, así que la aplicación no carga. Salimos por patas, oímos un montón de barullo detrás y pienso: «Los ricachones estos pensarán que se está quemando la casa y llamarán a la poli para echarnos la culpa». Y, en efecto, a los diez minutos o así, mientras volvemos a la calle principal, se nos acerca un coche por detrás a paso de tortuga.

Oigo una voz y miro a mi espalda. Es Gen, a unos metros de distancia, con Heidi y algunas de las otras chicas. Lleva una camiseta de manga larga, con un hombro descubierto, que apenas le cubre unos *shorts* que se le ciñen al culo como si estuviesen pintados. Su larga melena oscura cae a su espalda. Tierra, trágame.

Gen es así. Es segura y tranquila, pero tiene un punto de absoluta locura, como si en cualquier momento fuera a lanzarte un beso, clavarle un cuchillo a tu paracaídas y tirarte del avión.

No hay nada más *sexy* que ver cómo se le iluminan los ojos cuando piensa en alguna trastada.

—El coche se para. Yo con el corazón a tope. El tío se asoma a la ventanilla y nos grita: «Subid, idiotas. El borracho de Lannister anda suelto y se está armando la batalla del Aguasnegras».

El grupo se parte de risa. El fuego crepita y alguien se atraganta con la birra. Me fijo en que Gen evita mirar hacia aquí intencionadamente.

Jordy recupera el porro y le da una calada.

—Resulta que Luke volvía a casa con una chica cuando vieron al tío ese disparando flechas, que incendió al menos dos barcos de los muelles. Los vecinos salieron corriendo de sus casas y se pusieron a lanzarle bengalas. Una locura, vamos.

Cooper me pilla mirando a Gen. Lo escucho regañarme aunque no diga ni una palabra. Niega con la cabeza, lo que bien podría ser un desafío. Puede que él haya sentado la cabeza, pero yo aún pretendo pasármelo bien. Y conozco a Gen. Quizá antes estuviera con el mono, pero, ahora que ha vuelto, no tiene sentido que finjamos que sabemos estar separados. Es química.

Me alejo de la hoguera y me acerco a ella. Estoy medio empalmado solo de pensar en la última vez que la vi, con sus piernas en torno a mi cintura. Sus dientes clavados en mi hombro. Aún tengo las marcas que me dejó. Solo verla hace que quiera llevármela a la cama y compensar el tiempo perdido.

Percibe que me aproximo antes de que abra la boca, y mira a su espalda. Tras un fugaz destello de reconocimiento —la chispa de lujuria y deseo que ambos sentimos—, su semblante se vuelve impasible.

—¿Qué bebes? —pregunto para romper el hielo.

—Nada.

Es incómodo ya desde el principio. El buen rollo que tuvimos en su casa ha desaparecido. Hasta el punto de que Heidi y Steph no saben dónde meterse.

—¿Qué te apetece? —pregunto, e ignoro lo borde que está. Si alguna vez esa actitud hubiera funcionado conmigo, no habríamos vuelto una y otra vez—. Subiré a casa y te traeré algo.

—Estoy bien, gracias —responde mientras mira cómo las olas besan la arena.

Contengo un suspiro y digo:

—¿Podemos hablar? Demos un paseo.

Se aparta el pelo. Es un gesto que reconozco al instante. Es su forma de mandarme a la mierda. Su manera de indicarme que ha dejado de prestarme atención. Como si fuéramos desconocidos.

—Va a ser que no —dice con una voz casi irreconocible, apagada—. No me quedaré mucho. Solo he pasado a saludar.

Pero a mí no.

—¿Este es el plan? —Me esfuerzo por no sonar brusco, en vano—. ¿Vuelves y finges que no me conoces?

—Ya vale —interviene Heidi, que pone los ojos en blanco con hastío—. Gracias por pasarte, pero hoy es noche de chicas, así que ya te estás largando.

—Vete a la mierda, Heidi. —Siempre ha sido una cizañera.

—Encantada.

Tras eso, ella y Steph se acercan con Gen a la hoguera y me dejan ahí plantado como a un pasmarote.

De lujo. Pues ya ves tú. No necesito que me toquen las narices. ¿Genevieve quiere jugar con fuego? Pues se va a enterar. Cuando saco una birra de la nevera, veo que se acerca un grupo de chicas que dan tumbos como si acabaran de salir de Daddy's Bentley. Todas llevan los mismos tops minúsculos y fruncidos, y los mismos pantalones cortos. Parecen clones fabricadas en cadena. Fijo que son alumnas de Garnet, y apostaría a que pertenecen a una hermandad. Gen es todo lo contrario en todos los aspectos. Por un momento perdidas y confusas, miran a su alrededor, hasta que una de ellas repara en mí.

Se esfuerza al máximo por aparentar serenidad mientras se hunde en la arena al acercarse. Me sonríe con sus labios excesivamente brillantes y me pregunta:

—¿Me das una?

Encantado de la vida, le abro una cerveza y sacó más para sus amigas. Lo mejor de las ricachonas que vienen a ver cómo vivimos los paletos de pueblo es que se divierten con nada. Les cuentas un par de anécdotas, se las adornas con hazañas que te han llevado al borde de la muerte y con persecuciones policiales, y se las tragan con patatas. Sienten que desafían a sus padres, les permite vivir al límite desde una distancia segura, pues no lo experimentan ellas, y les da algo que contar a sus amigas. Por lo general, me cabrearía que me tratasen como a un mono de feria, pero esta noche no soy yo el de la cara larga.

Mientras las chicas me tocan los brazos más de lo necesario, me ríen los chistes y me levantan la camiseta cuando les digo que tengo tatuajes, Gen me fulmina con la mirada desde su sitio junto al fuego. Me mira como diciendo: «¿Con esas? ¿En serio?». Paso de contestarle, porque, si se empeña en fingir que estoy muerto para ella, seré un témpano.

—Yo también tengo uno —me dice la más valiente del grupo. Es mona, pero otra más del montón. Al menos tiene buenas tetas—. Me lo hice el año pasado en las vacaciones de primavera, en México. ¿Quieres verlo?

Antes de que responda, se sube la falda y me enseña la cara interna del muslo. Su tatuaje es una medusa que parece que se deslice hacia sus braguitas de encaje. No veo qué tiene eso de *sexy,* pero Gen no me quita ojo, y eso me pone.

—¿Te dolió? —pregunto mientras miro a Gen, detrás de ella.

—Un poco. Pero me gusta sufrir.

—Te entiendo. —Está chupado. La tía casi me está rogando que me la lleve a casa—. Es el dolor lo que nos enseña lo que es el placer. Si no, ¿cómo los distinguiríamos?

Al final, sus amigas se dan por vencidas y se van a buscar su rollito para esta noche, y al momento nos estamos besando y yo magreándole el culo. Es pura rutina, una costumbre a la que he sucumbido en cientos de ocasiones este último año. Perderme en una lengua ávida y un cuerpo anhelante me permite olvidarme de Gen un rato; no recordar la cruda realidad: que se fue sin decirme ni una palabra.

Pero, ahora mismo, ella es en lo único que pienso. Cuando me aparto de la chica para coger aire, veo que Gen se muerde el labio como si quisiera rebanarme la garganta si no hubiera tantos testigos. ¡Ja! Qué pena. Ha empezado ella.

—¡Cabrón!

Parpadeo y, de repente, veo a un gilipollas con polo en mi campo de visión. Está rojo de rabia, lo que hace que parezca una langosta cabreada. La chica, a la que llama Ashlyn, se aparta de mí a trompicones con cara de culpable. Al instante, el tío me arrea un puñetazo. No pega demasiado bien y apenas me ladea la cabeza.

—Qué grosero —señalo mientras me recoloco la mandíbula. Me han pegado tantas veces a lo largo de mi vida que ya casi ni me entero.

—¡Ni te acerques a ella! —exclama el tío, que se viene arriba y se pone en plan machito. Se ha traído a los colegas de refuerzo.

Me vuelvo hacia Ashlyn, pero ya no está a mi lado. Se encuentra a cincuenta metros, arropada por sus amigas. Se niega a mirarme a los ojos. El brillo de satisfacción de su rostro al observar al tío del polo me indica que lo de esta noche conmigo ha sido más que un frívolo entretenimiento para ella. Ha sido venganza.

—Relájate —le digo al tipo. Unas cuantas personas se vuelven, y luego muchas más, pues los de la fiesta se han enterado del enfrentamiento—. Tu hermana y yo solo nos estábamos conociendo.

—Es mi novia, capullo.

—¿Te acuestas con tu hermana? Qué locura, macho.

El segundo puñetazo es más fuerte. Me chupo el corte del labio y el sabor de la sangre me llena la boca. Escupo moco rojo a la arena.

—Venga, guaperas —lo provoco sonriendo con los dientes húmedos y rojos. Me hormiguean los brazos de la expectación y la energía—. Sé que puedes pegar más fuerte. Hasta me ha enseñado el tatuaje.

Arremete contra mí de nuevo, pero esta vez esquivo el golpe y lo tumbo tras hacerlo sangrar por la nariz. Nos enzarzamos. Se nos pega arena a la sangre que nos baja por la camiseta. Nos damos puñetazos y giramos por el suelo hasta que algunos de sus colegas y de los míos intervienen, por fin, para separarnos. Mis amigos les dicen a los pijos que se piren. A fin de cuentas, los superamos en número. Aun así, mientras el guaperas y su

41

banda se retiran, no puedo evitar sentir que me han interrumpido. Apenas me he cansado y aún tengo la adrenalina a tope.

—Volved cuando queráis —grito.

Al girarme, una ola de agua salada me salpica en la cara.

Cuando me seco los ojos, veo a Gen con un vaso vacío. Le sonrío con suficiencia y digo:

—Gracias, me moría de sed.

—Eres imbécil.

—Ha empezado él. —Me escuece el labio y me duele la mano, pero, por lo demás, estoy perfectamente. Hago amago de acercarme a ella, pero se aleja.

—No has cambiado nada —espeta, me tira el vaso a los pies y se marcha con Heidi y Steph. Su cara de asco y desprecio me duele más que los golpes que me ha asestado el aguafiestas.

¿Que no he cambiado nada? ¿Por qué *debería* cambiar? Soy el mismo de siempre. La única diferencia es que ella desapareció durante un año y ha vuelto con complejo de superioridad. Finge ser alguien que no es. Ya me di cuenta el otro día en su casa. Vi a la Genevieve de verdad. La nueva es una fachada, y no muy buena, que digamos. No sé a quién pretende impresionar, pero no me sentiré mal por ser sincero. Al menos uno de los dos lo es.

—¿A qué ha venido eso? —Cooper me sigue al porche trasero.

—No quiero oírte —espeto mientras abro la puerta de cristal corredera que conduce a la cocina.

—Eh. —Me agarra de un hombro—. Todos se lo estaban pasando bien hasta que has empezado una pelea.

—Yo no he empezado nada. —Qué típico. Un tío cualquiera se mete conmigo y Cooper cree que es culpa mía—. Ha sido él el que me ha provocado.

—Ya, siempre es el otro. Pero, por algún motivo, siempre te eligen a ti. ¿Por qué será?

—Suerte, supongo. —Pruebo a echar a andar de nuevo, pero Cooper me impide el paso y me da un empujón.

—A ver si maduras de una puñetera vez. Ya no somos críos. Ya cansa que te metas en peleas porque estás resentido.

—Por una vez estaría bien que te pusieras de mi lado.

—Pues deja de estar en el lado equivocado.

Ya estoy harto. Lo aparto a un lado y subo a darme una ducha. Cooper siempre se ha negado a ver las cosas desde mi perspectiva. Está muy ocupado siendo un criticón de mierda. Debe de estar la mar de a gusto en su mundo de yupi en el que él es el gemelo bueno, pero yo ya estoy hasta el gorro.

Mientras espero a que el agua se caliente, me miro al espejo y me sobresalto al verme. Tengo el labio un poco hinchado, pero nada serio. No, es mi mirada devastada lo que me asusta. Va a juego con cómo me siento: vapuleado y roto, algo que he tratado de ignorar desde que mi mejor amiga se largó del pueblo, pero espero por Dios que esta no fuera mi expresión antes, con Gen. Sabe que me puteó cuando se fue, pero ni de coña dejaré que vea el daño que me provocó.

CAPÍTULO 6

GENEVIEVE

Para cuando apago el ordenador del despacho el viernes por la noche, ya está oscuro. No era mi intención quedarme trabajando hasta tan tarde —hace rato que los demás se han marchado a casa—, pero estaba embobada con las hojas de cálculo y no he parado hasta que Heidi me ha escrito para recordarme que había quedado luego con las chicas. Me ha costado unas buenas casi dos semanas, pero por fin he conseguido entender cómo va el sistema de rastreo de facturas. La semana que viene me pondré con las cuentas pendientes, justo a tiempo para pagar las nóminas. Con ayuda de Google, he hecho un curso acelerado para entender el *software,* aunque, por suerte, mamá lo tenía programado para que casi todo el proceso fuese automático. Lo último que necesito es un montón de empleados cabreados porque no han cobrado. Aunque, en parte, me preocupa que hacer un buen trabajo me vuelva indispensable, confío en que esa eficiencia motive a papá para contratar a alguien pronto.

Mientras echo el cierre, una camioneta que me resulta familiar se detiene en el aparcamiento. Se me tensan los hombros cuando veo a Cooper apearse y acercarse a mí con la decisión de alguien que tiene un objetivo.

—Eh, Coop.

Es idéntico a su hermano, con su pelo oscuro y sus ojos marrones y fieros. Es alto, está en forma y tiene los brazos tatuados. Y, sin embargo, curiosamente, nunca me ha atraído. Evan me llamaba la atención, y hasta a oscuras los distinguía, como si a cada uno lo rodease un halo distinto.

—Tenemos que hablar —me dice, y su voz suena enfadada.

44

—Vale. —Su tono brusco me desalienta y hace que me ponga a la defensiva. Crecí siendo la mediana de cinco hermanos varones. A mí nadie me achanta. Esbozo una sonrisa tranquilizadora y añado—: ¿Qué pasa?

—Aléjate de Evan. —Al menos va al grano.

Sabía que era mala idea ir a la hoguera la otra noche. Mi instinto me decía que estar cerca de Evan no acabaría bien, pero me convencí de que, si guardaba las distancias y no entraba en el juego, no iría tan mal. Como es obvio, me acerqué demasiado.

—A lo mejor deberías tener esta conversación con él, Coop.

—La tendré contigo —replica, y por un instante me siento desconcertada. Siempre tengo la extraña sensación de estar discutiendo con el rostro de Evan, pero las palabras son de Cooper. Los conozco desde que éramos pequeños, pero, cuando tienes una relación tan cercana como la de Evan conmigo, cuesta aceptar esta sensación de intimidad que pertenece a una persona tan similar y distinta a la vez—. Le iba muy bien hasta que volviste. Solo llevas unas semanas aquí y ya le ha dado una paliza a un universitario de mierda porque otra vez le has comido el coco.

—Eso no es justo. Apenas hemos hablado.

—Y mira el daño que has hecho.

—No soy la niñera de Evan —le recuerdo, incómoda con el rencor que emana—. Da igual los líos en los que se meta tu hermano, no soy responsable de su comportamiento.

—No, solo eres la culpable. —Apenas reconozco a Cooper. Antes era el majo. El razonable. Bueno, todo lo razonable que pueden ser los gemelos Hartley. Acorralarme en un aparcamiento no es propio de él.

—¿A qué viene esto? Creía que estábamos bien. Éramos amigos. —Hubo un tiempo en que fuimos un trío de cuidado.

—Vete a la mierda —espeta con desprecio. Me asusta. No me extrañaría que me escupiese en la cara—. Le arrancaste el corazón a mi hermano y te lo llevaste sin siquiera despedirte. ¿Cómo de frío hay que ser para hacer eso? ¿Tienes idea de cómo le afectó? No, Gen. Tú y yo no somos amigos. Perdiste ese privilegio. Nadie le hace daño a Evan.

No sé qué decir. Me quedo ahí plantada, con la boca seca y la mente en blanco, viendo cómo una persona a la que conozco de casi toda la vida me mira como si fuera escoria. Me quema la culpa en la garganta, porque sé que en parte tiene razón. Lo que hice fue frío. Sin avisar ni despedirme. Es como si hubiera cogido una cerilla y prendido fuego a mi historia con Evan. Pero no se me ocurrió pensar que Cooper se tomaría tan a pecho que abandonase a su hermano. Si acaso pensé que lo aliviaría.

Por lo visto, me equivocaba.

—Lo digo en serio, Gen. Déjalo en paz. —Y, tras mirarme con desprecio por última vez, se sube a la camioneta y se marcha.

Más tarde, en el chiringuito de Joe, todavía pienso en mi encontronazo con Cooper. Con la música cutre y el aroma a perfume y espray corporal, que se mezclan con la brisa marina que entra por el patio abierto del fondo, sigo repasando la conversación. Ha sido perturbador que viniera a buscarme solo para decirme que me aleje de él o que habrá consecuencias. Si no conociera a Cooper, tendría motivos para sentirme intimidada. Sin embargo, da la casualidad de que lo conozco. Y a su hermano. Así que, cuantas más vueltas le doy a la conversación, más me cabrea que tuviera el valor de venir a ¿qué? ¿A echarme la bronca? Como si Evan no fuera un adulto, con unas cuantas taras de su cosecha que no tienen nada que ver conmigo. ¿Coop quiere dárselas de protector? Vale, genial. Pero, pese a que aún me siento mal por haber desaparecido de la noche a la mañana, saber que Evan todavía la lía solo refuerza mi convicción de que irme fue la mejor decisión. Evan ha tenido tiempo de sobra para enmendarse. Si no lo ha hecho, es su problema.

—Eh. —Heidi, sentada enfrente mío en la mesa alta, chasquea los dedos delante de mi cara, lo que hace que deje de comerme el coco. De todas las chicas de la pandilla, es de la que más cercana me siento. Seguramente porque es la que más se parece a mí. Con su melena rubio platino por encima de los hombros y su lengua viperina, Heidi es una cañera total, es decir, mi tipo de chica. También me conoce demasiado bien—. ¿Estás viva? —añade mientras me mira con recelo.

46

Contesto con una sonrisa desganada y me obligo a estar más presente. Aunque solíamos escribirnos mientras estaba fuera, hace siglos que no salgo con mis amigas.

—Perdón —me disculpo con timidez. Clavo la pajita en el hielo de mi cóctel sin alcohol. En noches como esta me vendría bien una copa.

—¿Seguro que no quieres algo más fuerte? —pregunta Alana mientras me ofrece su tequila con el gajo de lima más fino del mundo y jarabe. Tentador.

—Déjala en paz. —Steph, la defensora de los débiles por antonomasia, se interpone entre mí y la presión social—. Sabes que, como se tome una copa, no la aceptarán de nuevo en el convento.

Vale, puede que no sea tan maja.

—Eso, sor Genevieve —dice Heidi con una sonrisilla sarcástica. Me habla despacio, como si fuera una estudiante de intercambio o algo así. Un intento de mofarse de lo mucho que he estado fuera—. Estarás muy agobiada con tantas luces y la música tan alta. ¿Recuerdas lo que era la música?

—Me mudé a Charleston —digo mientras le enseño el dedo corazón—, no a una comunidad *amish*.

—Cierto. —Alana le da otro trago a su copa, y el olor salado y dulce a la vez me provoca muchísima sed—. La infame ciudad de Charleston en la que está prohibido el alcohol.

—Uy, sí, me parto —digo en respuesta a sus bromas—. Sois muy graciosas.

No lo entienden. En absoluto. Y no las culpo. Estas chicas son mis amigas desde que éramos niñas, por lo que para ellas nunca me ha pasado nada. Pero sí. Tengo una vena destructiva e incontrolable que guía mis decisiones cuando bebo. No tomaba buenas decisiones. No encontraba el término medio entre la moderación y el desfase. Salvo por un lapsus, el mes pasado en un viaje a Florida, en el que desperté en la cama de un desconocido, de lo que me arrepiento, me las he apañado bastante bien para estar sobria. Pero me ha costado.

—Por Gen. —Heidi alza la copa—. A quien, aunque parece que ha olvidado cómo pasárselo bien, aceptamos de todos modos.

A Heidi siempre se le han dado bien los cumplidos irónicos. Es su forma de demostrar cariño. Si no te insulta, aunque sea un poquito, no existes para ella. Es algo que me gusta, porque tienes claro lo que opina de ti. Vive siendo fiel a sí misma.

Pero me sorprende cuando suaviza de nuevo el tono.

—Bienvenida a casa, Gen. Te he echado mucho de menos.

Entonces, como si se hubiera percatado de que de verdad —ahogo un grito— ha revelado un ápice de emoción, me mira con el ceño fruncido y agrega:

—No vuelvas a dejarnos, cabrona.

Disimulo una sonrisa y respondo:

—Lo intentaré.

—Bienvenida a casa —repiten Steph y Alana, que alzan sus copas.

—Va, contadme —les pido, porque preferiría hablar de cualquier otra cosa. En serio. Entre el funeral y la vuelta a casa, la gente solo me pregunta cómo estoy. Y me cansa ser el centro de atención—. ¿Qué se cuece por aquí?

—Alana se tira a Tate —suelta Steph con demasiado entusiasmo, como si llevara toda la noche impaciente, deseando contarlo, esperando tener la oportunidad. Mientras que Heidi y Alana tienen fama de reservadas, Steph es cotilla como ella sola, y lo ha sido desde que éramos crías. Le chifla el drama, siempre y cuando no la incluya a ella.

—Joder, Steph. —Alana le tira un posavasos de cartón—. Dilo más alto.

—¿Qué pasa? Es verdad. —Steph le da un sorbo a su bebida con un brillo de cero arrepentimiento en la mirada.

—¿Cómo ha ocurrido? —pregunto, intrigada. Nuestro amigo Tate es bastante conocido, por decirlo finamente. Destaca incluso entre los más promiscuos de nuestro círculo de amigos más amplio. No es como los que suelen gustarle a Alana. Ella es… especialita, por decirlo de algún modo.

Alana se encoge de hombros y responde:

—No te lo creerás. Iba una noche dando tumbos, a oscuras, cuando, mira tú por dónde, tropecé y me caí sobre su rabo.

Interesante. Es la época de los rollitos de verano. Me alegro por ella, supongo.

Heidi, a quien no le ha hecho gracia la evasiva de Alana, pone los ojos en blanco y añade:

—Cuenta más bien que lleváis acostándoos desde otoño.

Enarco una ceja. ¿Desde otoño? A ninguna de ellas le ha interesado nadie tanto tiempo.

—Entonces, ¿vais en serio o...?

Ladea la cabeza para quitarle hierro al asunto, pero no hay quien se la crea.

—Polvos de una noche irregulares. Extremadamente esporádicos.

—Y luego está Wyatt —añade Steph, como si guardase un secreto, con una sonrisa tonta y las cejas enarcadas.

—¿Wyatt? —repito, sorprendida. Esta revelación es aún más desconcertante que la de Tate—. ¿Y Ren, qué?

—Sabes que, desde hace tres años o así, no dejaban de romper y volver, ¿no? Cortaban semana sí, semana no. Pues, al final, les salió el tiro por la culata —confiesa Heidi con una sonrisilla—. Ren lo dejó por una chorrada y Wyatt ha pasado página.

Vaya. Definitivamente, eso no me lo esperaba. Lauren y Wyatt se parecían a Evan y a mí en eso, también rompían y volvían sin parar, pero no pensaba que cortarían para siempre.

—¿Y tú te le echaste la caña? —pregunto mientras me vuelvo hacia Alana—. Ren es nuestra amiga. ¿No va en contra del código de las chicas?

—No le he echado la caña. —Alana rechaza la idea con un resoplido—. No nos acostamos. Me da igual lo que crea esta... —Fulmina con la mirada a Steph—. Por un motivo absurdo, Wyatt ha decidido que le molo. —Se aparta el pelo cobrizo con fastidio—. Estoy intentando disuadirlo, ¿vale?

Me apiado de ella y cambio de tema con rapidez.

—Háblame de Cooper y su nueva novia —le pido a Heidi. No hace mucho, Heidi no dejaba de marear la perdiz con Cooper. En su caso, no obstante, su relación de amigos con derecho a roce le salió cara a ella—. ¿Cómo surgió?

—Mackenzie —contesta sin el tono de irritación que durante un tiempo tiñó los ocasionales mensajes en los que se quejaba de Cooper y su nueva novia rica—. Dejó Garnet. Básicamente, pasó de sus padres y le cortaron el grifo.

—Fue muy fuerte —concuerda Steph—. Ah, y compró el viejo hotel del paseo. El Faro. Lo ha restaurado para reinaugurarlo pronto.

Dios. Está forrada. Debe molar. Yo, en cambio, me conformaría con saber hacia dónde dirigir mi vida. Rellenar hojas de cálculo y perseguir a mis hermanos no es mi vida soñada, que digamos. Y, aunque agradezco lo que ha construido mi padre para mantenernos, el negocio familiar se me antoja más una trampa que una oportunidad. No es para mí. Pero a saber qué lo es.

—La verdad es que es maja —añade Heidi, aunque a regañadientes—. Al principio no la tragaba. Pero hacen buena pareja, y Coop está de mejor humor desde que sale con ella, así que algo es algo.

Ya, claro. Sea cual sea el efecto que ejerce esa chica sobre él, no es infalible.

—¿Y esa cara? —me pregunta Alana.

—Podría decirse que me acosó al salir del curro.

—¿Qué? —La clara alarma de Heidi hace que se enderece de golpe.

Suena tonto al decirlo en alto. Cooper tiene fama de ser un poco gamberro, pero es el más dócil de los gemelos Hartley, de eso no hay duda. Echarme la bronca en un aparcamiento me parece muy impropio de él. Aunque, bueno, en lo que concierne a su hermano, siempre ha sido de mecha corta. Evan tiene ese efecto en la gente.

—Ya, no lo sé —les explico—. Prácticamente me amenazó para que me mantuviera alejada de Evan. Me dijo que ya no me considera su amiga después de lo mal que me he portado con su hermano.

—Qué duro —comenta Steph con lástima.

—En eso supongo que tiene razón. —Finjo que me da igual y me encojo de hombros—. Pero también me culpó de que a Evan se le vaya la olla, y eso sí que no. Evan ya es mayorcito. Es responsable de sus actos.

Alana desvía la mirada, como si se callase algo.

La miro con los ojos entornados y le pregunto:

—¿Qué pasa?

—No, nada. —Niega con la cabeza, pero es obvio que hay más que no quiere contar. Cuando las tres guardamos silencio para presionarla, al final cede—. A ver, Evan le dio una paliza al tío ese para ponerte celosa. Es lo típico en lo que Cooper se fijaría y desaprobaría.

—¿Estás de su parte, entonces? ¿Es culpa mía?

—No. Lo que digo es que Cooper ve eso y tu aparición como un mal presagio. Seamos sinceras, nunca se le ha dado bien controlar a Evan. Pensará que, si te asusta, todo será más fácil.

—Pues qué feo —dice Steph.

—Solo conjeturo. —Alana se acaba la copa y la deja en la mesa—. ¿Otra ronda?

Todas asienten. Alana y Steph van al baño antes de pedir una segunda ronda.

Tras apurar su copa, Heidi me observa con cautela, como si quisiera pedirme algo incómodo.

—A ver, voy a decirte algo que me resulta violento, pero, eh, ¿sabes que Jay y yo estamos saliendo?

Estupefacta, respondo:

—¿Jay? ¿Mi hermano Jay?

—Sí.

—Pues no, no lo sabía.

—Ya, bueno, es que empezamos hace poco. Para ser sincera, lleva pidiéndome una cita desde otoño, pero no sabía si sería buena idea. Al final, hace un par de meses, me convenció. Quería asegurarme de que te parece bien. No me apetece que las cosas se pongan raras entre nosotras.

Lo raro es ver a Heidi sufrir. Casi nada atraviesa su fachada de «no me toques las narices» ni hace que se ponga a la defensiva. Asustaría al más pintado. De modo que es adorable, supongo, que me pida permiso para salir con mi hermano mayor.

—¿Quieres que te dé el visto bueno? ¿Es eso? —pregunto en broma. Chupo con la pajita el culo de mi vaso, que es básicamente hielo derretido, y la hago esperar—. Sí, vale. Este pueblo es muy pequeño. Solo era cuestión de tiempo que alguna de vosotras acabase con uno de los hermanos West. Lo que me sorprende es que sea Jay.

Jay es el más agradable de mis hermanos. Bueno, después de Craig, pero él no cuenta, porque acaba de graduarse en secundaria. Jay tiene veinticuatro años y ni un ápice de maldad en su cuerpecito de bonachón. Es casi lo contrario a Heidi, incisiva a más no poder.

—Créeme, a mí también me sorprende —dice en tono seco, mientras se pasa una mano por su cabello corto y rubio—. Te lo juro, en mi vida he salido con alguien tan bueno. ¿Qué le pasa?

Me parto de risa.

—Ya ves.

—La otra noche íbamos de camino al autocine y se paró a ayudar a una ancianita a cruzar la calle. ¿Quién coño hace eso?

—Dime que no te has tirado a mi hermano en el autocine.

—Vale, pues no te lo digo.

—Ay, madre. Te lo he puesto en bandeja, ¿no?

—Eh, hola, Genevieve —nos interrumpe una voz masculina.

Heidi y yo nos volvemos hacia un tipo nervioso, pero alegre, que se acerca a nuestra mesa. Lleva una camisa de manga corta y pantalones caquis. Es mono, en plan *boy scout,* con el pelo castaño y pecas en el rostro. Si no tuviera la vaga impresión de que lo conozco, diría que es un turista que se ha perdido y ha venido dando tumbos desde el paseo marítimo.

—Soy Harrison Gates —se presenta—. Fuimos al insti juntos.

—Ah, sí, es verdad. —Apenas me suena su nombre, pero, ahora que me ha situado, su cara me resulta familiar—. ¿Qué tal todo?

—Bien. —También sonríe a Heidi, pero su mirada sigue clavada en mí—. No quería molestarte. Venía a darte el pésame por el fallecimiento de tu madre.

—Gracias —digo de corazón. Aunque su muerte me genera sentimientos encontrados, lo bueno de volver al pueblecito en el que te criaste es que a la gente le importa lo que te pase. Hasta algunas personas que me habrían atropellado con gusto hace años han tenido un detalle conmigo. Así somos—. Aprecio el gesto.

—Ya. —Sonríe más abiertamente y con menos nerviosismo mientras relaja la postura—. Y también quería que supieras que me alegro de que hayas vuelto.

Heidi me lanza una mirada como para advertirme de que lo largue, pero no entiendo por qué se preocupa. Parece majo.

—¿Y qué te cuentas? —pregunto, pues me parece grosero no hablar con el chaval, aunque sea un momento.

—Pues acabo de incorporarme al departamento del *sheriff* de Avalon Bay. No me lo creo. Aún me suena raro decirlo en alto.

—¿En serio? Vaya. Pareces demasiado majo para ser poli.

El chico ríe y contesta:

—Me lo dicen a menudo, la verdad.

Incluso antes del incidente del año pasado, he tenido muchos encontronazos con la policía local. Cuando éramos niños, daba la sensación de que no tenían nada mejor que hacer que perseguirnos. Era un deporte para ellos. Los matones del colegio, pero con pistolas y placas. Y el capullo de Rusty Randall se llevaba la palma.

—Cuidado con esta, novato. No vale la pena.

Como si me hubiera escuchado insultarlo mentalmente, el ayudante del *sheriff* Randall, uniformado, se acerca a nosotros con paso lento y le planta una mano en un hombro a Harrison.

Me quedo helada al instante.

Heidi le suelta un zasca que no escucho por los ensordecedores gritos de rabia que retumban en mi cabeza. Me muerdo los carrillos para no decir algo de lo que pueda arrepentirme.

—Si nos disculpas —le dice Randall a Harrison—, tengo que hablar un momento con ella.

Ha engordado desde la última vez que lo vi. Ha perdido mucho pelo. Antes escondía su verdadero rostro tras una sonrisa amable y un saludo amistoso; ahora vive con el ceño fruncido y destila rencor y malicia.

—Estamos un poco liadas aquí —dice Heidi, que acerca la cabeza a él como si buscara pelea—. Pero, si quieres pedir cita, ya iremos a verte.

—¿Es tu coche el que hay aparcado ahí enfrente? —me pregunta Randall con mofa—. A lo mejor debería anotar la matrícula para ver cuántas multas debes. —Hasta a Harrison lo incomoda la amenaza de Randall, pues me mira perplejo—. ¿Qué me dices, Genevieve?

—Vale —intervengo para que la situación no se desmadre. Heidi parece a punto de volcar la mesa. Y pobre Harrison. No tiene ni idea de dónde se ha metido—. Hablemos, ayudante del *sheriff* Randall.

Al fin y al cabo, ¿qué más puede hacerme?

CAPÍTULO 7

GENEVIEVE

Rusty Randall siempre me ha dado mala espina. Cuando, en secundaria, era la canguro de sus cuatro hijos, me decía cosas…, pequeños comentarios desconsiderados, que me incomodaban. Pero nunca le contestaba, pues priorizaba el dinero. Y pensaba que solo tendría que verlo un momento al llegar y al irme, por lo que no era para tanto. Hasta una noche del año pasado.

Unas amigas y yo fuimos a un bar de las afueras. Sabíamos que era un punto de reunión de polis, pero, tras un par de horas de prefiesta, Alana se empecinó en que sería la caña. Al echar la vista atrás, no fue una de sus mejores ideas. Estábamos bebiendo chupitos de tequila y *rum runners* cuando Randall se acercó a nuestra mesa. Nos invitó, lo cual nos pareció bien. Entonces, empezó a ponerse sobón, lo cual no nos pareció tan bien.

Ahora, fuera del bar de Joe, el ayudante del *sheriff* Randall se apoya en el coche patrulla aparcado junto al bordillo. No sé por qué, pero me da una rabia tremenda que los polis se toquen el cinturón del uniforme y hagan amago de desenfundar el arma. Me clavo las uñas en las palmas de las manos y me preparo para lo que viene. Procuro que me dé la luz de la farola para que la gente que hay en la entrada del bar me vea.

—Esto es lo que hay —empieza Randall mientras se pone a mi altura—. No eres bienvenida. Mientras estés en el pueblo, no te acercarás ni a mí ni a mi familia.

Por lo que he escuchado, ya no es su familia. Pero me guardo el comentario sarcástico junto con la bilis que me sube por la garganta. No tiene derecho a hablarme en ese tono de desprecio, no después de cómo *él* se portó el año pasado.

Es innegable que la noche en que Rusty intentó convencerme de que lo acompañara a su coche y nos liáramos en el aparcamiento, las chicas y yo íbamos muy pedo. Al principio fui amable. Me lo tomé a risa y me abrí camino por la sala para evitarlo. Me pegué a las chicas, porque éramos mayoría, y eso me daba seguridad. Hasta que me acorraló en la gramola para intentar comerme la boca y me metió una mano por debajo de la camiseta. Lo empujé y lo mandé a la mierda alto y claro, para que todo el bar se enterase. Gracias a Dios, se fue, aunque enfadado e insatisfecho.

Ahí tendría que haberse acabado todo. Tendría que haber vuelto con mis amigas y olvidarlo. A decir verdad, no era la primera vez que un hombre mayor, y extremadamente violento, me tiraba la caña. Pero algo de ese enfrentamiento me dolió en el alma. Estaba cabreada. Furiosa. Sentía una rabia increíble. Mucho después de que se fuera, seguía ahí sentada, repasando el encuentro y pensando en que debería haberle dado una patada en los huevos y clavado la base de la mano en el gaznate. No paraba de beber chupitos. Al rato, Steph y Alana se marcharon, y me quedé sola con mi amiga Trina, que probablemente será la única de nuestro antiguo círculo de amigos con un instinto asesino mayor que el mío. No estaba dispuesta a dejar pasar lo de Randall, y me dijo que yo tampoco debería. Lo que había hecho estaba mal, y yo era responsable de que pagara por ello.

Ahora, Randall, erguido, se inclina sobre mí. Me subo a la acera mientras busco la mejor escapatoria. Para ser sincera, no tengo ni idea de lo que este hombre es capaz de hacer, así que asumo que cualquier cosa.

—Mira —digo—. Reconozco que cometí una locura al presentarme en tu casa de esa forma. Pero eso no cambia el hecho de que me magreaste en un bar después de haberme pasado toda la noche intentando darte esquinazo. En mi opinión, el que necesita que le recuerden lo que es mantener las distancias eres tú. No soy yo la que busca pelea.

—Más te vale que no armes ningún follón, niña —me advierte con un gruñido húmedo y flemático de impotencia y rabia. Hay que ver cómo le gusta alardear de poder—. Nada de fiestecitas. Como te pille con drogas, te meto en el asiento trasero de este coche. Como sospeche que te has metido en un lío, irás a la cárcel. ¿Me has oído?

Está deseando que le dé un motivo; que lo provoque lo más mínimo para encerrarme. Lástima, pues hace tiempo que dejé esa etapa de mi vida atrás. Por el rabillo del ojo veo que Heidi y las chicas me esperan en la entrada del bar.

—¿Has acabado? —pregunto mientras alzo el mentón. Prefiero tirarme a la carretera que darle el gusto a Randall de saber que me afectan sus amenazas—. Vale.

Me alejo de él. Cuando las chicas me preguntan, solo les contesto que se anden con ojo. Dondequiera que vayamos este verano, hagamos lo que hagamos, fijo que nos estará vigilando. Esperando el momento oportuno.

No entraré en su juego.

Luego, en casa, estoy tumbada en la cama, rígida de la rabia. Me noto el cuello tenso. Me escuecen los ojos. No consigo relajarme. De modo que, casi a medianoche, me siento frente al armario, rodeada de cajas, anuarios y álbumes de fotos, y buceo en mis recuerdos. Una zambullida de lo más inoportuna, pues la primera foto del primer álbum que abro es una en la que salimos Evan y yo. Debemos tener unos dieciocho o diecinueve años, y contemplamos la puesta de sol en la playa. Evan me abraza por detrás y con una mano sostiene un botellín de cerveza. Yo llevo un bikini rojo y apoyo la cabeza en su pecho robusto y descamisado. Ambos sonreímos felices.

Me muerdo el labio para que los recuerdos no lleguen a mi cerebro. Pero derriban mis barreras mentales. Recuerdo ese día en la playa. Vimos ponerse el sol con nuestros amigos, luego nos fuimos solos y caminamos por la arena caliente hasta la casa de Evan. No salimos de su cuarto hasta la tarde siguiente.

Otra foto. Esta es de una fiesta en casa de Steph. Aquí tenemos dieciséis años. Sé que tengo esa edad porque esas mechas rubias tan feas fueron un regalo de cumpleaños de Heidi. Estoy ridícula. Pero nadie lo diría por cómo me mira Evan. No sé quién hizo la foto, pero logró inmortalizar su cara de adoración; no tiene otro nombre. Se me ve igual de colada.

Me sorprendo sonriendo a nuestros yos más jóvenes y encandilados. Poco después de esa fiesta, se me declaró. Estábamos en mi patio trasero, tumbados bocarriba en la piscina, enfrascados en una conversación muy seria acerca de lo mucho que nos gustaría importarles a nuestras madres, cuando me interrumpió de repente y me soltó: «Eh, Genevieve, te quiero».

Y me sorprendió tanto escucharlo llamarme por mi nombre en vez de Fred, el apodo tonto que ya ni recuerdo cómo surgió, que me hundí al instante. Ni siquiera escuché la segunda parte hasta que salí a la superficie. Me picaban los ojos y me atraganté con el agua.

Me miró todo indignado y me dijo:

—¿En serio? ¿Te digo que te quiero e intentas ahogarte? ¿De qué vas?

Me reí tanto que me meé un poco y, tonta de mí, le confesé que me había meado un poquito. Evan nadó hacia la escalerilla y salió chorreando de la piscina. Exasperado, alzó las manos y gruñó:

—¡No he dicho nada!

Me dan ganas de reírme. Estoy a punto de escribirle y preguntarle si recuerda aquel día cuando reparo en que debería guardar las distancias con él.

Mi móvil vibra a mi lado.

Tras echarle un vistazo, gruño de angustia. ¿Cómo lo hace? ¿Cómo siempre sabe cuándo estoy pensando en él?

Evan: Siento lo de la otra noche.

Evan: Fui un imbécil.

Me quedo mirando los mensajes hasta que me doy cuenta de que la tensión que sentía a raíz de mi encontronazo con Randall se ha desvanecido junto con la rabia y la vergüenza. He relajado los hombros y la roca de diez toneladas que me oprimía el pecho ha desaparecido por fin. Hasta se me ha pasado la jaqueca. Detesto que aún sea capaz de hacer eso también.

Yo: Pues sí.

Evan: Si te consuela, creo que aún tengo arena en un ojo.

Yo: Un poco.

Hay una pausa larga; no veo que vuelva a escribir hasta casi un minuto después. Las burbujitas grises aparecen, desaparecen y aparecen de nuevo.

Evan: Te he echado de menos.

Ya noto el tirón de unos antiguos lazos que pretenden devolverme a un lugar al que juré que no regresaría jamás. Sería muy fácil recaer. Cumplir una promesa que me he hecho a mí misma, y mantenerla de verdad, cuesta mucho más esta vez.

No es culpa suya. Evan no me ha vuelto así. No obstante, por una vez me elegiré a mí.

Yo: Y yo a ti. Pero eso no cambia nada. Lo que te dije iba en serio.

Y apago el móvil antes de que conteste.

Aunque me inflige un dolor insoportable en el pecho, me obligo a hojear los demás álbumes y las montañas de fotos. Nuestra relación, plasmada en escenas preservadas en momentos únicos y perfectos.

«Le arrancaste el corazón a mi hermano y te lo llevaste sin siquiera despedirte. ¿Cómo de frío hay que ser para hacer eso? ¿Tienes idea de cómo le afectó?».

Las palabras de Cooper, sus acusaciones, resuenan en mi cabeza y me parten el alma. Tiene razón: no me despedí de Evan. Pero no pude. Si lo hubiera hecho, sé que me habría convencido de que me quedase. Nunca he podido negarle nada a Evan. Por eso me marché sin decírselo. Sin mirar atrás.

Para cuando al fin guardo las fotos en sus cajas y las meto en el fondo del armario, bajo prendas de ropa y zapatos viejos, es más de la una de la madrugada.

Solo las cosas muertas echan de menos el pasado. Las cosas tristes. Puede que esté triste, pero no estoy muerta. Y viviré mientras pueda.

CAPÍTULO 8
EVAN

Cuando entro por la puerta el domingo por la noche, Cooper y Mac ya están sentados a la cocina con el tío Levi. Los planos del hotel de Mac están desplegados encima de la mesa. Tiene el portátil encendido y, encorvada frente al teclado, mordisquea un boli. Daisy es la única que se fija en mí. Corre para subirse a mi pierna mientras me descalzo con ayuda de los pies.

—Hola, guapa —arrullo a la cachorra emocionada.

—Llegas tarde —me informa Cooper.

—He parado a pillar algo para cenar. —Dejo las bolsas del restaurante chino en la encimera. Mi hermano ni aparta la vista de los anteproyectos—. No, tranquilos. Lo he hecho encantado.

—Gracias —dice Mac por encima del hombro—. El arroz frito es sin huevo, ¿no?

—Sí, me he acordado. —Hostia puta, tío, parezco la chacha.

—Deja eso —comenta Levi—. Ven, tenemos que hablar de la semana que viene.

Levi es el hermano de nuestro padre. Nos acogió al morir papá en un accidente de tráfico por ir borracho cuando éramos pequeños y nos crio él, porque a mamá se la sudábamos. Nuestro tío es el único pariente de verdad que nos queda a Cooper y a mí, y, aunque ha costado cogerle cariño —es de esos tipos callados y hoscos, cuya idea de pasar un buen rato en compañía es estar sentados en silencio en la misma habitación—, últimamente los tres hemos estrechado lazos.

Lleva años al frente de una empresa de construcción. Y, tras los huracanes que arrasaron Avalon Bay hace poco, no da abasto con tantas reformas y demoliciones. Desde que, no hace mucho, nos hizo socios a Cooper y a mí, a nosotros también nos sobra el trabajo.

Nuestro proyecto más ambicioso y abrumador es El Faro, el viejo hotel de referencia del paseo marítimo, que Mac compró hace varios meses. El temporal destrozó el hotel y estuvo abandonado dos años hasta que Mac, movida por un impulso, decidió restaurarlo. Su familia nada en la abundancia, pero ha adquirido El Faro con su propio dinero. Hasta hace poco, yo no sabía que había amasado una fortuna con unas webs en las que se publican cursiladas.

—Me ha llamado Ronan West —explica Levi—. Quiere hacer reformas en su casa para ponerla a la venta. Lo que significa que uno de vosotros tendrá que ir allí con un equipo.

—Que se encargue alguno de los chicos —propone Cooper, que se pone chulito al escuchar el nombre del padre de Gen. Coop es un niñato—. No quiero que la cosa se tuerza en el hotel porque pusimos a otro al mando.

Estamos en las últimas etapas de la restauración del hotel de Mac, que reabrirá de manera gradual a partir de septiembre, en unos meses. La idea es invitar a unos huéspedes muy selectos a conocer el sitio y promocionar el *spa* durante el invierno, para después inaugurarlo por todo lo alto en primavera.

—Ronan es mi amigo —replica Levi—. No puedo enviarle a un descerebrado. Quiero asegurarme de que está en buenas manos.

—Yo me encargo —intervengo.

—Cómo no —dice Cooper, que suspira con exasperación—. No creo que sea buena idea.

—Nadie te ha preguntado. —Estoy hambriento, así que me aparto de la mesa para hurgar en una de las cajas de *lo mein*.

—Vamos sobrados con en el hotel. —Mac se fija en mi *lo mein,* coge su caja de arroz frito y se pone a comer en la encimera—. No pasará nada.

Cooper la fulmina con la mirada por contradecirlo, pero ella se limita a encogerse de hombros. Quizá lo mejor de vivir con Mac sea que le encanta sacar de quicio a mi hermano. Lo cual suele implicar que se pone de mi parte en las discusiones.

—Hay que ver lo que te gusta castigarte. —Cooper me mira y niega con la cabeza.

Quizá, pero él no conoce a Gen como yo. Sí, hemos tenido nuestros momentos tóxicos, nuestras peleas y nuestras noches de desenfreno. Pero también hemos vivido buenos momentos. Juntos, somos una fusión. Una energía perfecta. Ahora mismo, ella cree que una manera justa de redimirse es guardar las distancias, pero eso se debe a que ha olvidado cómo somos en nuestro mejor momento.

Solo tengo que refrescarle la memoria. Pero, para ello, debo acercarme a ella.

—Eh —me llama Levi—. ¿Seguro que podrás ser profesional? No quiero que te pongas tonto mientras trabajas. Puede que ahora seamos Hartley e Hijos, pero en la tarjeta de visita todavía figura mi nombre.

—Tú déjamelo a mí —digo con un puñado de fideos en la boca—. Lo tengo todo controlado.

Cooper suspira.

El lunes por la tarde, Levi y yo vamos a casa de los West. Ronan le ha dejado la llave a Levi esta mañana, así que entramos a echar un vistazo. El objetivo de la visita de hoy es recorrer la propiedad y elaborar una lista de todo lo que necesita sustitución, arreglo o pintura. Ronan dice que confiará en el veredicto de Levi y en el presupuesto que crea que costará conseguir una buena oferta cuando salga al mercado. Tras veintipico años y seis hijos, la laberíntica casa de dos pisos ha visto días mejores.

Me resulta un poco raro estar de nuevo aquí en estas circunstancias. Y aún más raro se me hace entrar por la puerta, con la de veces que Gen y yo hemos entrado o salido a hurtadillas por la ventana. Por no hablar de las fiestas en la piscina que montábamos cuando no estaban los padres de Gen en casa.

Mi tío y yo hacemos primero un barrido del interior y anotamos en nuestros sujetapapeles los diversos problemas que nos llaman la atención. A continuación echamos una ojeada al exterior. Nos fijamos en que habría que sustituir el revestimiento y decidimos que la valla de madera que rodea el patio trasero está floja y hay que cambiarla por una de PVC. Tendrá mejor aspecto y costará menos mantenerla. Tras tomar unos apuntes más, cruzamos la puerta que da a la piscina y… ¡la madre que me parió!

Me paro en seco al ver a Gen tomar el sol en una de las tumbonas.

En *topless*.

Tierra, trágame.

—Creía que ya no se grababan vídeos porno así desde los noventa —farfullo, lo que hace que Levi gruña irritado.

Con una indiferencia total, Gen se tumba de lado. Parece una modelo de bañadores, con esas piernas kilométricas y esa piel aceitosa iluminada por el sol. Sus impresionantes pechos puntiagudos me apuntan directamente a mí. No es que haya olvidado cómo son, pero verla solo con la parte de abajo de un bikini minúsculo y gafas de sol me recuerda los viejos tiempos.

—¿Ya no llamas o qué? —pregunta Gen mientras se estira a por un vaso de agua.

—¿Alguna vez lo he hecho? —Se me van los ojos a esas tetas tan perfectas que tiene. Me cuesta Dios y ayuda recordar que tengo a mi tío al lado.

—Tu, eh, padre nos ha pedido que le hagamos un presupuesto para la restauración —interviene Levi, que mira al suelo con gesto incómodo—. No nos dijo que estarías en casa.

Reprimo una carcajada y digo:

—Va, Gen, tápate, que le dará un infarto al pobre.

—Pero si a Levi no le interesan mis atributos. —Se incorpora y coge el sujetador del bikini—. ¿Qué tal está Tim? —le pregunta a Levi.

Este gruñe un «bien, sí» con cuidado de no mirarla a los ojos. Mi tío no habla mucho de su pareja estable, que trabaja desde casa como editor de revistas académicas. Levi es muy celoso de su vida privada. No siempre le ha resultado fácil ser gay en este pueblo. Creo que es más sencillo para él dejar que la gente crea lo que quiera. Ni siquiera los amigos que lo saben le preguntan por el tema. Los dos no salen mucho en plan pareja, Tim es un poco ermitaño. Les gusta la tranquilidad. Les pega, supongo.

—¿Qué estás haciendo en casa? —le pregunto a Gen. He oído que su padre la ha puesto a trabajar en la tienda de piedras de construcción.

—Abrimos los domingos —contesta mientras se tapa el pecho con el antebrazo y se ata la parte de arriba—. Así que cerramos los lunes. ¿Puedo ayudaros en algo?

Levi consigue hablar mientras mira su sujetapapeles con diligencia.

—¿Sabes si Ronan querrá algún diseño de paisajismo aquí?

Gen se encoge de hombros y responde:

—Ni idea.

Aliviado, aprovecha para entrar y llamar a Ronan, lo que me deja a solas con Gen.

Tras un momento de obvia reticencia, se remueve en el asiento y pregunta:

—¿Me lo atas? —Se pega el sujetador al pecho y me da la espalda.

—O... podemos dejarlo así.

—Evan.

—Qué sosa eres. —Me siento en el borde de su tumbona y me dispongo a atarle el bikini. Me he encargado de trabajos peores.

—¿Te pasa a menudo? Lo de pillar a asaltacunas y universitarias ricas en distintos grados de desnudez —espeta en tono seco.

—Así empiezan todos los proyectos —respondo con solemnidad mientras le ato las finas tiras del bikini—. No obstante, es la primera vez que me empalmo delante de mi tío, lo que supone un nuevo nivel de trauma familiar.

—Podrías haberme avisado —me reprende cuando se vuelve hacia mí tras ponerse bien el bikini—. Pasarte por mi casa sin avisar ha sido muy astuto por tu parte.

—No sabía que estarías aquí —le recuerdo—. Pensaba agenciarme algo de ropa interior y largarme.

Gen suspira.

—La estrategia de ir en *topless*...

—¿Qué estrategia? No sabía que vendrías —se queja.

Ignoro lo que dice y sigo:

—... me recuerda a la excursión de último año —termino sin disimular siquiera que estoy mirando las gotitas de condensación que caen de su vaso de agua y le bajan por el pecho mientras bebe.

—¿Qué excursión?

—No te hagas la tonta. Sabes perfectamente de qué hablo.

—Ese viaje fue inolvidable.

Sonríe ligeramente y acto seguido aprieta los labios en una línea firme.

—¿Qué tal si no vamos por ahí? —pregunta con otro suspiro.

—¿Por dónde? —Parpadeo con cara de no haber roto un plato—. ¿Por el acuario?

—Evan.

—Llovía. Tú estabas enfadada conmigo porque decías que había tonteado con Jessica en clase de mates, así que al día siguiente viniste a la excursión con un top de tirantes blanco, sin sujetador, para camelarte a Andy Yoquesé. Bajamos del bus y todo el mundo te miraba los melones.

Hay una pausa larga durante la cual noto que su determinación flaquea.

—Robaste una camiseta de la tienda de regalos y me la diste —añade a regañadientes.

Disimulo una sonrisa de satisfacción. Qué fácil ha sido que me siga el rollo y recuerde conmigo.

—O le habría partido la nariz al Andy Caramierda ese por mirarte las tetas todo el viaje.

Hace otra pausa y entonces dice:

—A lo mejor me ponía que estuvieras celoso.

Se me escapa una sonrisa y respondo:

—Hablando de celosos…

Su expresión se nubla cuando pregunta:

—¿Qué?

—Vi la mirada asesina que me echaste la otra noche en la hoguera. —Como no muerde el anzuelo, le lanzo otro cebo—. Cuando estaba hablando con la universitaria esa.

—¿Hablando? —repite en tono amenazante. Un destello asesino que conozco bien ilumina sus ojos y, al momento, sonríe enfadada…, consigo misma.

Conozco a Genevieve. En estos momentos se martiriza por haberse mostrado vulnerable. Así pues, cómo no, se sale por la tangente.

—¿Te refieres a la chica cuyo novio te dio una paliza? —Gen me sonríe con excesiva dulzura—. ¿La que fingió que quería tema contigo para poner celoso a su chico?

—Primero, no tienes permitido alegrarte tanto de que me den una paliza. Segundo, no me dio una paliza. Por si no te diste cuenta, tuvo que llevárselo su grupito. Y, tercero, si hubiera querido tema con ella, lo habría tenido.

—Ya, ya. Pues, desde donde yo estaba, daba la sensación de que tú intentabas ligar y que ella se fue con su novio.

—¿Intentaba? No lo intentaba. —Alzo la cabeza con gesto desafiante—. Genevieve. Encanto. Ambos sabemos que no me cuesta nada convencer a las mujeres de que se desnuden.

—Y encima modesto.

Le guiño un ojo y suelto:

—La modestia es para los que no mojan.

Me complace ver que traga saliva. Joder, quiero tirármela. Ha pasado mucho tiempo. *Demasiado.* Da igual la cantidad de tías a las que me he cepillado en su ausencia. Ninguna puede compararse a ella. Ninguna me pone tanto ni me vuelve tan loco.

—Bueno, como se te da tan bien seducir, ¿por qué no te buscas a una que quiera que la seduzcan? —Enarca las cejas con enfado y le da otro trago al agua.

Resoplo y espeto:

—Deja ya de fingir que no quieres arrancarme la ropa y follarme en la piscina.

—Es que no quiero. —Su tono rezuma seguridad, pero no se me escapa el ardor de su mirada.

—¿No? —repito mientras me lamo los labios, de repente secos.

—No —insiste, pero su confianza flaquea.

—¿En serio? ¿Ni a una diminuta parte de ti le tienta?

Se le mueve la garganta al tragar saliva de nuevo. Veo que le tiembla la mano cuando deja el vaso.

Me acerco más a ella y respiro hondo. El aroma a la vez dulce y salado del aceite bronceador inunda el aire húmedo. Me muero por arrancarle el sujetador con los dientes y enredar los dedos en su pelo. Quiere aparentar que está por encima de todo, pero, a juzgar por lo rápido que le late el pulso en el lateral del cuello, siente la misma sed insaciable que yo.

—Quedamos luego —propongo sin pensar, pero, entonces, me parece una idea genial—. En nuestro rincón. Esta noche.

Se muestra impasible tras sus gafas de sol polarizadas plateadas. Pero, cuando se muerde el labio y titubea, sé que se lo está pensando. Quiere aceptar. Sería muy fácil. Porque nunca hemos tratado de estar juntos; siempre ha surgido de modo natural. Nuestras corrientes siempre fluyen en la misma dirección.

Entonces se aleja. Se pone de pie y se ata una toalla a la cintura. Levanta un muro infranqueable y me deja al otro lado.

—Lo siento —dice mientras se encoge de hombros con desdén—. No puedo. Tengo una cita.

CAPÍTULO 9

GENEVIEVE

Tres horas después de mi encuentro inesperado con Evan, todavía me mortifico. En un momento de máxima estupidez, mi boca ha ido por libre, y ahora tengo que sacarme a un acompañante de la manga. Cuando he mentido por mi boquita imprudente, Evan se ha cabreado, como es natural, pero se ha esforzado al máximo por disimularlo. A veces, se le olvida que lo conozco como si lo hubiera parido. Sus tics y sus gestos reveladores. Así pues, mientras simulaba que no le hervía la sangre, me ha preguntado dónde y cuándo había quedado, lo que me ha obligado a soltar una mentira tras otra. He evitado decirle con quién, insistiendo en que no lo conocería, aunque no me extrañaría que me siguiese, de modo que ahí está el problema.

Antes de las ocho de esta noche, necesito encontrar a un hombre con el que salir.

Dado que no me meteré en Tinder para disuadir a mi ex con una cita falsa, pido ayuda en el chat grupal y quedo con Steph y Alana en su casa, para que las expertas me aconsejen. Heidi está trabajando, lo cual puede que sea hasta bueno, pues el consejo que me ha dado en el chat no me ha servido de nada. «Las mentiras tienen las patas cortas», ha escrito. Ella y su pragmatismo.

Uf. A ver…, razón no le falta.

—Conque te has masturbado mentalmente para provocar a Evan con tus tetas y lo has dejado con las ganas —concluye Alana tras escuchar mi narración de los hechos. Estamos sentadas en su porche trasero. Trato de imaginarme que mi té lleva vodka en vez de azúcar—. No es que esté de su parte, pero, para mí, eso es enviar señales contradictorias.

—Veo que no me he expresado bien. Me ha sorprendido él.

Steph me mira divertida y comenta:

—Ya. Pero te ha gustado.

—No pasa nada si es así —asegura Alana mientras se reclina en el balancín y se columpia adelante y atrás—. Todo el mundo tiene fetiches.

—No es un fetiche.

Aunque, ahora que lo menciona, supongo que no va muy desencaminada. Siempre ha habido tensión entre Evan y yo. Atracción y repulsión. Le dábamos celos al otro para que reaccionase como queríamos. Todo eso forma parte de los malos hábitos que quiero eliminar. Sin embargo, en el proceso, repito de nuevo los mismos pasos. Nueva melodía; mismo baile.

—Es la magia del rabo del chico malo —dice Alana con su entonación monocorde y carente de humor—. Nos vuelve locas. No es culpa nuestra que los más chalados sean los mejores en la cama.

Ahí le ha, dado. Y, en cuanto a Evan Hartley, lo más inesperado es lo que más me rompe los esquemas. Los pequeños detalles que despiertan recuerdos e incitan reacciones involuntarias. Mi cuerpo está programado para responder a ciertos estímulos. Es instintivo. Un acto reflejo. Se relame y yo ya me imagino su cara entre mis piernas. Hoy era el olor de su pelo.

Y, para ser sincera, no ha ayudado que me haya tentado con tener relaciones en la piscina y me haya pedido que nos veamos luego en nuestro rincón.

Me he inventado que tenía una cita solo porque he estado a punto de aceptar su invitación. Porque ¿qué hay de malo en echar un par de polvos consentidos con un amigo? Nada... Hasta que un par de polvos se convierten en un montón de polvos, y acabamos por vernos todo el día, liarla y buscar pelea, porque la más mínima pizca de aventura y conflicto nos ofrece unas cuantas gotas más de adrenalina del otro.

—No puedo controlarme cuando estoy con él. Es una adicción. Intento mantener las distancias, pero entonces sonríe, tontea conmigo y me dan ganas de tontear a mí también —me descubro confesando—. Pero, como no deje esta costumbre, no empezaré de cero nunca.

—Pues hay que romper el bucle —dictamina Alana—. Tenemos que encontrar a alguien que sea todo lo opuesto a Evan. Que te rompa los esquemas, por así decirlo.

—Ese requisito descarta a todos los tíos que conozco. —Si tacho de la lista a sus amigos o a los chicos a los que no trago, no queda demasiada gente en el pueblo que no esté emparentada conmigo. Y tampoco me apetece ir a los bares que frecuentan los universitarios para buscar a cualquier empollón de Garnet.

—¿Y el tío de la otra noche? —pregunta Steph—. El que se acercó a ti y a Heidi.

—¿Quién? ¿Harrison? —No irá en serio.

—Eh, buena idea. —Alana se incorpora. Se le ilumina la cara a medida que el plan cobra forma en su cabeza. Es la reina de los planes—. Muy buena idea.

Steph asiente y comenta:

—Por lo que nos contó Heidi, el tío está coladito por ti.

—Pero es... —No puedo ni pronunciar la palabra—. Un *poli*. Y va con pantalones caqui. Los turistas van con pantalones caqui.

—Exacto —dice Alana, que asiente mientras visualiza la estampa. Me mira con decisión y añade—: La antítesis de Evan. Es perfecto.

—Solo es una cita —me recuerda Steph—. Y así te libras de Evan. Hay formas peores de pasar la noche que salir con un tío que te invitará a cenar y que no tiene ninguna posibilidad de echarse un polvo.

Eso es cierto. Y tiene razón. Harrison fue majísimo. En cuanto a citas, no tengo ninguna expectativa en lo que respecta a esta, y el riesgo es bajísimo. Supongo que lo peor será que nos quedaremos sin temas de los que hablar y enseguida nos daremos cuenta de que no tenemos nada en común. Incómodos, nos despediremos y no nos veremos nunca más. Así de fácil. Y, si aparece Evan, mirará a Harrison, se compadecerá de mí y se marchará partiéndose la caja. Si eso aleja a Evan, lo soportaré.

—Vale —acepto—. Operación *Boy Scout* en marcha.

Como no conozco a nadie que tenga el número de un poli en su móvil, y ni de coña llamaré a una comisaría para, eh, charlar, nos toca ponernos creativas en las redes sociales e indagar para hablar con Harrison por mensaje directo. Su perfil de Instagram es soso, en un sentido adorable, por no decir patético. Pero me recuerdo que esto hace de él un candidato del todo inofensivo y refuerza el mensaje de que me estoy reformando. No más chicos malos.

Yo: Me gustó mucho verte la otra noche.

Yo: Qué pena que nos interrumpieran. ¿Cenamos juntos hoy?

Es una forma de romper el hielo muy directa, pero tengo un objetivo. Y un plazo. Gracias a Dios, Harrison contesta al poco tiempo.

Harrison: Qué sorpresa. Sí, estaría guay.

Harrison: ¿Te recojo hacia las siete?

Yo: Vale, pero deja el coche patrulla en casa.

Harrison: Recibido. Hasta luego.

Ya está. No ha sido tan difícil.

Algo de lo que me he percatado durante este año de transformación es que la decisión de cambiar hay que tomarla a diario, mil veces al día. Decidimos mejorar tal aspecto. Luego el siguiente. Y el siguiente. Y así de manera sucesiva. Por lo que, quizá, engañar a un chico majo para que salga conmigo y, de este modo, rechazar a mi ex con cariño, no me convierta en una santa precisamente, pero paso a paso. La cuestión es que la antigua Gen no habría quedado con Harrison ni muerta. ¿Y quién sabe? A lo mejor al final podemos ser amigos.

CAPÍTULO 10

EVAN

Lo hace aposta. Le gusta saber que aún puede jugar conmigo, tentarme y dejarme con la miel en los labios. Lo que más me preocupa es el tío. El cabrón que creyó buena idea acercarse a Genevieve en mis narices. Más le vale tener los asuntos en regla.

Como es obvio, estoy que trino cuando vuelvo a casa después de currar. Pero no doy ni tres pasos y ya tengo a Cooper encima.

—Eh —me llama desde el salón. Él y Mac están viendo la tele en el sofá—, ¿has hablado con Steve sobre lo de las cañerías?

—¿Cómo? —Me quito los zapatos y tiro las llaves a la mesa auxiliar con demasiada fuerza—. No, estaba en casa de Gen con Levi.

—Se suponía que después de eso te pasarías por la oficina para preguntarle a Steve por el pedido para el hotel. Necesitamos los accesorios mañana para sustituir las tuberías del segundo piso.

—Pues hazlo tú. —Entro en la cocina con paso airado y saco una birra de la nevera. Daisy se me acerca corriendo y menea el rabo a mis pies. Está más emocionada de lo habitual.

—Creo que quiere salir —comenta Mac—. ¿Te importa sacarla a dar un paseo?

—¿Os habéis quedado pegados al sofá o qué?

—Oye, oye. —Cooper se pone en pie de golpe. Por lo visto, aún le funcionan las piernas—. ¿A ti qué te pasa?

—Acabo de llegar. No han pasado ni diez segundos, y ya me habéis saltado a la yugular. —Tiro la tapa del botellín a la papelera y le chasqueo los dedos a Daisy, que se vuelve hacia Mac y gimotea—. Y, mientras tanto, ¿qué habéis hecho vosotros dos

72

hoy? En vez de quejaros de que nadie hace las cosas, ¿por qué no movéis el culo y las hacéis vosotros?

Como no tengo ningún interés en esta conversación, me voy al garaje.

Lo que me mosquea es que a Gen no le van las citas. Me da la risa solo de imaginármela poniéndose un vestidito y maquillándose para ir a una cena elegante. Antes se cortaría un brazo que mantener una charla trivial mientras se come unos canapés. Así que ¿de qué va esto? ¿Es acaso un elaborado intento por convencerme de que ha cambiado? Venga ya. Gen es la clase de chica que robaría una moto de un bar de moteros solo para darse una vuelta. Bajo ninguna circunstancia permitiría que un tío le retirase la silla.

«Quizá ahora sí».

La insistente voz de mi cabeza hace añicos mi convicción. ¿Y si ahora le van los vestiditos y cenar en restaurantes? ¿Es tan descabellado? A lo mejor la chica que conocía el año pasado no es la misma que…

Descarto la idea. Porque no. Es imposible. Conozco a Genevieve como la palma de mi mano. Sé qué le entusiasma. Qué la hace sonreír. Y qué le humedece los ojos. Conozco todos sus estados de ánimo, y conozco hasta el último rincón de su puñetera alma. Puede que se haya engañado a sí misma, pero no a mí.

Mientras me devano los sesos, me quito la camiseta, la tiro y me pongo a golpear el pesado saco que cuelga del techo, en un rincón del garaje. Cae polvo con cada uno de los puñetazos que le asesto. Salen grandes columnas de polvito gris. Los primeros golpes aplacan mis nervios y apagan el ruido de mi cabeza. El dolor, agudo y punzante, me sube por las manos, los brazos y los codos, y, cuando llega a los hombros, se desvanece y casi ni lo noto. Pero aún la siento a ella. En todas partes. Todo el tiempo. Cada vez más fuerte.

Me *dejó*. A mí, que dormí en un sillón junto a su camilla de hospital cuando se dio un golpe en la cabeza tras caerse de un árbol, todo por competir con dos de sus hermanos por ver quién lo trepaba más rápido. A mí, que era su paño de lágrimas cuando su madre se perdía algún acontecimiento importante de su vida.

Se fue sin avisarme.

No. Peor: sin pedirme que la acompañase.

—Como no te vendes las manos, te quedarás sin piel. —Cooper se acerca a mí con sigilo. Se planta detrás del saco y lo sujeta mientras lo ignoro y me concentro en mi objetivo. Ya hay manchitas de sangre en el cuero sintético. Me la suda.

Al ver que no contesto, insiste.

—Va, ¿qué pasa? ¿Ha ocurrido algo?

—Si vas a hablar, ahí tienes la puerta. —Golpeo el saco. Lo atravieso. Cada puñetazo es más fuerte que el anterior. La distracción se disipa con cada repetición, y, conforme mis nervios se vuelven insensibles al impacto, los efectos también se desvanecen en mi cerebro.

—Conque es por Gen. —Suspira con una mezcla de desaprobación y decepción a partes iguales, como si hubiera vuelto a casa con todo suspendido. Tener un hermano que se cree mi padre es agotador—. ¿Cuándo pasarás página? Se fue sin avisarte. ¿Qué esperas?

—¿Te acuerdas de lo mucho que agradecías los comentarios que te hacía sobre Mac el año pasado? —pregunto. Porque yo aprendí la lección. Cuando yo estaba que me subía por las paredes al ver que mi hermano se había pasado al lado oscuro por pillarse de una niña rica, me mandaba a paseo. Y no poco, por cierto. Y bien que hacía—. Pues eso.

—Solo quiero protegerte —dice, como si no me hubiese enterado de sus razones. Entonces, como si presintiera que estoy a punto de mandarlo a la mierda, Cooper cambia de táctica—. Va, salgamos de aquí. Vayamos fuera a que te olvides de todo.

—Paso. —Algo que descubrí hace mucho es que nada conseguirá que deje de pensar en Genevieve. La llevo grabada a fuego. No puedo deshacerme de ella sin destruirme a mí mismo.

Entre golpes, por un instante, atisbo la mirada de Cooper. Rezuma tristeza. Pero no soy yo quien puede animarlo, y no seré yo quien lo intente.

—Va, vete.

Sale del garaje echando humo, con la mandíbula apretada.

No mucho después, dejo de golpear el saco. Tengo los nudillos hechos polvo; me cuelgan trozos de piel como si fueran granos de maíz. Da un asco que te cagas.

Me vibra el móvil en el bolsillo, y por un momento fantaseo con la estúpida idea de que sea Gen. Me maldigo al ver que es mi madre.

Shelley: Hola, cielo. Me preguntaba qué tal estabas.

Sí, no tengo a mi madre guardada como «Mamá», sino como «Shelley», lo que habla por sí mismo.

Lleva un tiempo escribiéndome en un intento por retomar el contacto después de que, hace unos meses, Cooper la denunciase por robarle varios miles de dólares. Ha aguantado sus movidas mucho tiempo, pero esa fue para él la última vez que lo insultaba. La traición definitiva.

Aún no le he explicado a Cooper que me escribe, porque, para él, está muerta. Como le cuente que he hablado con ella, se pondrá hecho una furia.

Aunque yo tampoco soy la persona más indulgente del mundo. Ya no, al menos. Durante años, le di el beneficio de la duda, a pesar de saber que no era trigo limpio. Que cada visita no era más que la antesala para incumplir otra promesa y marcharse de nuevo sin decir adiós. Pero no soy capaz de ignorarla.

Suspiro y le contesto algo rápido.

Yo: Todo bien por aquí. ¿Y tú?

Shelley: Estoy en Charleston. Esperaba que quizás quisieras venir a verme.

Me quedo un rato mirando la pantalla. Hace semanas que me insiste en que se ha reformado. Que ha hecho borrón y cuenta nueva y todo ese rollo. Su último mensaje decía que quería que le diésemos una oportunidad para reconciliarnos, pero, a estas alturas, la cantidad de oportunidades que le hemos dado a esta mujer es cómica. De niños, a veces, Cooper y yo necesitábamos una madre. Ahora nos las apañamos sin ella. ¡Qué narices! Nos las apañamos *mejor* sin ella. La vida es mucho menos estresante sin una persona que aparece de la nada, cada tantos meses o años, para vendernos la trola de que le ha surgido una oportunidad de oro para sentar la cabeza y lo único que necesita es un sitio en el que alojarse y unos cuantos pavos, blablablá. Hasta que despertamos una mañana y otra vez ha desaparecido. La lata de café está encima de la nevera, vacía. El cuarto de Cooper, desvalijado. O la nueva bajeza que se le haya ocurrido a Shelley.

Como no contesto enseguida, me manda otro mensaje.

Shelley: Por favor. Podríamos empezar de cero, con calma. ¿Un café? ¿Un paseo? Lo que te apetezca.

Vacilo, y eso hace que me envíe otro mensaje.

Shelley: Echo de menos a mis hijos. Por favor.

Aprieto los dientes. El caso es que no estoy preparado para un chantaje emocional. No puede dárselas de madre tras años de negligencia.

En su siguiente mensaje fija una hora y un lugar. Porque sabe que soy yo el que siente debilidad por ella, y siempre lo he sido. No se atrevería a enfrentarse a Cooper de este modo. Lo que hace que todo sea más retorcido e injusto.

Aun así, a pesar de que sé de qué palo va, en parte deseo creerla, darle la oportunidad de demostrar que puede ser una persona decente. Al menos, con nosotros.

Yo: Me lo pienso y te digo algo.

Pero hacer las paces es una meta ambiciosa. Coop está empeñado en guardarle rencor hasta el fin de sus días. Fijo que sería más feliz si no tuviera que pensar en ella nunca más. En mi caso, bueno, si soy sincero conmigo mismo, creo que aún estoy dolido por lo que pasó. La última vez que estuvo aquí, fingió muy bien, su mejor actuación hasta la fecha. Casi me convenció de que se quedaría y lo intentaría. De que trataría de ser una madre de verdad. Una madre de dos hombres hechos y derechos que apenas la conocen.

Huelga decir que me quedé con cara de tonto y que Coop me soltó otro «te lo dije».

Y, como no estoy de humor para que me lo repita más tarde, durante la cena, me guardo para mí que Shelley está en Charleston. De todos modos, es la menor de mis preocupaciones. Pensar que Gen está en una cita con otro ocupa mucho, pero que mucho más espacio en mi mente.

Cuando Mac me pasa el puré de patata, imagino a Gen riendo mientras se come una ensalada y unos aperitivos con algún imbécil. Cooper está hablando de trabajo, pero yo me imagino fantaseando con cómo llevarse a Gen a su casa esta noche. Se la estará imaginando desnuda y pensando si se la chupará en la primera cita a cambio de una cena con bistec y langosta.

Se me crispa tanto la mandíbula que casi no oigo nada.

Luego, cuando recogemos la mesa, un pajarito me pregunta al oído: «¿Y si a Gen de verdad le gusta el capullo ese?». ¿Y si entra al trapo y se traga sus mentiras con patatas? A lo mejor se ha puesto un vestido *sexy* para dejarlo en el suelo de su dormitorio. Quizá luego le arañe la espalda.

Por poco atravieso la pared de un puñetazo. Cierro los puños y los apoyo en la encimera mientras ayudo a Mac a meter los platos en el lavavajillas.

¿Y si Gen y el tío este acaban juntos de verdad? Una cosa es que saliese con tíos en Charleston, porque yo no tenía que aguantarlo. Pero ahora está en casa. Como salga con otro, los veré pasear quiera o no. ¿Me lo restregará por la cara mientras esté en el curro, restaurando la casa de su padre? ¿Me los cruzaré en la cocina y, de repente, ella intentará aparentar tranquilidad a pesar de que el rubor de su rostro me indique que el tipo acaba de meterle los dedos? No, por Dios, le romperé la mano con el martillo.

—Vamos a dar un paseo con Daisy por la playa —dice Mac, que dobla el paño con esmero y lo coloca de nuevo junto al fregadero—. ¿Te apuntas?

—Paso, estoy bien.

No estoy bien. No estoy nada bien.

En cuanto Cooper y Mac salen por el porche trasero, cojo las llaves y me encamino hacia la entrada.

En menos que canta un gallo, me subo a la moto y me dirijo al pueblo para verlo con mis propios ojos. Y una mierda que me quedaré aquí como un cornudo...

CAPÍTULO 11

GENEVIEVE

—Creo que he metido la pata —le susurro a Harrison mientras el camarero, ataviado con una camisa de vestir blanca y un chaleco negro, me extiende la servilleta de lino en el regazo. Ya hay tres filas de copas en la mesa y aún no hemos pedido nada. Cuando el camarero nos ha ofrecido agua sin gas o con gas, he pedido la gratuita—. No tenía ni idea de que este sitio fuera tan refinado.

Ni tan caro. Ha abierto hace poco. Me fijé al pasar por delante el otro día. Al maquinar este plan para distraer a Evan, me vino a la cabeza este restaurante. Me he puesto mi mejor vestido de tirantes. Hasta me he maquillado y peinado, y, aun así, siento que voy vestida de forma inapropiada.

En cambio, Harrison sí que da el pego. Parece un tío del club náutico que ha venido a Avalon Bay a pasar la temporada. Lleva una camisa, los dichosos pantalones caquis y un cinturón a juego con los zapatos. Pero le queda bien.

—Da igual. —Harrison aparta unas copas para hacer sitio a la carta—. No salgo mucho a comer fuera. Está guay tener una excusa.

—Vale, pero cada uno paga lo suyo. Sin discusión.

Con una sonrisa de personaje de Disney Channel, Harrison niega con la cabeza y responde:

—No puedo permitirlo.

—No, en serio. No te habría dicho de venir aquí de haberlo sabido. Por favor.

Deja la carta a un lado y me mira a los ojos con una determinación férrea. Esa mirada hace que parezca diez años mayor.

—Como trates de sobornarme, me ofenderé. —Acto seguido me guiña un ojo y unas pequitas que le dan un aire aniñado asoman a sus mejillas. Entonces caigo en que me toma el pelo.

—Es tu cara de poli, ¿a que sí?

—La he ensayado frente al espejo —corrobora. Se acerca y me dice en voz baja—: ¿Qué tal se me da?

—La bordas.

Harrison bebe agua como si acabase de recordar que se supone que uno debe estar nervioso en una primera cita.

—El otro día le pedí a una ancianita que parase en el arcén por saltarse un *stop*. Cometí el error de preguntarle si no había visto la señal. Creo que pensó que me metía con su vista, de modo que cogió y llamó al *sheriff* para decirle que un colegial había robado un coche patrulla y un uniforme y estaba ahí fuera aterrorizando al vecindario.

Me parto de risa.

—En fin, más me vale que me las ingenie para estar a la altura —concluye.

El camarero regresa para tomar nota de las bebidas y preguntarnos si queremos vino. Cuando Harrison hace amago de pasarme la carta de vinos, la rechazo con un gesto. Mi experiencia se limita a los cinco grupos de alimentos principales: *whisky*, vodka, tequila, ron y ginebra.

—Tranquila, déjamelo a mí —dice Harrison, que se emociona al leer la carta—. Una vez vi un documental sobre vinos en Netflix.

Sonrío sin querer y suelto:

—Friki.

Se encoge de hombros, pero su sonrisilla de satisfacción me indica que está bastante orgulloso de sí mismo.

—Pónganos dos copas del *pinot grigio* de 2016, gracias.

El camarero asiente en señal de aprobación. Me planteo alzar la voz y negarme, pero una copa de vino no me matará. No es como tomar chupitos sin parar o un cóctel tras otro. No me pondré pedo por un triste vino. Además, no quiero ponerme a hablar de los pormenores de la recuperación de mi fama antes siquiera de haber pedido. No es la mejor manera de romper el hielo. Lo consideraré un complemento de la Gen adulta, madura.

—Has elegido bien —digo.

—Me he puesto nervioso, pero al final he sabido salir del paso —conviene con una carcajada.

Para ser sincera, por lo que respecta a las primeras citas falsas, esta ha empezado mejor de lo que esperaba. Al final, no ha venido a recogerme y hemos quedado directamente en el restaurante. En parte me preocupaba que me trajese flores o algo parecido. Tras saludarme con un beso en la mejilla, me ha confesado que se había planteado traerme un ramo, pero que se ha dado cuenta de que no me iban esas cosas y de que, con toda seguridad, nos haría pasar un mal rato a ambos. En efecto. Que haya llegado a esa conclusión ha hecho que lo vea con otros ojos. Ahora el ambiente es distendido y hay buen rollo. Nada de silencios incómodos ni miradas esquivas para no mirar al otro a los ojos mientras urdimos un plan de escape. Diría que me lo estoy pasando bien. Por extraño que parezca.

Mi antigua yo no habría venido aquí ni muerta. Que es la gracia, supongo. Salir de la alargada sombra con la que el pasado ha cubierto mi vida. La verdad es que Harrison cumple con su parte del plan. Un pelín más tímido y reservado de lo que tenía en mente, pero tan dulce y gracioso como el protagonista de las telecomedias de los noventa. Y, aunque no me atrae para nada, quizá eso sea hasta bueno. Evan y yo estábamos poseídos por una química sexual rabiosa. Nos dominaba.

Pero, si voy en serio con lo de ser una chica buena, tal vez necesite un chico bueno que encaje conmigo.

—Ostras, solo hablo yo —comenta una vez que hemos pedido, tras irse por las ramas y contarme por qué ya no puede comer mejillones—. Qué maleducado soy. Es que a veces divago.

—No, tranquilo —digo. Prefiero que la conversación no se centre en mí—. A ver, ¿cuál es la llamada más rara que has tenido que atender?

Harrison se lo piensa, mirando fijamente la copa de vino mientras la gira en circulitos sobre la mesa.

—Bueno, hubo una la segunda semana de trabajo. Aún tenía canguro: Mitchum. Imagínate a un profe de mates malhumorado con una pistola y acertarás. Desde que nos conocimos, su propósito en la vida es matarme.

Se me escapa una risotada que molesta a las mesas cercanas y hace que me esconda tras mi servilleta.

—Va en serio —insiste Harrison—. No sé por qué, pero entré en el despacho del jefe antes de mi primer turno, y Mitchum ya me miraba como si hubiera dejado embarazada a su hija.

No me imagino que nadie pueda llevarse un chasco al conocer a Harrison. Aunque, bueno, tampoco me he llevado muy bien con los polis de este pueblo, así que quizá esa sea la explicación.

—Nos mandan a una casa de Belfield —prosigue—. El informe dice que un par de vecinos se están peleando. Llegamos al escenario y vemos a dos tipos mayores riñendo en el jardín delantero. Mitchum y yo los separamos para que nos cuenten su versión de los hechos. Enseguida nos damos cuenta de que ese día habían decidido empinar el codo antes de lo habitual. Discutían por un cortacésped o un buzón, según quien lo contase. Nada interesante, pero ambos blandían un rifle, y uno disparó un par de veces.

Trato de adivinar cómo acabará la anécdota y Harrison niega con la cabeza, como diciéndome que ni siquiera lo intente.

—Mitchum le pide al tío que baje el arma. El tipo nos dice que solo la lleva porque su vecino tiene una. Y el otro vecino nos dice que solo la tiene porque el otro tío dejó un caimán en su tejado.

—¿Cómo? —Hago otro ruido molesto que perturba a todo el restaurante, pero estoy demasiado inmersa en la historia para arrepentirme—. ¿Un caimán de verdad?

—El tío quería cargarse al bicho ese. Para flipar. Disparó a su propio tejado, a las paredes, a todo. No estamos seguros de haber registrado todas las balas. Menos mal que no nos han llegado informes de balas perdidas.

—Pero, a ver, ¿cómo lo subió ahí siquiera? —pregunto.

—Resulta que el tipo trabaja para la compañía telefónica. De camino a un encargo, se encuentra un caimán en medio de la carretera. En la pausa para almorzar, decide llevarse la grúa a casa y dejar al pobre animal ahí arriba. Por más que lo intento, no me imagino cómo ocurrió todo. Se ve que esa mañana ya habían tenido un encontronazo que provocó el contraataque.

—Casi admiro al tipo —reconozco—. Nunca se la he tenido tan jurada a alguien como para desatar una plaga bíblica. Tendré que buscar enemigos de más nivel.

—Pero, espera, que hay más. Mitchum, un tío majo donde los haya, me dice que tengo que subirme al tejado y bajar el caimán.

—Venga ya.

—Piensa que es mi primer turno en la calle, y, como el tío este vuelva a la comisaría y cuente que no he podido con eso, me encerrarán en un despacho de por vida. Por lo que no me queda otra. Aun así, le pregunto si no deberíamos llamar a la protectora. Y me dice: «Lo siento, chaval, los laceros solo trabajan en tierra firme».

—Ostras. —Estoy sorprendidísima. Ya sabía que los polis eran unos cabrones, pero eso es ser de hielo. Eso sí que es fuego amigo y lo demás son tonterías—. ¿Y qué hiciste?

—La versión corta —responde con la mirada turbada de un hombre que ha visto cosas— incluye una escalera de mano, un entrecot, cuerda y unas cuatro horas para bajar a ese bicho.

—Buah, Harrison, eres mi héroe. Por los que servís y protegéis —digo mientras choco mi copa con la suya.

Vamos por la mitad de los platos principales cuando se cansa de acaparar la conversación y, de nuevo, intenta que hable yo. Esta vez saca el tema de mi madre.

—Lo siento —dice—. No debe ser fácil para ti. Entre la mudanza y todo…

Su tono reconfortante me recuerda que aún estoy actuando, que interpreto un papel que yo misma he escrito, el de la chica que debería ser: la hija dolida que lamenta la muerte de su madre y se inventa una historia mejor que la relación inexistente que tuvieron, porque queda bien.

Con Evan nunca tuve que hacer esto.

Mierda. Pese a esforzarme al máximo, no dejo de pensar en él. Es el único que entiende mis pensamientos turbios, el único que no me juzga ni intenta analizarme. Entiende que tener un hueco en el corazón, ahí donde los demás llevan a sus madres, no me convierte en mala persona. Pese a nuestros defectos, Evan nunca quiso que fuera alguien diferente a yo misma.

—¡Oh, eso tiene buena pinta!

Hablando del rey de Roma…

Evan nos sorprende con su llegada. De repente, coge una silla y se sienta entre Harrison y yo.

Me roba una vieira y se la mete en la boca. Me mira, desafiante, y me sonríe con suficiencia.

—Eh.

Flipo.

Mi mandíbula no sabe si crisparse o desencajarse, así que alterna entre los dos distintos movimientos, lo que, sin duda, consigue que parezca una desquiciada.

—Se te va la pinza —gruño.

—Te he traído algo. —Deja una piruleta verde en la mesa y me observa con un interés que raya en lo obsceno—. Qué guapa estás.

—No. Para. Vete a casa, Evan.

—¿Cómo? —replica con fingida inocencia. Se chupa los dedos, manchados de mantequilla de limón—. He venido a sacarte de esta pesadilla repipi, tal como me has pedido.

Con su camiseta y sus vaqueros negros, su pelo alborotado por el viento y su olor a tubo de escape de moto, no encaja.

—Va. —En honor a Harrison, se toma la interrupción con filosofía. Parece un poco desconcertado cuando me mira a los ojos con curiosidad, pero no deja de sonreír con educación—. Nos lo estamos pasando bien. Deja que la señorita acabe de cenar en paz. Lo que tengáis que deciros seguro que puede esperar.

—Me meo. —Evan ríe y me mira con la cabeza ladeada—. ¿Este tío va en serio? ¿De dónde lo has sacado? Madre mía, Gen, sales con un profe de ciencias de secundaria.

El comentario le borra la sonrisa a Harrison.

—Evan, para. —Lo agarro de un brazo y añado—: No tiene gracia.

—Vale, te lo he pedido por las buenas —dice Harrison. Al ponerse de pie, recuerdo todas las veces que los polis nos han perseguido a Evan y a mí al salir de aparcamientos de colmados y de edificios abandonados—. Ahora te lo ordeno. Vete.

—No pasa nada —le digo a Harrison—. Yo me encargo.

Sin soltar a Evan, le aprieto más el brazo. Ni de coña dejaré que empiece una pelea en mitad del restaurante y termine en la cárcel por partirle la nariz a un poli.

—Evan, por favor —pido con firmeza—. Vete.

Ignora mi súplica y pregunta:

—¿Te acuerdas de cuando este sitio era una tienda de ropa? —Evan se acerca más a mí y me acaricia la mano con la que lo retengo. La aparto al instante—. ¿Le has contado que lo hicimos en el probador mientras las puritanas estaban fuera probándose sombreros para ir a misa?

—Que te den. —Me tiembla la voz de rabia, suena fría y crispada. Apenas me salen las palabras de lo cerrada que tengo la garganta. Lo abofetearía si no supiera con certeza que no haría más que animarlo a sabotearme aún más la cita. Cuanta más emociones me saque Evan, más motivos tendrá para seguir.

Al retirarme de la mesa con brusquedad, atisbo por un segundo la mirada compasiva de Harrison. Giro sobre mis talones y me marcho.

Me estampo contra la barandilla que separa el paseo de la playa como un coche que choca con un dique. Si no hubiera estado la barandilla, habría ido directa al agua, ciega de ira. Me apetece tirar algo. Cargarme un escaparate con un ladrillo para oír cómo se hace pedazos. Arrasar una tienda de porcelana con un bate de béisbol. Lo que sea con tal de quitarme la electricidad estática e inquieta de los brazos; el peso de la furia, pétreo y grueso, que me oprime el pecho.

Oigo pasos detrás de mí y aprieto los puños. Me tocan un brazo, y, cuando estoy a punto de atacar, veo que Harrison alza las manos y se prepara para el impacto.

—Ay, madre, lo siento. —Bajo las manos—. Creía que eras Evan.

Harrison ríe con nerviosismo y me sonríe aliviado.

—Tranquila. Para eso están los cursos de reducción de la academia.

Me gusta que le quite hierro a todo con una broma y una cucharada bien grande y dulce de optimismo. Yo no soy capaz.

—No, en serio. Perdón por lo de antes. Qué vergüenza. Lo excusaría, pero Evan es gilipollas en el mejor de los casos. —Me asomo a la barandilla y apoyo los brazos en la madera astillada—. Y todo porque fuiste majo y te acercaste a saludarme en un bar. No esperabas este pollo, ¿a que no? Ha sido peor de lo que imaginabas.

—No, sabía que era probable que me persiguiese un Hartley muy cabreado si salía contigo.

Enarco una ceja y pregunto:

—¿En serio?

—Fuimos al mismo instituto —me recuerda en tono irónico, pero amable—. Todos éramos testigos de vuestra relación.

Me pongo colorada de la vergüenza y desvío la mirada. Por alguna razón, que Harrison presenciase las payasadas que hacíamos cuando íbamos a secundaria es más humillante aún que el hecho de que Evan nos haya aguado la cita.

—Eh, no apartes la vista. Todo el mundo carga con algo. —Se apoya en la barandilla, a mi lado—. Todos tenemos un pasado. Cosas por las que no queremos que nos juzguen. ¿Cómo puede madurar la gente si nos empeñamos en que siga siendo la misma que conocimos antaño?

Lo miro, sorprendida.

—Los polis no suelen pensar así.

—Ya, me lo dicen mucho.

Nos quedamos ahí un rato, escuchando el oleaje y observando cómo las luces del paseo flotan sobre el agua. Me dispongo a dar la cita por concluida, recoger la dignidad que me queda y marcharme a casa, pero entonces Harrison me propone otra idea.

—¿Damos un paseo? —Como si hubiera pasado todo este tiempo reuniendo el coraje para hacerlo, me tiende una mano—. Aún no quiero irme a casa. Además, no hemos tomado postre. Seguro que la heladería sigue abierta.

Mi primera reacción es negarme. Irme a casa y alimentar mi rabia. Entonces recuerdo lo que dijo Alana. Si quiero tomar otro rumbo, tengo que empezar a tomar otras decisiones. Y supongo que empezaré por darle a Harrison la oportunidad de que me haga cambiar de opinión.

—Me encantaría —respondo.

Vamos por el paseo hacia Dos Bolas, donde Harrison nos compra un par de conos de helado. Seguimos caminando, y dejamos atrás a familias y más parejas. Los adolescentes corren de acá para allá y se dan el lote a escondidas. Es una noche cálida y sopla una suave brisa de aire salado que apenas ayuda a combatir el calor. Harrison me coge de la mano, y, aunque le dejo, me resulta raro. Antinatural. No se parece en nada a la ilusión y el deseo que te embargan cuando tocas a la persona que te mueres por besar, que te pone de los nervios y hace que te hormigueen las yemas de los dedos.

Al cabo de un rato llegamos al viejo hotel. La última vez que lo vi, estaba abierto de par en par, las paredes se habían derrumbado y sobresalían muebles y escombros. El huracán por poco destruyó El Faro. Ahora es como si nunca hubiera ocurrido. Está casi nuevecito, con su fachada de un blanco radiante, sus molduras verdes, sus ventanas nuevas y relucientes y su tejado sin agujeros.

Ahora que la novia de Cooper es la dueña, no me estará permitido entrar.

—Es admirable cómo lo han arreglado —comenta Harrison mientras contempla la restauración—. He oído que abrirá en otoño.

—De niña, me encantaba este sitio. Cuando cumplí dieciséis años, mi padre nos llevó a mí y a mis amigas al *spa*. Nos hicieron la manicura, nos pusieron mascarillas faciales y todo ese rollo. —Sonrío al recordarlo—. Nos dieron albornoces y zapatillas, y agua con pepino. Esas pijotadas. A lo mejor suena tonto, pero recuerdo que pensé que era el lugar más bonito del mundo. La madera oscura y el latón, los cuadros de las paredes, los muebles antiguos. Así me imaginaba los palacios por dentro. Pero, bueno, los niños son tontos, así que… —Me encojo de hombros.

—No, no es tonto —me asegura Harrison—. Cenamos aquí hace años para celebrar el aniversario de bodas de mis abuelos. Nos sirvieron manjares que tenían muy buena pinta; comida de ricos, porque mi familia quería que fuese una fiesta especial, pero mi abuelo se enfadó muchísimo. No dejaba de gritarle al camarero que nos trajera pastel de carne. En serio, se marchó como si acabara de vivir la peor noche de su vida —agrega entre risas—. Y mi familia se había dejado una pasta en el banquete.

Nos contamos un par de anécdotas más mientras me acompaña al coche, aparcado en la entrada del restaurante. Aunque ya no estoy tan molesta por el drama de antes, esa parte de la noche ha sido incómoda.

—Gracias —digo—. Por la cena, pero sobre todo por ser tan majo. No tenías por qué.

—Lo creas o no, me lo he pasado muy bien. —Su semblante serio me indica que dice la verdad.

—¿Cómo eres así? —pregunto, desconcertada—. Tan positivo y alegre todo el tiempo. Nunca he conocido a nadie como tú.

Harrison se encoge de hombros y responde:

—Me costaría más lo contrario. —Como el caballero que es, me abre la puerta. Entonces, con aire dubitativo, me ofrece un abrazo. Sinceramente, me alivia que no trate de besarme—. Me gustaría llamarte, si te parece bien.

No tengo ocasión de considerar la posibilidad de una segunda cita.

—Aléjate del coche —grita alguien.

Con el ceño fruncido, me vuelvo a tiempo de ver al ayudante del *sheriff* Randall cruzar la calle. No me da buena espina. Tiene cara de ir a hacer daño.

—Deja las llaves en el suelo —me ordena.

Por el amor de Dios. Se acerca con una linterna apuntándome a la cara, lo que me obliga a cubrirme los ojos.

—Es mi coche. No lo estoy robando.

—No puedo permitir que conduzcas ebria —dice Randall mientras se toca el cinturón policial.

—¿Ebria? —Miro a Harrison para que me confirme que no alucino. Porque Randall no puede hablar en serio—. ¿Qué dices?

—Rusty —interviene Harrison con timidez—, creo que te equivocas.

—No tengo la menor duda de que he visto a la señorita trastabillar y apoyarse en la puerta para no caerse.

—Y una porra —suelto—. Apenas he tocado una copa de vino hace más de una hora. Esto es acoso.

—Rusty, llevo toda la noche con ella. —Harrison contradice las desatinadas afirmaciones de Randall en voz baja y con educación, sin amenazar—. Te dice la verdad.

—Ya te lo advertí, chaval —responde Randall con un desdén cruel que raya en la alegría—. No vale la pena que pierdas el tiempo con ella. Si está despierta, está borracha o drogada, haciendo el ridículo y en plan baboso por todo el pueblo. —Ríe con sarcasmo—. Si las aerolíneas dieran puntos por ir bebido y alterar el orden público, Genevieve podría viajar por todo el mundo. ¿A que sí?

—Vete a la mierda, cabrón. —Sé que me arrepentiré de mis palabras mientras las pronuncio, pero no hago esfuerzos para quedarme callada. Qué gusto haberlo soltado, aunque no sirva de nada. Se me pasa por la cabeza birlarle el espray de pimienta.

Randall sonríe ligeramente, con petulancia. Entonces arruga la frente y me ordena que me plante detrás del coche para someterme a una prueba de sobriedad sobre el terreno.

Se me desencaja la mandíbula.

—No hablarás en serio —se queja Harrison, que ya entiende lo mamón que es Randall.

—No. —Me cruzo de brazos y me planteo irme con el coche. Desafiar a Randall a que me detenga. Mi antiguo instinto de alborotadora rebelde vuelve a la carga para vengarse—. Esto es ridículo. Ambos sabemos que no estoy borracha.

—Si no obedeces una orden legítima, tendré que detenerte —me informa. A Randall le hacen los ojos chiribitas de imaginarse poniéndome las esposas.

Me vuelvo hacia Harrison, quien, si bien está visiblemente alarmado, reconoce con un encogimiento de hombros que no puede hacer nada al respecto. ¿En serio? ¿Qué gracia tiene salir con un poli si no puede librarte de que un egocéntrico amargado te pare sin motivo?

Pero lo que de verdad me saca de quicio, lo que de verdad me repatea, es saber que Randall disfruta con esto. Le encanta ejercer su autoridad para humillarme. Lo pone cachondo alardear de poder.

Como no quiero montar una escenita, me acerco con paso airado al parachoques trasero y le echo una mirada gélida a Randall.

—¿Qué quiere que haga? Ayudante del *sheriff*.

Se le dibuja una sonrisa y dice:

—Empieza por recitar el alfabeto. Al revés.

Si cree que esto me debilita, se equivoca de medio a medio. Lo que no me mata hace más fuerte mi rabia.

CAPÍTULO 12

EVAN

Por algún motivo, creía que el encuentro iría mejor. Pensaba que sería encantador, a nuestra loca manera. Que por lo menos le haría gracia. Porque, aunque antaño me echaba unas broncas del quince, disfrutaba con estas cosas: me ponía celoso y me cabreaba hasta que explotaba y entraba hecho un basilisco para llevármela a cuestas. Luego nos desquitábamos echando un polvo y volvíamos a estar genial.

Esta vez la cosa no ha ido tan bien.

Me paso las manos por el pelo y contemplo el agua oscura, más allá del extenso embarcadero. Después de que Gen saliera hecha una furia del restaurante y el memo de su acompañante me aconsejara, con poca convicción, que la dejase en paz, vine aquí a tomar el aire y despejarme. Pero, por ahora, lo único que he conseguido es no dejar de pensar en lo mucho que echo de menos a Gen.

Cansado, suspiro y me guardo las manos en los bolsillos. Abandono el embarcadero. Mientras subo los peldaños que conducen al paseo y me dirijo al lugar en el que he aparcado la moto, no tengo claro lo que ven mis ojos hasta que escucho a Gen decirle a un poli que la apunta con una linterna que le coma el rabo.

Alzo las cejas, perplejo, y después las frunzo, asqueado. El poli la retiene en plena calle, detrás de un coche, y ella extiende los brazos y se toca la nariz. Mientras Gen camina en línea recta y recita el abecedario a regañadientes, murmurando insultos de por medio, el lerdo de su acompañante no hace nada. Hasta de lejos noto lo humillada que se siente. Es evidente por cómo mira a lo lejos.

91

Estoy a punto de echar a correr hacia allí, pero me freno. Mierda. Lo último que necesito ahora es ir a la cárcel por estamparle la cara a un poli contra el suelo. No saldría de la celda con vida. Además, Cooper ya me tiene frito con que no me pelee. Si me encierran, se pasará la vida repitiéndome que ya me lo advirtió. Y no pienso consentirlo. De modo que me quedo ahí, abrazado a la barandilla, con los puños apretados.

Identifico a Rusty Randall, aunque no lo conozco demasiado. Solo sé que tiene fama de baboso y que es *vox populi* que tiene problemas con el alcohol. En honor a Gen, cabe destacar que aguanta como una campeona. No es de las que se deja intimidar.

Aun así, me revuelve el estómago presenciar una escena tan humillante. Decenas de personas la miran al pasar. Estaba del todo sobria cuando la he visto hace una hora. Y, por lo bien que está superando la prueba, es obvio que no se ha metido en un bar a tomarse un montón de chupitos tras abandonar el restaurante. Lo que significa que Randall es un cabrón solo porque puede.

Al fin, tras una breve conversación, deja que se vaya en su coche. Me complace ver que apenas mira al pijo de su acompañante cuando se marcha.

Me subo a la moto de inmediato y la sigo. Me aseguro de mantenerme a distancia. Solo quiero cerciorarme de que llega bien a casa. Sin embargo, al rato me doy cuenta de que no vamos a su casa. Dejamos las luces del pueblo atrás y nos dirigimos al norte, bordeando la costa, donde no vive tanta gente y se ven las estrellas en el cielo. Pronto nos adentramos en una carretera de dos sentidos a través del oscuro paisaje boscoso. De vez en cuando, la luna que ilumina la bahía aparece fugazmente por entre los árboles.

Al cabo de un rato, Gen se detiene en el arcén de tierra que hay cerca de un sendero angosto, uno que solo puedes encontrar si sabes que está ahí, incluso de día. Se baja del coche, saca una manta del maletero y echa a andar por entre los árboles. Espero un poco y la sigo. Al final de la vereda, donde los árboles dan paso a una playa arenosa, la veo sentada en un tronco que ha traído la marea.

Levanta la cabeza al oírme llegar.

—Qué mal se te da seguir a la gente —dice.

Me lo tomo como una invitación para que me siente.

—He dejado de esforzarme por ser discreto en cuanto he sabido adónde te dirigías.

—No he venido aquí a reunirme contigo. —Se arrebuja en la manta y hunde los dedos de los pies en la arena helada—. Aquí es donde vengo a pensar. O venía.

Que haya elegido este sitio me llega al alma. Porque es nuestro rincón. Siempre lo ha sido. Era nuestro punto de encuentro de emergencia cuando huíamos de la pasma; el rincón en el que nos dábamos el lote cuando nos castigaban y nos escapábamos de casa. Nuestro escondite secreto. Ni siquiera Cooper sabe que vengo aquí.

—He visto lo que ha pasado —digo. Gen es poco más que un perfil oscuro recortado contra la noche. Está tan oscuro que ni la luz de la luna llega al suelo. Las estrellas, en cambio, son espectaculares—. ¿De qué iba todo eso?

—Nada. Solo un capullo al que le apetecía hacérmelas pasar canutas.

—Era Randall, ¿no? ¿No eras la canguro de sus hijos? —No era supermajo ni nada parecido, pero recuerdo que un par de veces la sacó de algún que otro apuro cuando estábamos en el instituto y otros polis nos la tenían jurada. Era una especie de acuerdo transaccional.

—Ya, bueno, las cosas cambian —responde con la voz tensa y amarga.

No entra en detalles, y yo no la presiono. Algo que aprendí hace mucho es que Gen hablará cuando quiera. Es una caja cerrada a cal y canto: nada entra ni sale a no ser que a ella le apetezca. Uno podría pasarse la vida entera intentando que se abra.

Así que aguardo, en silencio, a la escucha. Tras unos minutos, suspira y dice:

—Poco antes de marcharme del pueblo, dejé a Randall sin familia.

Ladeo la cabeza y suelto:

—Venga ya. ¿Cómo?

93

Con voz cansada, me cuenta que Randall se propasó con ella en un bar después de haber intentado, en vano, persuadirla de ir al aparcamiento a liarse. Aprieto tanto los puños que me crujen los nudillos. Quiero arrearle a algo. Hacerlo pedazos. Pero no me atrevo a moverme porque quiero escuchar todo lo que tenga que decir.

—Nos quedamos hasta que cerró el bar. Cuando volví a casa, solo pensaba en eso. En vengarme. Estaba furiosa —prosigue Gen—. Randall vivía a solo unas manzanas de distancia, de modo que se me ocurrió pasarme por su casa a las tres de la mañana. Lo siguiente que recuerdo es que aporreé la puerta con el pelo sudado y el maquillaje corrido. Me abrió su mujer, Kayla, confusa y adormilada. Entré a empellones y me puse a gritar en mitad del salón hasta que bajó Rusty.

No se me escapa cómo arruga la frente de la vergüenza. Tengo que contenerme para no cogerle una mano.

—Le conté a Kayla que el crápula de su marido había intentado acostarse conmigo y que luego me había metido mano en un bar. Que el pueblo entero, salvo ella, sabía que se tiraba a todo lo que se meneaba a sus espaldas. Rusty lo negó, por supuesto. Dijo que fui yo la que se insinuó. Que estaba celosa y despechada. —Gen ríe sin ganas—. Yo era una lunática que no dejaba de gritar y, probablemente, parecía que me había arrastrado la marea. Mientras tanto, sus cuatro hijos, aterrorizados, nos espiaban desde el pasillo. Kayla no tenía motivos para creerme, así que me echó de su casa.

Ojalá lo hubiera sabido, ojalá hubiera estado a su lado entonces. Habría detenido este circo de golpe. Habría impedido que se marchara. Ahora no sé qué es peor. Haber pasado todo este tiempo preguntándome por qué se fue o entender que, si hubiera estado a su lado, no habríamos vivido este último año separados.

—A la mañana siguiente, me desperté con una resaca brutal y un vivo recuerdo de lo que había hecho. Hasta el último segundo de mi terrible arrebato. Habría sido menos humillante prenderle fuego a su coche patrulla. Al menos, así aún conservaría mi dignidad. No podía soportar la vergüenza y el arrepentimiento. No por el cerdo asqueroso, sino por irrumpir en la casa de esa pobre mujer y traumatizar a sus hijos. Kayla no se merecía eso. Era una buena mujer que siempre se había portado muy bien conmigo. Su único defecto era haberse casado con un imbécil y no darse cuenta de ello.

—Lo habría matado —aseguro. Ahora me arrepiento seriamente de no haber aprovechado la oportunidad cuando Randall la retenía en el paseo marítimo—. Le habría dado una paliza hasta dejarlo moribundo y lo habría atado a un barco para que se lo llevase la corriente.

La necesidad de montarme en la moto y encontrar a Randall es casi irresistible. En cuestión de segundos, se me pasan por la cabeza cientos de salvajadas. Partirle la boca. Romperle los dedos como si fueran cerillas. Pasarle la rueda trasera de la moto por el escroto. Y eso solo para empezar. Porque nadie, absolutamente nadie, toca a mi Genevieve.

Detesto lo que le ha hecho. No solo esa noche, o en su último alarde de poder, sino la forma en que Gen admite la derrota, el cansancio que destila su voz. Me parte el alma. No lo soporto. Porque no puedo hacer nada. Salvo molerlo a palos y pasarme los próximos veinte años en la trena, no sé cómo arreglar esto.

—Ojalá me lo hubieras contado —digo con voz queda.

—Yo... —Calla un segundo—. No se lo he explicado a nadie —suelta al fin.

Aunque sospecho que iba a decir otra cosa.

—En gran medida es el motivo por el que me fui —confiesa—. No solo por él, sino por su mujer y los niños. No soportaba tener que pasear por el pueblo sabiendo que la gente se enteraría de lo ocurrido; de que hice un ridículo espantoso y destrocé una familia.

—No te rayes. —Niego con la cabeza con fuerza—. Que le den. Le hiciste un favor a su mujer. Y, cuanto antes sepa uno que su padre es un cabrón, mejor. En serio, él se lo ha buscado. —No me compadezco de él, y ella tampoco debería.

Murmura que sí sin mucho afán. Solo quiero animarla. Quitarle las tonterías que dan vueltas en su cabeza. Ayudarla a respirar de nuevo. Entonces caigo en que no he sido de gran ayuda esta noche. Su velada se había ido a la porra antes de que apareciese Randall, y ha sido por mi culpa.

—Lo siento —me disculpo con brusquedad—. Por chafarte la cita. No pensaba con claridad.

—No me digas.

—No sé muy bien si alguna vez pienso con claridad cuando se trata de ti. La verdad es que hace un año que no estoy centrado.

—No es mi responsabilidad que seas feliz, Evan. A duras penas sé cómo cuidar de mí misma.

—No me refiero a eso. Cuando te fuiste, mi vida dio un vuelco. Fue como si Cooper desapareciese de repente. Una enorme parte de mí se rompió y, simplemente, desapareció. —Me paso una mano por la cara—. Una buena parte de mí estaba obsesionada con nosotros. Y entonces vuelves y me rompes los esquemas. Porque estás aquí, pero no has vuelto del todo. Ya no es como antes. Y no sé cómo hacer que las piezas encajen para que sea como entonces, de modo que voy por ahí, completamente perdido.

La agonía se me atasca en la garganta. Llevo toda la vida colado por esta chica. Hacía lo imposible por llamar su atención. Vivía con el miedo de que llegase un día en que se diera cuenta de que era un pringado que no valía la pena y descubriese que podía aspirar a algo mejor. El año pasado creí que había llegado a esa conclusión, pero resulta que fui un idiota por pensar que su marcha estaba relacionada conmigo.

—No quiero hacerte daño —dice en voz baja.

Nos quedamos callados. No es un silencio tenso o incómodo, pues nunca es así entre nosotros, ni siquiera cuando queremos matarnos.

—Recuerdo la primera vez que supe que quería besarte —digo al fin. Ni idea de por qué me he puesto tan sensible de repente. Pero el recuerdo es claro como el agua. Era el verano anterior al segundo curso. Llevaba semanas haciendo el ridículo con tal de impresionarla y hacerla reír. Aún no sabía que así es como actúas cuando te mola alguien. Cuando pasas de la amistad a la atracción—. Unas semanas antes de empezar segundo. Estábamos saltando todos del antiguo embarcadero.

Ríe por lo bajini y dice:

—Dios, eso era una trampa mortal.

En verdad lo era, ese embarcadero de madera deteriorado y medio hundido en el agua que se caía a cachos. Un huracán lo había arrasado años antes, y estaba repleto de clavos oxidados y astillas. En algún momento, los alumnos del instituto habían colocado una escalera de metal en la parte del embarcadero que seguía intacta y atado a uno de los postes con cuerdas elásticas. Nadar entre las olas que rompían, escalar por esa cosa tambaleante y saltar desde el peldaño más alto se convirtió en una especie de rito de iniciación. Luego, solo tenías que procurar que las olas no te lanzaran de espaldas contra los postes, cubiertos de percebes, porque te despellejarías.

—Había un tío de tercero... Jared o Jackson, o yo qué sé. Se pasó toda la tarde tirándote la caña y dando volteretas desde el embarcadero, como si fuera el más guay del mundo. Y encima era un pesado. Estaba en plan: «Eh, mirad cómo molo». Así que lo retaste a saltar a uno de los postes desde el embarcadero. Habría unos tres metros hasta un objetivo de un palmo, y, justo debajo, asomaban del agua un montón de pedazos de madera puntiagudos y rotos. Y el mar azotaba con fuerza. —Sonrío—. De pronto, ya no era tan gallito. Empezó a poner excusas y todo el rollo. Y, mientras nosotros lo chinchábamos por rajarse, tú cogiste carrerilla y te lanzaste. Miré a Cooper un segundo y pensé: «Joder, tendremos que ir a rescatarla y llevarla a la orilla con el cuello roto o empalada». Pero lo bordaste. Aterrizaste a la perfección. Fue lo más alucinante que he visto en toda mi vida.

Gen ríe para sí al recordarlo.

—Después me picó una medusa, pero tenía que disimular. No quería que pensaseis que era una tonta por saltar.

—Sí, mejor. O diez pervertidos se habrían sacado las pichillas para mearte en la pierna. —Ambos nos estremecemos de asco al pensar en esa posibilidad.

—Pero no me besaste aquel día —señala—. ¿Por qué?

—Porque me dabas un miedo que te cagas.

—Oh. —Ríe y me da un codazo en un brazo, en broma.

—A ver, soy consciente de que, por aquel entonces, ya hacía años que éramos amigos, pero, cuando descubres que te mola alguien, es como si empezarais de cero. No sabía cómo hablarte.

—Pues encontraste la manera.

Se remueve a mi lado. La atmósfera ha cambiado. Pasa algo. No necesita decir nada para que yo perciba que ya no está enfadada conmigo.

—Qué remedio —reconozco—. Me habría vuelto loco si no hubiera logrado probar tus labios.

—A lo mejor deberías haberlo hecho. —Se le baja la manta al volverse hacia mí—. Volverte loco. Nos habrías ahorrado el problema a ambos.

—Créeme, no existe ninguna versión en la que tú y yo —aseguro mientras nos señalo— no estemos juntos, Fred. De una forma u otra. Lo tengo clarísimo.

—A la mierda los daños colaterales.

—Sí —afirmo sin titubear.

—Mientras todo arde a nuestro alrededor.

—Me gusta que sea así. —Porque nada más importa cuando es mía. Nada. Ella es todo y más.

—Lo nuestro no está bien —murmura mientras salva el espacio que nos separa hasta que me roza el brazo con el suyo y su pelo, movido por la brisa, acaricia mi hombro—. No debería ser así.

—¿Cómo debería ser? —No tengo ni la más remota idea de a qué se refiere, pero no cambiaría lo que siento por ella por nada del mundo.

—No lo sé, pero no así de intenso.

No aguanto más. Le paso el pelo por detrás de la oreja con indecisión y enredo los dedos en los mechones suaves y largos que le crecen en la nuca, y ella ladea la cabeza para disfrutar de mi roce.

—¿Quieres que me vaya? —pregunto con voz áspera.

—Quiero que me beses.

—Ya sabes lo que pasará si te beso, Gen.

Sus ojos chispeantes, y de un azul tan penetrante que siempre me atrapa, arden de pasión.

—Ah, ¿sí? ¿Qué? —pregunta. Su sonrisilla me indica que ya sabe la respuesta, pero que quiere escuchármela decir.

—Te besaré. —Le acaricio la nuca con el pulgar—. Y entonces..., entonces me pedirás que te folle.

Con la respiración entrecortada, pregunta:

—¿Y luego qué? —Le tiembla la voz.

—Ya lo sabes. —Trago saliva por la lujuria pura y carnal que me ha poseído de repente—. No puedo negarte nada.

—Te entiendo —conviene. En cuanto me besa en los labios, me descontrolo. Nos convertimos en un ente autónomo que piensa por sí solo. Como si estuviéramos inconscientes. Me muerde el labio y gime bajito mientras me agarra de la camiseta. Estoy empalmado y listo para hundirme en ella, pero no quiero que esto acabe.

—Deja que te saboree —susurro pegado a su boca.

Se tumba en el tronco, sobre la manta, y separa las piernas para concederme el acceso que ansío con desesperación. Ni siquiera me esfuerzo por ser delicado. Le bajo las bragas de encaje, me las guardo en el bolsillo y me subo su pierna al hombro.

—Cómo echaba de menos esto —digo con un gruñido de felicidad.

Oh, sí. Echaba de menos que me tirase del pelo mientras le succiono el clítoris, que arquease la espalda para restregarse contra mi cara mientras paso la lengua por sus delicados pliegues. Echaba de menos sus leves suspiros de placer. Que me enredase los dedos en el pelo.

Le subo las rodillas al pecho para abrirla más. Tiembla contra mi boca. Está callada, casi como si contuviera el aliento. Al menos hasta que le meto dos dedos. Entonces gime como una loca, y es casi injusto lo rápido que se corre. Quiero retrasar el momento, pero a la vez deseo que tiemble para mí.

Ni siquiera espero que me folle. Me conformaría con comérselo cada día, y dos veces los domingos, solo para volver a casa y pajearme mientras lo recuerdo. Pero, a continuación, Gen tira la manta a la arena y me baja la bragueta. Me agarra la polla y me la sacude con lentitud y firmeza. No hablamos. Como si temiéramos que las palabras fueran a romper la oscuridad; la soledad que hace posible este momento. Estamos aquí fuera, solos y en secreto. ¿Es real, acaso? Podemos ser quienes queramos, hacer lo que nos plazca. Si nadie se entera, es como si nunca hubiera ocurrido.

Me sienta en la manta. Seguimos vestidos. Sabe que tengo un condón en el bolsillo, porque casi siempre llevo uno, de modo que lo saca, lo abre, me lo pone y se sienta en mi polla. Está mojada y prieta. Mueve las caderas adelante y atrás y se hunde del todo, lo que me arranca un suspiro entrecortado. Le bajo la cremallera del vestido y le desabrocho el sujetador para agarrarle los pechos con las dos manos. Se los estrujo. Le chupo los pezones mientras me monta. Entierro el rostro en su cálida piel.

Qué perfección, joder.

Unos ruiditos escapan de sus labios. Suspiros cada vez más fuertes y desesperados. Entonces pierde el control de su voz y me gime al oído.

—Más fuerte —suplica—. Por favor, Evan. Más fuerte.

La aúpo del culo para embestirla. Me muerde en un hombro. No sé por qué, pero siempre funciona, y al segundo me corro con ganas y tiemblo mientras la estrecho contra mi pecho. Cada polvo con Gen es el mejor del mundo. Puro y descarnado; tan sinceros como sabemos ser.

Ojalá esta sensación durase para siempre.

CAPÍTULO 13
GENEVIEVE

Olvido tenerme miedo, tener miedo de aquello en lo que me convierto cuando estoy en la órbita de Evan. Es demasiado esfuerzo: preocuparme, vigilar sin cesar mis peores instintos, pensar y repensar cada decisión. Me olvido de despreciarme y dejo que mi vestido caiga a la arena. Me lanzo desnuda al agua mientras Evan se quita la camiseta y me observa desde la orilla. Recuerdo cómo es que me mire. Que me reconozca, que me grabe a fuego. Recuerdo el poder que entraña, la emoción que me provoca saber lo mucho que le afecta que esté ahí de pie, sin más.

Me meto hasta la cintura, y al volverme, veo que me sigue. Y entonces recuerdo que él posee el mismo poder. El contorno de sus músculos y sus anchas espaldas me hipnotizan. La forma en que coge agua y se moja el pelo con ella. Me estremezco al contemplar una imagen tan magnífica.

—Bueno, pues ha estado guay —comenta a la ligera—, pero tengo que irme ya.

—¿Y eso? ¿Has quedado?

—Sí, tengo una cita, de hecho. Es más, llego tarde. Tendré que parar a comprar condones.

—Está bien —digo mientras acaricio las olas para que no me arrastre la marea—. ¿La conozco?

—Lo dudo. Es una agente de tráfico.

—Qué *sexy*. —Aguanto la risa—. Como a ti te gustan. Sé lo mucho que te pone la autoridad civil.

—Si te soy sincero, es el poliéster. Los uniformes horteras me la ponen dura.

—Entonces, si te dijera que en Charleston era transportista...

101

—Te lo rompería.

—Promesas, promesas.

Evan me levanta por la cintura y le rodeo las caderas con las piernas. Me abrazo a su nuca mientras él impide que nos lleve el vaivén de las olas.

Me estruja el culo con ambas manos y dice:

—Por favor, Gen, rétame a que te ponga a cuatro patas. Te lo ruego.

Le salpico agua salada en respuesta.

—Animal.

Mueve la cabeza para secarse la cara y se aparta el pelo de los ojos.

—¡Guau!

Así estamos bien. Esa es la cuestión. Si fuera un capullo que me tratase fatal y solo fuese majo cuando quisiese echar un polvo, sería fácil dejarlo. Pero no es así para nada. Es mi mejor amigo. O lo era.

—Bueno, dime —empieza Evan con voz ronca—. Háblame de Charleston. ¿En qué líos te metías allí?

—Te decepcionaré. —Este último año ha sido aburridísimo, pero esa era la idea. Una desintoxicación social completa—. No hay mucho que contar, la verdad. Conseguí curro en una inmobiliaria. De secretaria/asistente/chica para todo. ¿Te imaginas?

—La entrevista debió ser la hostia. —Nos viene una ola de lado y nos empuja hacia la orilla. Evan me deja en el suelo, pero no aparta sus fuertes manos de mis caderas.

—¿Por?

La luz de la luna ilumina sus ojos cuando responde:

—Bueno, doy por hecho que, como experiencia reseñable, mencionaste la urbanización Vara de Oro.

Escuchar el nombre de ese lugar me recuerda todo tipo de travesuras. Hace unos años, la urbanización Vara de Oro era un plan de viviendas aún en construcción, al sur de Avalon Bay. Otro barrio cerrado para gente con más dinero que gusto, con casoplones idénticos unos encima de otros. Pero, cuando el huracán arrasó medio pueblo, la construcción se detuvo, porque todas las empresas se dedicaban a restaurar y reparar lo que pudieran. La urbanización estuvo meses abandonada, lo que propició que niños como nosotros campáramos a nuestras anchas por las casas abiertas y vacías.

—Fue un verano muy chulo —reconozco. Uno de nuestros recuerdos más preciados.

—La fiesta en la piscina vacía.

—Buah, ya ves. Cincuenta personas apretujadas en un agujero de hormigón enorme.

—Y Billy corriendo para avisarnos de que venía la poli.

Rememoro la noche en cuestión. Recuerdo que mi hermano entró en tropel, quitamos la música de golpe y apagamos las linternas. Una vez a oscuras, nos agachamos y contuvimos el aliento.

—Y vas tú y decides hacerte el héroe —comento, más en tono distendido que acusador—. Sales de la piscina y cruzas la calle corriendo.

—No tenías por qué seguirme.

—Ya, bueno. —Me dejo llevar por la corriente. Entierro los dedos de los pies en la arena mientras las olas me empujan con fuerza adelante y atrás—. No iba a permitir que fueras a la cárcel solo.

No dejan de asaltarme los recuerdos. Evan y yo nos subimos al tejado de una casa de enfrente y vimos que el reflejo de las luces rojas y azules en las paredes de las casas inacabadas era más intenso conforme se aproximaban los vehículos. Por lo menos seis coches patrulla. Entonces, con la esperanza de que la pasma no pillase a nuestros amigos, nos pusimos a mover las linternas y a gritar a los agentes para llamar su atención. Saltamos del tejado, aterrizamos en el pavimento y corrimos entre las casas para escapar de los polis. Al final los despistamos en el bosque.

Dios, juntos éramos invencibles. Intocables. Con Evan nunca me aburría. Estábamos constantemente avivando la euforia y buscando el siguiente subidón de adrenalina mientras sobrepasábamos los límites de nuestro talento para meternos en líos.

—¿Hay algún chico? —pregunta de pronto—. En Charleston, digo.

—Y, si lo hubiera, ¿qué? —Pero no lo hay, qué va. Solo una ristra de citas mediocres y relaciones efímeras, más que nada para pasar el rato. Es duro comparar a todos los tíos que conoces con el tipo del que huiste.

—Nada —contesta mientras se encoge de hombros.

—Solo querrías hablar con él, ¿a que sí? Charlar.

Evan esboza una sonrisilla y responde:

—Algo así.

No puedo evitarlo: me pone que esté celoso. Es estúpido y despreciable, lo sé, pero es nuestra curiosa forma de demostrarnos que nos queremos.

—¿Y tú qué? ¿Has estado con alguna?

—Con unas cuantas.

Su tono vago me hace fruncir el ceño. Noto que estoy a punto de contraatacar, así que me obligo a contenerme. Me obligo a no imaginarme a Evan con otra. Besando a una chica que no soy yo. Repasando unas curvas que no son las mías.

Pero fracaso. Las imágenes inundan mi cerebro y se me escapa un gruñido bajo.

Evan ríe burlón y me imita:

—Solo querrías hablar con ellas, ¿a que sí? Charlar.

—No. Quiero quemarles la casa por tocarte.

—Joder, Fred, ¿por qué lo primero que se te ocurre siempre es provocar un incendio?

Río por lo bajo y respondo:

—¿Qué quieres que te diga? Estoy que ardo.

—Ya ves. —Me sube las manos por la barriga hasta cogerme los pechos desnudos. Los aprieta con suavidad y me guiña un ojo.

Me estremezco cuando me acaricia los pezones, que se ponen duros con rapidez. Evan nota mi reacción, lo que hace que sonría ligeramente. No es justo que sea tan guapo. Observo sus rasgos cincelados y los músculos definidos de su torso desnudo. Sus brazos esculpidos. Su abdomen plano. Las manos grandes y callosas con las que me sujetaba mientras me devoraba la entrepierna con avidez.

—Me matas, Gen —gruñe Evan al ver mi expresión, sea cual sea. Me clava los dedos en la carne y agrega—: No hagas eso a menos que vayas en serio.

—¿El qué?

—Ya lo sabes. —Me agarra de la cintura y caminamos de espaldas hacia la orilla—. Estás fantaseando con que te la meta. Si quieres repetir, yo me apunto.

—No he dicho eso.

Se pega a mí para que note en la pierna lo dura que la tiene.

—Eres una provocadora, ¿lo sabes?

—Sí. —Llegamos donde no alcanza el mar. Nos quedamos ahí, mirándonos, hasta que una sonrisilla asoma a mis labios—. Te gusta.

Y lo beso en el cuello. En el hombro. Le dejo besos por el pecho hasta que estoy de rodillas, con su erección en el puño, y se la casco. Evan se mesa los cabellos y echa la cabeza hacia atrás. Respira con pesadez.

Como no hago nada, me mira; sus ojos oscuros arden de deseo.

—¿Te vas a quedar ahí sentada o me la vas a chupar?

—Aún no lo he decidido. —Me relamo, lo que hace que gruña torturado.

—Provocadora —insiste mientras hace amago de embestir.

Se la agarro más fuerte, en señal de advertencia, pero eso solo hace que le brillen más los ojos.

—Más —suplica.

—¿Más qué? —Le dibujo circulitos en el glande con el índice para prolongar su tormento.

—Más de todo —contesta con la voz entrecortada.

Mueve de nuevo las caderas hacia delante en busca de contacto, de alivio. Me río de su desesperación, le chupo el miembro de abajo arriba y me lo meto entero en la boca.

Gime tan fuerte que podría despertar a los muertos.

Hay cosas de Evan que añoraba más que otras. Ponernos pedo, desmayarnos, despertar en un armario cualquiera de un almacén cualquiera con ropa de otra persona… Podría vivir sin algunos de esos recuerdos. Pero ¿cómo me hace sentir cuando estamos solos? Cómo se entrega a mí, cómo confía en mí por completo… Me encanta cuando estamos así. Cuando estamos bien.

Me deleito con los gruñiditos que reverberan en su pecho y con lo tensos que están sus músculos. Con cómo lleva las manos a sus caderas, luego a mi pelo, y se contiene para no embestir rápido y fuerte, pues una vez le mordí flojito en señal de advertencia y ahora me tiene miedo…, solo un poco. Así jugamos nosotros. Soy yo la que está de rodillas, pero es él el que está a mi merced. Le hago sentir solo lo que le doy. El placer y la expectación. Ralentizo el ritmo para alargar la experiencia y luego acelero para frustrarlo a más no poder. Hasta que, finalmente, estalla.

—*Por favor,* Gen.

Y dejo que se corra. Se la machaco hasta que eyacula. Entonces, reventado, se deja caer y me acerca a él para que nos tumbemos sobre la manta.

Nos quedamos un rato callados. Rodeados por la plácida oscuridad y por el rumor de las palmeras mecidas por la brisa y de las olas al besar la arena.

—¿Te he contado que me ha escrito mi madre? —suelta de repente.

No es para nada el rumbo que esperaba que tomara su mente, y dudo si seguirle el rollo. No porque me moleste por un motivo concreto, sino porque acostumbra a alterarlo.

—Quiere que quedemos en Charleston. Para hacer las paces o yo qué sé.

—¿Lo sabe Cooper?

—No. —Evan se lleva las manos detrás de la cabeza y mira las estrellas. Cuando me vuelvo, veo que su bello perfil está tenso—. La última vez que estuvo en el pueblo le robó los ahorros de toda la vida.

—Hostia, qué mal.

—Lo recuperó casi todo, pero… sí. Como es obvio, no la recibirá con los brazos abiertos en un futuro cercano.

—¿Quieres verla? —pregunto con cuidado.

Shelley es un tema delicado para Evan y su hermano, y siempre lo ha sido. Mientras que a mí me alivió ser libre, al fin, del punto muerto en el que estaba la relación fallida con mi madre, llevo años viendo a Evan hacerse ilusiones con que un día su madre entre en razón y lo quiera, pero luego todas sus esperanzas se desvanecen. No comparto su fe.

—No quiero hacer el ridículo otra vez —admite. Suena triste, agotado—. Sé lo que parezco. Cooper cree que soy idiota,

106

que no lo pillo. Pero sí. Entiendo que él sea así, pero no quiero desaprovechar la única oportunidad en la que quizá vaya en serio. Te parecerá tonto.

—No lo es —le aseguro. Ingenuo, quizá. Iluso, sin duda. Las dos cualidades en las que nunca he creído demasiado. Pero no tonto.

—Supongo que sería diferente si no estuviéramos solos Coop y yo. Si nuestro padre aún viviera. —Me sonríe con pesar—. Y si no fuera un capullo, claro. Y si tuviéramos un montón de hermanos y hermanas.

—Mi madre tuvo la hostia de críos —comento—. Créeme, eso no la hizo mejor persona. Creo que al tener hermanos me sentía menos sola en casa, pero nada alivia saber que le importas un carajo a tu madre.

Es raro que pronunciar esas palabras en alto —que a mi madre le importaba un carajo— me reporte consuelo en vez de pena. Hace mucho me dije que no necesitaba ni su cariño, ni su aprobación ni su atención. Que no gastaría saliva con alguien que pasaba de mí. Y me lo repetí hasta que me lo creí, a pies juntillas y sin ninguna duda. Ahora que ha fallecido, no lamento los años perdidos ni me arrepiento de las veces en que me ahorré la molestia de esforzarme. El mejor regalo que podemos concedernos es priorizar nuestras necesidades. Porque nadie más lo hará.

—¿No querrías tener una familia numerosa? —me pregunta Evan—. Formarla tú, me refiero.

Me detengo a pensarlo. Recuerdo las veces que alguno de mis hermanos se metió en el baño a cagar mientras yo me duchaba. Las veces en que, al volver a casa, pillaba a alguno en mi cama con una chica porque otro había echado el pestillo de su cuarto. Pero, por otro lado, mis hermanos mayores se apretujaron en el coche para enseñarme a conducir porque, por aquel entonces, a mi padre le estresaba. Me enseñaron a jugar al billar y a los dardos. A beber y a arrear puñetazos. Son una panda de salvajes asquerosos y malolientes. Pero son mis salvajes.

—Sí, supongo. —Aunque no me hace demasiada gracia pensar en *gestar* a una familia numerosa. Cuando imagino lo que debimos de hacerle los seis a la vagina de mi madre, la culpo un poco menos por tenernos manía—. Pero no en un futuro cercano.

—Yo sí —asegura—. Lo de la familia numerosa, digo. Sería un padre casero. Cambiaría los pañales, cocinaría y todo eso.

—Ya, claro. —Se me escapa una risa al imaginarme a Evan en el patio delantero, con un montón de bebés desnudos en cada brazo, mientras la casa arde detrás de él—. Búscate a una tía que te mantenga y no tenga aún el útero destrozado.

Se encoge de hombros y dice:

—¿Y qué voy a hacer, si no? Seamos sinceros, he entrado en el negocio de Levi de casualidad. No he hecho nada para merecerlo, salvo ser puntual casi siempre. Cooper tiene planes y ambición. Abrir su tienda de muebles y tal. De modo que ¿por qué no ser el que se queda en casa con los niños?

—No imaginaba que fueras de esos. —A Evan nunca le ha importado lo que esperasen de él; lo que espera la sociedad de todos: que trabajemos, nos casemos, tengamos hijos y, al morir, dejemos una hipoteca que no podemos permitirnos y deudas de la tarjeta de crédito para generaciones—. Pensaba que cogerías la moto un día y carretera y manta, o algún tópico similar.

—Eso son vacaciones, no vida. Me encanta vivir en un pueblecito costero en el que todo el mundo se conoce. Es un buen lugar para formar una familia.

Pero hay un deje de incertidumbre en su voz.

—Pero...

—Pero no sé cómo narices ser un buen padre. A juzgar por los modelos que he tenido, yo también traumatizaré a mis hijos de por vida.

Me incorporo y lo miro a los ojos. Percibo su dolor en su frívolo desistimiento; años de trauma ocultos tras fanfarronadas. Se flagela por lo que le han hecho, porque nadie de su entorno asume la culpa.

—Serás un buen padre —digo en voz baja.

Vuelve a encogerse de hombros y bromea:

—Eh, a lo mejor no los corrompo del todo.

—Pero tendrás que ser algo más que el padre divertido —le recuerdo mientras vuelve a tumbarme. Descanso la cabeza en su pecho y le paso una pierna por encima de la cadera—. Enséñales disciplina. Que no acaben como nosotros.

—Dios les libre. —Me besa en la coronilla.

Incluso tras cerrar los ojos, seguimos murmurando sobre esto y lo otro hasta bien entrada la noche; hasta que nuestras palabras son cada vez más espaciadas y nos quedamos dormidos. Desnudos bajo las estrellas.

CAPÍTULO 14

GENEVIEVE

Al principio el sol sale poco a poco, y luego de golpe; una explosión de luz que me obliga a abrir los ojos. Me despierto con arena en el culo, y ni siquiera puedo echarle la culpa a la resaca. Porque es él. Siempre es él.

Desnuda desde la noche pasada, me levanto para coger la ropa. Mi móvil está medio enterrado en la arena y mis bragas asoman del bolsillo de los vaqueros de Evan. Tengo un montón de llamadas perdidas y mensajes de mi padre y Shane. Me preguntan dónde narices me he metido. Hace más de una hora que debería estar trabajando. A juzgar por el tono de sus mensajes, cada vez más apremiante, poco les falta para enviar una partida de búsqueda y empezar a llamar a los hospitales.

Evan sigue en la manta, durmiendo. Me espera una buena en la tienda, pero no puedo dejar de mirarlo. Las largas líneas de su cuerpo, bronceado y fuerte. Recuerdos de anoche me acarician los brazos y las piernas, como si cientos de chispitas me recorrieran las extremidades. Lo haría de nuevo; lo retomaría justo donde lo dejamos y mandaría a la porra las responsabilidades y las obligaciones.

Y ese es el problema.

Evan se gira y me da la espalda, y, al hacerlo, veo por primera vez lo que no pude con la oscuridad de anoche. En la parte baja de la espalda, justo encima de la cadera derecha, arropada por sus otros tatuajes, hay un dibujo de una cala pequeña, con dos palmeras inconfundibles que se entrecruzan tras ser derribadas por el huracán. Son idénticas a las que tengo en la espalda. Es nuestro rincón. Nuestro paraíso terrenal.

Lo que solo vuelve esto más difícil.

Evan se despereza mientras yo me hago un moño y desentierro las llaves.

—Eh —murmura adorablemente adormilado.

—Llego tarde —digo.

Se levanta de golpe con cara de preocupación.

—¿Qué te pasa?

Cuando me froto los ojos me doy cuenta de que veo borroso por culpa de las lágrimas. Respiro hondo y exhalo tan débilmente que me mareo un poco.

—Esto ha sido un error.

—Eh, espera. —Coge los pantalones y los sacude antes de ponérselos. Sus movimientos son apresurados y denotan pánico—. ¿Qué ha ocurrido?

—Te dije que no podíamos hacer esto. —Me aparto con cuidado y pestañeo para no llorar. Solo quiero correr. Huir de él lo más rápido posible, porque, con cada segundo que permanezco a su lado, mi determinación flaquea.

—Gen, eh. Para. —Me coge de las manos para que me tranquilice—. Hablemos un momento.

—No podemos hacer esto. —Le ruego que entienda lo que ya sé que escapa a su comprensión—. No somos buenos para el otro.

—Pero ¿a qué viene esto? Anoche...

—Hay personas que cuentan conmigo. —La desesperación me obstruye la garganta—. Mi padre, mis hermanos. Todos estamos trabajando para mantener el negocio a flote. No puedo dejarlos tirados para esconderme contigo toda la noche. —Me trago un nudo de tristeza enorme—. No me reconozco cuando estoy contigo.

—¿Cuál es el problema? —Frustrado, se vuelve y se tira del pelo—. Anoche lo pasamos bien y nadie salió herido.

—Ambos llegamos tarde al curro porque nos hemos pasado la noche follando como adolescentes cuyos padres se han ido del pueblo. ¿Cuándo maduraremos, Evan?

Se vuelve hacia mí, y sus ojos oscuros arden de frustración.

—¿Qué hay de malo en que quiera estar contigo? ¿Por qué quieres castigarnos por lo que tenemos? —pregunta mientras nos señala—. ¿Por qué te castigas por quererme?

—He decidido empezar a quererme más a mí. Lo que implica ser responsable por primera vez en mi vida. Y no puedo hacerlo si cada vez que te veo me olvido de todo lo demás. Por eso no me despedí de ti antes de irme. Porque sabía... —Callo para no revelar mis sentimientos.

—¿Qué sabías?

Vacilo al recordar el dolor que vi en su rostro anoche cuando me confesó lo mucho que le había afectado mi marcha. «Una enorme parte de mí se rompió y simplemente desapareció». Le hice mucho daño, muchísimo más del que imaginaba. Y eso me pone enferma. No me gusta hacerle daño, no quiero hacérselo ahora, pero... creo que no tengo alternativa.

—Anoche me dijiste que ojalá te hubiese contado lo que me pasó con Randall —digo al fin.

—Sí... —conviene con recelo.

—Pues lo intenté. No pegué ojo en toda la noche. Me pasé toda la noche pensando en lo que había hecho, muerta de la vergüenza. No fue como tocar fondo, pero me sirvió para abrir los ojos. Era obvio que tanta fiesta se había convertido en un problema y me nublaba el juicio. De haber estado sobria, jamás me habría presentado en casa de Kayla Randall en plena noche.

Niego con la cabeza, asqueada. Conmigo misma, no con él. Aunque él tampoco me causó una gran impresión la mañana después de haber irrumpido como una desquiciada en casa de los Randall.

—Sabía que esa noche habías salido con los chicos y que seguramente dormirías hasta tarde, así que esperé toda la mañana a que me llamaras o me escribieras —continúo—. Como no lo hiciste, fui a tu casa a contarte lo que había pasado con los Randall.

Arruga los labios y dice:

—No recuerdo que vinieras.

—Porque seguías roque —digo sin emoción—. Era la una de la tarde. Entré en tu casa y te vi roncando en el sofá. Había botellas vacías y ceniceros llenos por toda la mesa de centro. El suelo estaba perdido de cerveza y se me pegaban las suelas. A alguien debió de caérsele un porro en el sillón, porque tenía un agujero. —Suspiro ligeramente y niego otra vez con la ca-

112

beza—. No me molesté en despertarte. Me giré y me fui. Y me puse a hacer las maletas.

Eso lo ha sorprendido.

—¿Te fuiste del pueblo porque estaba de resaca después de salir de fiesta con los chicos? —Su tono me indica que está a la defensiva.

—No. No solo por eso. —Me esfuerzo por no gruñir—. Fue otra señal de que debía abrir los ojos, ¿vale? Me di cuenta de que no podría enmendarme mientras estuviéramos juntos. Pero sabía que, si te decía que me marchaba, me convencerías para que me quedase. —Noto un regusto amargo en la boca, pero sé que no es culpa de Evan, sino mía—. No puedo negarte nada. Ambos lo sabemos.

—Yo tampoco puedo negarte nada a ti —dice por toda respuesta. Agitado, exhala—. Tendrías que habérmelo dicho, Gen. Me habría ido contigo. Lo sabes.

—Ya, ya lo sé. Pero eres una mala influencia para mí. —Como veo que le ha dolido mi comentario, añado—: Es mutuo. Yo también era una mala influencia para ti. Me preocupaba que, si nos marchábamos juntos, arrastrásemos nuestros malos hábitos donde fuera que acabásemos. Y ya estaba harta. Y los dejé.

Recojo los zapatos y me preparo para lo que se avecina. Ha pasado mucho tiempo y aún es igual de difícil.

—Deberías pensar en ser alguien de provecho tú también. Ya no somos niños, Evan. Como no cambies, un día te levantarás y te darás cuenta de que te has convertido en tu peor pesadilla.

—Yo no soy como mis padres —gruñe con los dientes apretados.

—Todo conlleva una elección.

Dudo un segundo. Entonces avanzo y le doy un beso en una mejilla. Cuando veo que se le dulcifica la mirada, me alejo de su alcance para que no me haga cambiar de idea. Porque *sí* que lo quiero. Lo quiero muchísimo, joder.

Pero no puedo hacerme responsable de su vida cuando apenas soy capaz de tomar las riendas de la mía.

Tras pasar por casa para cambiarme, al fin llego al trabajo. Mi padre me espera en el despacho. Sé que me echará la bronca cuando lo veo sentado en el sillón de mamá. Bueno, el que ahora es mi sillón. Papá casi nunca entra en la oficina y por nada del mundo se sienta; prefiere estar fuera, en la obra, tratando con los clientes. El tío no ha descansado desde que empezó a trabajar para su padre a los once años.

—Tenemos que hablar —dice mientras me señala con la cabeza la silla que hay frente al escritorio—. ¿Dónde has estado?

—Perdón por llegar tarde. He salido y se me han pegado las sábanas. No volverá a pasar.

—Ya, ya. —Bebe café con el respaldo del sillón apoyado en la pared—. Estaba aquí sentado esperándote y me he puesto a pensar. Y he caído en que no te enseñé disciplina cuando eras niña.

¡No me digas! Aunque papá nunca ha sido excesivamente estricto, es probable que lo haya tenido más fácil por ser la única hija en una casa llena de chicos. Es uno de los motivos por los que nos llevamos tan bien.

—Y quizá debería asumir las consecuencias —continúa despacio. Pensativo—. Las fiestas, los líos... No te hice ningún favor al permitírtelo.

—Estoy bastante segura de que habría hecho lo que me hubiese dado la gana de todos modos —confieso.

Esboza una sonrisa cómplice.

—Al menos así no crecí odiándote.

—Ya, bueno. Se supone que, llegado cierto punto, los adolescentes odian a sus padres aunque sea un poco.

Tal vez sea cierto, pero me gusta más así, conocer la alternativa.

—Intento mejorar —le aseguro con la esperanza de que vea en mi cara que le digo la verdad—. Esto ha sido un desliz, pero te prometo que no se convertirá en una costumbre. Quiero que sepas que puedes contar conmigo. Entiendo lo importante que es echar una mano en estos momentos.

Se inclina hacia delante y dice:

—Los dos podemos hacerlo mejor, peque. La verdad es que has sido de gran ayuda. El negocio va como la seda. Los clientes te adoran. La gente no deja de repetir que te has convertido en una jovencita encantadora.

Sonrío y respondo:

—Cuando quiero soy muy maja.

—Muy bien. —Papá se levanta y rodea la mesa—. Pues no te molesto más. Considéralo tu primera regañina oficial, peque. —Me da unas palmaditas en la cabeza y se va tan tranquilo.

Por extraño que parezca, me ha gustado hablar con mi padre como adultos. Agradezco que me haya respetado lo suficiente para decirme que he metido la pata sin machacarme por haber cometido un error. Y me alegra que piense que lo estoy haciendo bien. Cuando acepté hacerme cargo de la oficina, me aterraba cagarla, mandar el negocio al traste y arruinar y destrozar a mi padre. En cambio, resulta que se me da *bien* esto.

Por una vez no soy un completo desastre.

CAPÍTULO 15

EVAN

Antes me gustaba estar solo en la obra, colocar placas de yeso o asfaltar un acceso para coches. Dame una lista y ocho horas, y te lo dejo todo niquelado sin problema. Trabajo más rápido solo, sobre todo si no tengo que escuchar la radio de algún idiota o que me cuente que su pez se ha puesto malo o yo qué sé. Hoy es diferente. Llevo toda la mañana en casa de los West, instalando alacenas nuevas en la cocina, pero estoy tardando el doble de lo normal. Las puñeteras puertas no se nivelan. Se me caen las cosas todo el rato. Casi me taladro el dedo.

Gen no me contesta a los mensajes desde que huyó de nuestro rincón hace días. Cuando la llamo me salta el contestador. Es desesperante. Me suelta un montón de verdades y acusaciones a la cara, ¿y me ignora? ¡Si apenas dejó que le contestara!

De todos modos ¿qué demonios podía decirle? Por lo visto, no iba tan desencaminado cuando me culpaba de que se hubiese largado. Randall puso el balón en juego, pero yo lo metí por toda la escuadra. ¡Gol! ¡Adiós a Gen!

Que le abrí los ojos. Joder. Estar durmiendo la mona hizo que la chica a la que quiero más que a nada en el mundo desapareciera de mi vida.

¡Maldita sea! Eso me destroza por dentro.

Combato el dolor que me atenaza la garganta y agarro de nuevo el taladro con demasiada fuerza. Mierda. Como no me centre, este trabajo acabará conmigo.

Pero no, me niego a asumir *toda* la culpa. ¿Desde cuándo me he convertido en el origen de todos sus problemas? Parece una excusa de lo más oportuna para no lidiar con su pasado.

Quizá yo he sido un delincuente casi toda mi vida, pero, al menos, no le echo la culpa de ello a nadie.

—Eh, tío. —Craig, el benjamín de los West, entra en la cocina. Lleva una camiseta y unos pantalones de baloncesto. Me saluda con la cabeza mientras coge un refresco de la nevera—. ¿Tienes sed?

Mataría por una birra, pero acepto el refresco.

—Gracias. —Me vendría bien un descanso. Total, no doy pie con bola.

—¿Qué tal vas? —me pregunta tras echar un vistazo al desastre polvoriento en que se ha convertido la cocina a medio derruir. Se sienta a la mesa, cubierta con un protector y con mi caja de herramientas encima.

—Lento —contesto con sinceridad—. Pero acabaré. —O Levi me joderá vivo—. ¿Y tú qué? ¿Preparado para largarte de aquí?

Craig se encoge de hombros y bebe.

—Supongo. Se me hace raro pensar que esta no será nuestra casa cuando venga de la uni.

Se queda callado y observa lo que pone en el lateral de su lata. Siempre ha sido un niño reservado. Es cuatro años más joven que Gen, y un niño de mamá total, lo cual, en vez de hacer que le tuviera ojeriza, hizo que fuera muy protectora con él.

Me apoyo en la encimera y pregunto:

—¿Cómo se presenta el verano? ¿Algún plan chulo?

Evita responder y mira la mesa un segundo. Entonces se pone a observar la habitación con los hombros encorvados, como los niños que se sientan al fondo del aula para que no los nombren.

—Pensarás que es una tontería —contesta al fin.

—¿De qué se trata? —pregunto—. Suéltalo.

Suspira y, a regañadientes, explica:

—Jay y yo nos hemos apuntado al programa de Hermanos Mayores. Para orientar a los chavales y eso. Así que sí.

¿Por qué será que no me sorprende? Esos dos siempre han sido los *boy scouts* de la familia. Mientras Gen y sus dos hermanos mayores estaban fuera liándola y eran una mala influencia para Billy; Jay y Craig hacían los deberes y ordenaban el cuarto. Supongo que, si uno tiene seis hijos, por narices alguno sale bien.

—Qué guay —comento—. ¿Te gusta por ahora?

Asiente con timidez y confiesa:

—Me gusta que a mi hermano pequeño le apetezca salir. No tiene demasiados amigos, de modo que, cuando hacemos cosas fuera, es un gran avance para él.

Craig es el indicado para ese tipo de cosas. Es un poco tontito y blandengue, pero majo. Y, aún más importante, es listo y responsable. Déjame diez minutos con un crío, y seguro que acaba quemando algo. Esto me recuerda lo que hablamos Gen y yo en la playa sobre tener los hijos. Creo que no se equivocó al afirmar que, si voy a formar una familia, más me vale aprender a no cargarme a mi hijo. No tengo ni idea de cómo mis padres impidieron que Cooper y yo nos ahogáramos en la bañera. ¡Si a duras penas eran capaces de mantenerse en pie pasadas las diez de la mañana!

—No volverá hasta que te vayas —dice Craig.

Frunzo el ceño.

—¿Eh?

—Mi hermana. Se ha ido temprano esta mañana para no encontrarse contigo, y no volverá a casa hasta que te hayas ido. —Hace una pausa y, a sabiendas, agrega—: Por si tenías pensado esperarla.

Joder. No sé por qué, pero es aún más frío cuando lo dice este crío.

—¿Te lo ha dicho ella?

Se encoge de hombros y pregunta:

—¿Estáis enfadados?

—Yo no. —Ojalá lograra que Gen entendiera que estoy a su disposición para lo que quiera. Que haré lo que necesite.

—Cuando era niño te admiraba.

Las palabras de Craig me pillan desprevenido.

—Ah, ¿sí?

—Ya no tanto.

Au. Cómo las tira hoy.

—Cuando uno tiene edad suficiente para que lo zurren, ya no es tan adorable que suelte todo lo que se le pasa por la cabeza —le recuerdo.

Tiene la decencia de sonrojarse.

—Perdona.

—¿Y por qué ya no?

Se detiene a pensarlo unos instantes. Entonces, con una mirada de compasión que dejaría a otros sin habla, responde:

—El rollo de chico malo ya cansa.

Caray.

No todos los días me pone de vuelta y media un *boy scout*.

Esa noche, voy a uno de nuestros garitos predilectos a tomar unas cañas con Tate, Wyatt y los chicos. Tras un par de rondas, nos acercamos a las mesas de billar y nos divertimos con nuestro pasatiempo favorito: timar a los turistas. Al final nos pillan, así que nos ponemos a jugar por diversión. Nos dividimos en dos equipos: Tate y yo contra Wyatt y Jordy. La pasta que les hemos sacado a los turistas está en una pila ordenada en un rincón de la mesa. Los ganadores se lo llevan todo.

En la mesa de al lado, una rubia muy mona con un vestido rosa me observa mientras su novio —o eso creo—, ajeno a todo, golpea las bolas con el taco, rabioso. Habría sacado provecho de la situación si no estuviese todo el santo día pensando en Genevieve West. Pero, desde que volvió al pueblo, no tengo ningún interés en tirarme a otras. Solo a una.

—¿Vendrá Coop? —pregunta Tate mientras me pasa el taco. Me toca.

Apunto bien y rayo el tapete.

—Lo dudo.

—La parienta ya no lo deja salir —suelta Wyatt mientras sigue con facilidad mi marca y borda un tiro por la banda.

No se equivoca del todo. Aunque, últimamente Mackenzie no impide a Cooper salir de cañas con sus amigos, sino que los dos se funden en un ente, y prefieren su propia compañía a la de los demás. Viven como tontos, felices en su burbuja de enamorados empalagosos. Durante un tiempo, fue un alivio que Mac relajase a Cooper, pero, ahora, su burbuja envuelve a toda la casa, y eso ya no mola.

O a lo mejor estoy celoso, yo qué sé. Tal vez me repatea que Coop me restriegue por la cara que tiene una relación perfec-

119

ta, pero, a su vez, se empeñe en amargarme la vida. No había razones para que él y Mac estuviesen juntos, y menos para que durasen. Pero pasaron de todos nosotros y lograron que funcionara. ¿Por qué la mía no?

—Te toca. —Tate me pega otra vez con el taco.

—No, paso. —Echo un vistazo a nuestra mesa y digo—: Tú, Donovan, sustitúyeme.

—No, hombre. —Wyatt me tienta desde el otro extremo de la mesa—. Deja que te machaque.

Voy a darle un trago a la birra, pero me la he acabado.

—Voy a mear y pido otra ronda.

—Bueno, ya has oído al jefe —dice Wyatt mientras le da una palmada en la espalda a nuestro colega Donovan—. Te toca tirar.

Voy un momento al baño, me seco las manos con un trozo de papel y lo tiro a la papelera que hay junto a la puerta. Salgo al pasillo justo cuando sale alguien del lavabo de mujeres. Nada más y nada menos que Lauren, la ex de Wyatt.

—Eh, Evan —saluda la morena.

—Ah, hola. —Correspondo al abrazo que me ofrece. Puede que ella y Wyatt hayan roto, pero Ren hace años que es de la pandilla. No le haré el feo, y dudo que Wyatt quisiese que lo hiciera—. ¿Qué tal todo?

—Muy bien. He estado una buena temporada en Charleston con mi hermana. —Levanta un brazo delgado para tocarse su lustrosa melena, lo que hace que repare en la cantidad de tatuajes que adornan su piel. La mayoría son cortesía de Wyatt, a quien también le debo mis tatuajes más recientes—. ¿Y tú?

—Nada nuevo —respondo como si nada.

—He escuchado que Gen ha vuelto. En principio hemos quedado la semana que viene para comer.

—Sí, vaya si ha vuelto.

A Ren se le forma un hoyuelo en el lado izquierdo de la boca. Le brillan los ojos de regocijo.

—Me da a mí que no se ha arrojado a tus brazos, precisamente.

Sonrío un poco y respondo:

—Qué bien lo sabes.

Se muestra pensativa por un segundo y se humedece el labio inferior con la punta de la lengua.

—Tú y yo también deberíamos ir a comer un día de estos. O a tomar algo, mejor.

La miro atónito y pregunto:

—¿Me estás pidiendo salir? Porque sabes que no podría.

—Puede que sea un capullo integral, pero Wyatt es uno de mis mejores amigos. Nunca saldría con su ex.

—No quiero liarme contigo —contesta con una risa gutural—. Pero se me ha ocurrido que, a lo mejor, nos vendría bien salir un par de veces juntos. —Sonríe y agrega—: Nuestros ex son unos celosos de cuidado.

—Ya ves —convengo—. Aun así, no podría hacerle eso a Wyatt. Aunque todo fuese de mentira.

—Me parece bien. —Me da un apretón afectuoso en un brazo—. Nos vemos, Ev. Saluda a los chicos de mi parte.

La veo marcharse con calma, contoneando las caderas. Una mujer con ese culo es peligrosa.

En el bar, le pido al barman un chupito de *bourbon* para mí y otra ronda de chupitos y cervezas para los chicos. No hay demasiada gente esta noche. Los de siempre. En la tele dan los momentos más destacados de la sección de deportes y por los altavoces suena *rock* de los noventa. Me bebo el *bourbon* de un trago mientras veo a Billy West sentarse en la otra punta de la barra.

Vacilo. No tengo claro si será más comprensivo con mi situación que Craig, pero se me han acabado las formas lógicas de arreglar lo mío con Gen. Si alguien sabe qué le pasa por la cabeza, ese es Billy.

Dejo el vaso vacío en la barra y me siento en el taburete a su lado.

—Tenemos que hablar —digo—. ¿Qué narices le pasa a tu hermana?

Billy me mira de reojo un momento y espeta:

—¿Qué has hecho ya?

—Nada. Esa es la cuestión.

—Entonces, ¿por qué me preguntas?

Entorno los ojos. Le saco dos años al chaval. Aún recuerdo las bromas que le gastábamos Gen y yo, de modo que no me hace mucha gracia cómo me vacila.

—Porque no me coge el teléfono.

—¿Y a mí qué?

Chulito de mierda.

—Oye, sé que habla contigo, así que dime qué tengo que hacer para volver con ella y te dejaré en paz.

Billy estampa su botellín en la barra y ríe con sarcasmo. Me mira fijamente a los ojos y suelta:

—¿Por qué querría que volvieses con ella? Este año te he visto emborracharte como si te dedicaras a ello de manera profesional, liarte con un montón de universitarias día sí, día también, pelearte con todos los ricachones que se te han puesto a tiro y no hacer nada productivo con tu vida.

—¿Estás de coña? Ahora soy socio de un negocio. Como tu viejo. Me gano la vida. ¿Eso no es nada?

—Sí, un negocio que no has construido tú. Te lo han cedido, como mi padre nos cedió el negocio a nosotros. Pero yo no voy por ahí pavoneándome.

—Vete a la mierda. No todos teníamos a una mamá y a un papá que nos preparaban tortitas cada mañana. A lo mejor no deberías hablar de cosas que no entiendes. —Me arrepiento nada más mencionar a su madre, pero es tarde para retractarme. De todo modos, mantengo lo que he dicho. Si lo que busca el hermano de Gen es criticarme, puede ahorrárselo. No me interesa su opinión.

—Por fin Gen intenta sacar provecho a su vida —masculla mientras estampa el dinero en la barra—. Y, mientras, tú haces todo lo posible para llevarla por el mal camino. Así no se trata a la gente que te importa.

Tengo que recordarme que darle una paliza al hermano pequeño de Gen no hará que me la meta en el bolsillo.

—Gen me importa, y mucho —suelto con brusquedad.

—Pues te daré un consejo —responde mientras se levanta y se inclina sobre mí—. ¿Quieres que mi hermana te deje entrar de nuevo en su vida? Pues haz algo de provecho con la tuya primero.

CAPÍTULO 16

EVAN

Dos días después, despierto al alba tras otra noche en vela. En vez de holgazanear en la cama, me levanto con el sol y llevo a Daisy a dar un paseo por la playa antes de bañarla en el acceso para coches, para que esté limpia como una patena. Tras ponerme mis mejores galas, un atuendo a caballo entre un traje fúnebre y una bolsa de basura, le pongo la correa a Daisy y vuelvo a la cocina a por un café.

Cuando veo a Cooper y Mac desayunando en el porche, me asomo a la puerta de cristal corredera y digo:

—Eh, para que lo sepáis, me llevo a Daisy unas horitas.

—¿Adónde? —gruñe Cooper con la boca llena de gofre.

—Siéntate —me pide Mac—. Hemos preparado de sobra. ¿Has comido ya?

—No, estoy bien. Voy a hacer de voluntario en la residencia para ancianos. La mujer de recepción me ha dicho que a los yayos les encantan los perros, así que les llevo a Daisy.

—¿Es un eufemismo? —pregunta Mac entre risas, mientras se vuelve hacia Cooper para que le explique la gracia.

Mi hermano está igual de perplejo que su novia.

—Si lo es, no sé a qué se refiere.

—Bueno, me las piro. Ah, por cierto —le digo a Cooper—, me llevo tu camioneta. —Y cierro de un portazo antes de que conteste.

Me imagino lo que estarán diciendo: «¿Y a este qué le ha dado? No hará de voluntario, ¿a que no?».

Bueno, pues el que ríe ahora soy yo, porque vaya si lo haré. La última conversación con Gen junto con la charla de la otra noche con Billy me han hecho pensar en qué significa realmente «hacer algo de provecho con mi vida». A decir verdad, no creía que mi vida estuviese tan patas arriba. Eso para empezar. No soy un completo inútil. Tengo curro; mi propio negocio..., en parte. Tengo casa y moto. Un *jeep* viejo que me paso más tiempo reparando que conduciendo.

Mucha gente con la que he crecido aspiraba a mucho menos. Y un montón de gente habría apostado a que acabaría peor. Si eso no le basta a Gen, pues vale. Puedo dar más de mí. ¿Cree que no puedo cambiar? Pues se enterará.

Desde hoy mismo seré la hostia de respetable. Beberé menos y dejaré de pelearme. Me superaré a mí mismo y me convertiré en un chico bueno de pies a cabeza. Lo que, según Google, implica trabajar de voluntario.

¡Abuelos, venid a mí!

En el la residencia de ancianos, Daisy alucina con la cantidad de olores nuevos y raros que se respiran aquí. Entusiasmada, golpea el suelo de linóleo con la colita mientras tira de la correa, deseosa de explorar, y yo me presento en recepción.

Una coordinadora voluntaria llamada Elaine me recibe en el vestíbulo y me saluda con una sonrisa de oreja a oreja.

—¡Evan! ¡Cuánto me alegro de conocerte en persona! Siempre nos gustan las visitas. —Me estrecha la mano y se arrodilla para saludar a Daisy—. ¡Y que vengan chicas tan bonitas!

Observo cómo la mujer de mediana edad se deshace en halagos hacia Daisy, le rasca detrás de las orejas y esquiva su lengua, la cual anoche metió de nuevo en la basura.

Esta perra tiene la vida resuelta y ni lo sabe.

—Ya, bueno, nos gusta dar —explico. Entonces caigo en lo repulsivo que suena viniendo de mí.

Elaine nos enseña los dos pisos de la residencia. La verdad es que da menos repelús del que esperaba. Me imaginaba una mezcla entre un hospital y un manicomio, pero este sitio no da nada de yuyu. Nadie va por ahí en camisón, con la mirada perdida y murmurando para sí. Parece un bloque de pisos con pasamanos de hospital en las paredes.

—Hicimos una gran reforma hace unos años. Tenemos un restaurante que ofrece servicio completo, en el que se sirven tres comidas diarias y café, y una cafetería para que nuestros residentes puedan merendar con los amigos. Como es obvio, a los que les cuesta desplazarse les llevamos la comida a la habitación.

Elaine procede a explicarme en qué consisten las actividades que organizan mientras pasamos por una de las salas comunitarias. En ella, los abuelos pintan en sus caballetes. Por lo visto, aquí es donde estaré casi todo el tiempo.

—¿Tienes alguna habilidad especial o algún talento? —me pregunta—. ¿Por casualidad tocas algún instrumento?

—Uy, no, qué va. Lo siento. —Hubo unos meses, durante la secundaria, en que pensé que estaría guay aprender a tocar la guitarra, pero esa mierda es complicada—. Básicamente sé construir cosas. Lo que sea.

—Manualidades, entonces —concluye con una sonrisa tranquilizadora que decido ignorar—. Y, cómo no, a nuestros residentes les encanta que vengan amigos de cuatro patas, así que también podemos programarle un horario a ella.

En uno de los pasillos de la residencia, Elaine se asoma a una puerta abierta tras llamar con un suave golpe.

—Arlene, ¿puedo pasar? Ha venido alguien muy especial a verte.

Arlene, una ancianita diminuta de pelo cano, ve la tele sentada en un sillón reclinable. Nos invita a entrar con una mano tan débil que parece que se le romperá si la mueve muy deprisa. Pero sonríe nada más posar sus ojos vidriosos en Daisy.

—Arlene, te presento a Evan y Daisy. Serán voluntarios aquí —explica Elaine—. Arlene es de nuestros residentes favoritos. Nos sobrevivirá a todos, ¿a que sí?

Entonces, como quien empuja a un niño a la parte honda de la piscina para que aprenda a nadar, Elaine nos abandona a Daisy y a mí a los arbitrios de Arlene y el canal del tiempo.

—Mete el coche en el garaje, Jerry —me dice Arlene mientras acaricia a Daisy, que se ha subido a su regazo—. En la tele dicen que lloverá.

Al principio estoy confuso y no contesto. Pero, a medida que habla más y más, no tardo en darme cuenta de que cree que soy un tal Jerry. Supongo que debía ser su marido.

No tengo ni idea de cómo hay que comportarse en una residencia, de modo que no estoy seguro de si puedo sentarme en el borde de la cama de la anciana. Pero solo hay un asiento en el cuarto, y lo ocupa Arlene. Así que me quedo de pie e, incómodo, me meto las manos en los bolsillos de atrás.

—¿Tu hermano sigue en el norte? —pregunta cuando ve que el meteorólogo señala una hilera de fuertes tormentas que se aproxima a la costa de Nueva Inglaterra—. Tendrías que haberte asegurado de que te hacía caso y cambiaba los canalones u otra vez tendrá goteras, como la temporada pasada.

Asiento brevemente y aseguro:

—Vale, ya se lo diré.

Sigue así más de una hora, y no sé qué hacer aparte de seguirle el rollo. ¿Qué se le dice a alguien que seguramente está senil? ¿Es como despertar a los sonámbulos? ¿Hay que despertarlos? Ni pajolera idea. Tendrían que advertirlo en un panfleto o algo. Es más, empiezo a pensar que Elaine es una coordinadora espantosa y que este curro debería incluir prácticas.

—Jerry —dice Arlene en una pausa publicitaria. Me ha hecho cambiar de canal cinco veces en cinco minutos porque siempre se le olvida qué está viendo—, me apetece bañarme. ¿Me ayudas a meterme en la bañera?

—Eh...

No. Yo me largo. Mi límite es desnudar a ancianitas. Además, Daisy se está impacientando. Se baja del regazo de Arlene y se pone a olisquearlo todo.

—¿Quieres que llame a alguien para que te ayude? —le propongo.

—Oh, no, no hace falta. Tú eres la única ayuda que necesito. —Arlene, con una sonrisa radiante, prueba a ponerse de pie, pero pierde el equilibrio y se sienta de nuevo.

—Ven —le digo mientras la ayudo a levantarse. En cuanto se alza, se agarra con fuerza a mi brazo—. ¿Y si llamamos por el interfono y...?

—Arlene, cielo, ¿adónde vas? —Un tío grandote vestido de blanco entra en el cuarto y me quita a Arlene de encima.

Miro al recién llegado y explico:

—No podía levantarse, de modo que...

—Jerry va a bañarme —le cuenta Arlene, la mar de contenta, mientras el celador la ayuda a volver a su cama.

—Ya te has bañado esta mañana —le recuerda mientras la ayuda a quitarse las zapatillas y acostarse—. ¿Y si mejor te echas una siesta antes de comer?

Aprovecho que el celador la atiende para ponerle la correa a Daisy. Cuando me hace un gesto para que lo acompañe fuera, salgo detrás de él.

—Creía que era su marido —le digo a modo de explicación.

El celador sonríe y niega con la cabeza.

—Qué va, tío. Esa señora está completamente lúcida. Solo quiere divertirse con el nuevo. Siempre usa esa treta con los que están de buen ver. —Se carcajea y me da una palmada en un hombro—. Y no es la única. Te aconsejo que no te fíes de nadie.

Esta gente está pirada.

Cuando Elaine vuelve, al fin, tras abandonarme a mi suerte, se muestra poco compasiva por el calvario que me ha hecho pasar. Parece que, según ella, «es lo que hay». El personal se ha rendido a la anarquía y son los pacientes los que mandan en el manicomio.

Al rato me lleva a la habitación de un piloto de helicóptero que sirvió en la guerra de Corea llamado Lloyd. Su cuarto está decorado con decenas de fotos viejas del hombre con su casco y su mono. Cuando entramos, está en la cama y le gruñe al periódico, que lee con la ayuda de una lupa con brazo articulado que hay en la mesita de noche.

—Lloyd —saluda Elaine—, este jovencito quiere pasar un rato contigo, si te parece bien.

—¿Ya nadie corrige los malditos periódicos? Solo en esta página hay dos errores ortográficos. ¿Cuándo empezaron a parecer los deberes de un holgazán? —Levanta la vista lo justo para ver a Daisy plantada a mi lado—. Llévate eso de mi vista —espeta—. Soy alérgico.

—No eres alérgico a los perros, Lloyd —lo contradice Elaine con un tono que me indica que no es la primera vez que discuten—. Y Daisy es muy buena. Seguro que os lo pasáis fenomenal.

Lloyd resopla y vuelve a examinar el periódico, y entonces, Elaine me abandona tras darme otra palmadita en la espalda. Es como un apretón de manos raro, como si todos los que trabajan aquí me advirtieran que, una vez dentro, ya no se sale.

—Es inofensivo —me susurra desde la entrada—. Háblale de Jessie. Le encanta hablar de la pájara.

«La pájara» es una cosita amarilla en la que no había reparado y que está dentro de una jaula, junto a la ventana. Elaine sale al pasillo y me deja encerrado en un cuartito con un viejo arisco que me mira mal.

Me fijo en otra foto de la pared y me acerco para verla mejor.

—¿Conoció a Buddy Holly?

—¿Cómo? —Lloyd mira con los ojos entornados la foto de él y el músico fuera de un recinto, ambos posan al lado del autobús que hay aparcado en un callejón—. Sí, conocí a Charles. Cuando la música era arte.

—¿Eran amigos?

Daisy, que por lo visto le tiene miedo, se tumba en el suelo, a los pies de su cama.

—Me encargaba del equipo de música. Le llevaba las cosas y eso. —Lloyd resopla otra vez. Dobla el periódico con un gran escándalo y lo deja a un lado—. Al volver de Corea, me subí a un tren en Nueva York y vi a un chiquillo esmirriado que apenas podía con su guitarra, sus bolsas y sus maletas. Me ofrecí a ayudarlo.

Lloyd se anima un poco, aunque a regañadientes. Me cuenta que viajó por el país con Holly, Elvis Presley y Johnny Cash. Que huían de la pasma y las fanes enfervorecidas. Se les pincharon las ruedas y los atracaron en medio de la nada, en una época en la que aún no se podía llamar al seguro desde el arcén. Caminaron dieciséis kilómetros, hasta la gasolinera más cercana, cargando con los amplificadores. Resulta que Lloyd tiene mucho que contar, si me callo y lo dejo hablar. Y, para ser sincero, me gusta escuchar sus locas anécdotas. Este tío ha *vivido*.

La cosa va bien —no me ha pedido que lo bañe ni me ha llamado Sheila—, hasta que me pide que dé de comer a su pájara y le ponga agua fresca. Cuando abro la jaula, la pájara sale volando, lo que al principio trae sin cuidado a Lloyd.

Pero tardamos en darnos cuenta de que hay una cachorra en la habitación, y de que lleva toda la tarde aburrida como una ostra.

Como si se tratase de un choque a cámara lenta, la periquita se posa en la cómoda. A Daisy se le levantan las orejas. Alza la cabeza y gruñe desde el fondo de la garganta. Asustada, la pájara echa a volar. Daisy se abalanza sobre ella y atrapa a la criaturita en pleno vuelo. Sus plumas amarillas saltan por los aires y desaparece.

Adiós, Jessie.

CAPÍTULO 17

EVAN

Yo: Eh, solo quería asegurarme de que seguías viva.

Gen: Me has preguntado lo mismo día sí, día no, durante casi dos semanas. Sigo viva. Solo estoy hasta arriba de trabajo.

Yo: Y yo.

Gen: ¿Eres consciente de que cuando un tío te escribe a la una de la mañana es porque quiere tema?

Yo: ¡No blasfemes! Nunca mancillaría tu pureza así.

Gen: Ya, ya.

Yo: La verdad es que no puedo dormir.

Gen: Ni yo.

Yo: Y, aparte de ser una sonámbula muy liada, ¿estás bien?

Gen: Perfectamente.

Yo: ¿Cenamos juntos un día de estos?

Yo: Solo para ponernos al día.

Hace seis horas que Gen dejó de contestarme a los mensajes. Mientras ayudo a Mac a poner la mesa para desayunar en el porche, me da la impresión de que me vibra el bolsillo y rezo para que sea ella. Pero no. Ya han pasado seis horas y cuarenta y dos minutos.

—Ve a por las servilletas, porfa —me pide Mac mientras me pasa los cubiertos.

Tengo la cabeza en otro lado mientras voy a por ellas. Pensaba que la relación con Gen estaba mejorando. Llevamos un par de semanas escribiéndonos; hablamos de tonterías o nos mandamos un saludo rápido. Sin embargo, cada vez que le propongo quedar, se cierra en banda y deja de contestarme. No me permite ni intentarlo. No quiere ni ir a tomar un café ni comer conmigo… Nada. Es la persona más exasperante que he conocido en mi vida. Y, lo que es peor, ella está encantada.

—¿Qué planes tienes para hoy? —me pregunta Cooper cuando nos sentamos a desayunar—. ¿Rescatar a unos huérfanos de un edificio en llamas?

Mac me pasa los huevos revueltos y me pregunta:

—¿Sigues de voluntario en la residencia?

Daisy se asoma desde debajo de la mesa para pedir un trozo de salchicha. Cuando estoy a punto de dárselo, Mac me apunta con el cuchillo y me dice:

—Ni se te ocurra, que la matarás.

Mientras Mac está entretenida regañándome, Cooper le pasa un trozo a Daisy a escondidas. Me esfuerzo por no sonreír.

—De todos modos, no —contesto a los dos pesados—. Me han prohibido la entrada desde que la loca esta se zampó a la pájara de un tipo.

—Un momento, ¿cómo? —A Mac se le caen los cubiertos al plato—. ¡Qué cojones!

—Bueno, quizá haya exagerado —rectifico—. Estoy bastante seguro de que la pájara estaba casi intacta cuando Daisy la escupió.

Coop se troncha de risa y Mac le lanza una mirada asesina.

—¿Esto pasó la semana pasada? —grita—. ¿Por qué no me lo contaste?

—Se lo conté a Coop. Supongo que olvidé que no estabas. —Cooper se cayó al suelo de la risa cuando le conté el accidente con Lloyd. De hecho, me sugirió que lo guardase en secreto porque a Mac se le cruzarían los cables. Supongo que también he olvidado eso.

—¿No se te ocurrió contármelo? —le pregunta Mac, fulminándolo con la mirada.

—Es una perra —dice tan tranquilo—. Son así.

—Esto no ha acabado aquí, Hartley —amenaza Mac en un tono que me da a entender que estará sin mojar una buena temporada.

—Bueno, ya me he buscado otro curro —prosigo para librar a Coop de su inminente castigo—. Me he apuntado para ser hermano mayor.

Sí, tal cual. Me subo al carro de los hermanos mayores. He probado otros voluntariados después de que el de la residencia de ancianos se fuera al traste. El último consistía en recoger basura de la playa. Y me iba bien hasta que un indigente me agredió debajo del paseo marítimo. Me tiró botellas a la cabeza para ahuyentarme. A mí nadie me había avisado de que la responsabilidad civil fuera tan arriesgada. En cualquier caso, supuse que un niño desamparado sería menos peligroso que un vagabundo o una vieja verde.

—No, por Dios, no —gruñe Coop—. Eres consciente de que no puedes llevártelo al bar cuatro horas, ¿no?

—Vete a cagar. —Solo por ese comentario me quedo la última tortita—. Seré un gran ejemplo. Le enseñaré lo que los adultos no quieren contar a los niños.

—Poner en peligro a los niños es un delito, Evan. —Mac me sonríe con suficiencia y añade—: Como la poli te pille saliendo a tumbos del Establo del Poni con un chaval de diez años, te meterán en la cárcel.

—Como siempre, agradezco tu apoyo, princesa. —Me deprime que no crean en mí, pero no me sorprende—. Y tiene catorce años, edad más que suficiente para aprender cómo va el mundo.

—Que Dios asista a ese niño —mascula Coop.

Lo pillo. Prefieren creer que la cagaré a confiar en que estoy madurando. Supongo que no es del todo injustificado, pero no estaría mal que tuviesen un poquito de fe en mí y me diesen el beneficio de la duda. Me pintan como si fuera a cargarme al pobre chaval. No será tan difícil. Lo alimento, le doy de beber y lo devuelvo al acabar el día. Ni que fuera la primera vez que alquilo un coche.

No será tan distinto, ¿no?

Se llama Riley y es el típico adolescente delgaducho de Avalon Bay, con greñas rubias y bronceado veraniego. Me esperaba a un gamberrillo como yo, un impertinente con más garra que cabeza que me sacase de quicio. Pero la verdad es que es timidillo. Mira al suelo mientras caminamos por el paseo marítimo, y no sé muy bien qué hacer con él, aparte de las chorradas con las que me divertía yo a su edad.

Si soy sincero, se me ha hecho raro recogerlo en la biblioteca pública. Como si, en vez de pillar un libro, me llevase a un puñetero ser humano. He salido de ahí con una persona a la que no puedo perder ni mutilar y, de repente, me parece que me piden mucho. Ni siquiera me han entregado un botiquín de primeros auxilios.

—¿Y qué te mola hacer?

—No lo sé —responde mientras se encoge de hombros—. Cosas, supongo.

—¿Como qué?

—Navegar, a veces. Pescar. Y, eh, surfear. Pero no se me da muy bien. Mi tabla es bastante vieja.

Me mata. Va con la cabeza gacha y las manos en los bolsillos, y le suda la mata de pelo fino que tiene. Es un bochornoso día de junio y el paseo está lleno de turistas acalorados y pegajosos. Parecemos los perritos calientes de un carrito, revolcándonos en el sudor del otro.

—Eh, ¿tienes hambre? —pregunto, pues nos achicharraremos como pasemos toda la tarde paseando.

—Supongo, sí.

Cooper tenía razón: a falta de ideas mejores, llevo a Riley al bar. Bueno, no es exactamente un bar. Gran Molly es una trampa para turistas de lo más hortera. La pared está decorada con baratijas puestas al azar y los findes hay música en directo. Las camareras van ligeras de ropa. Un detalle que no le pasa por alto a Riley, que se anima enseguida cuando ve que la que nos atiende va con *crop top* y minifalda.

133

—Pero ¡bueno! —arrulla ella modo de saludo—. Dichosos los ojos.

Sonrío y le pregunto:

—¿Tienes mesa para dos?

Stella se asoma al mostrador, lo que hace que se le junten las tetas.

—¿Quién es tu amigo? —Le guiña un ojo, lo que habría bastado para que yo me empalmase a su edad. No es justo que torture así al chaval—. Es mono.

—Riley, te presento a Stella.

—Hola, guapo —saluda al ver que al crío no le salen las palabras—. Va, que os busco sitio.

—¿Has venido aquí alguna vez? —le pregunto mientras nos sentamos en una mesa alta. Sobre el escenario, un grupo toca versiones de canciones de principios de los noventa. En la barra, universitarios y padres de familia que se han escaqueado de ir de compras con sus esposas ocupan los viejos taburetes de madera.

Riley niega con la cabeza y responde:

—Mi tía no soporta estos sitios.

—¿Cuál es tu historia? —Nadie a quien la vida el va de maravilla acaba en un programa como este—. Si te apetece hablar del tema, claro.

Se encoge otra vez de hombros y explica:

—Vivo con la hermana de mi madre. Es enfermera de urgencias, así que trabaja mucho. Mi madre murió cuando era pequeño. De cáncer.

—¿Y tu padre?

Mira la carta sin leerla y le da golpecitos al borde laminado con una uña.

—Fue a la cárcel hace seis años o así. Le dieron la condicional un tiempo, pero la violó. Lo detuvieron otra vez, creo. A mi tía no le gusta hablar de él, de modo que no me cuenta demasiado. Piensa que me afecta.

—¿Y te afecta?

—No lo sé. A veces, supongo.

Empiezo a entender por qué me lo asignaron a mí.

—Mi padre también murió cuando era joven.

134

Riley me mira a los ojos.

—En un accidente de tráfico. Iba borracho —agrego—. Mi madre no ha estado demasiado por aquí desde entonces.

—¿Tuviste que irte a vivir a otro sitio? En plan, a una casa de acogida o con otro pariente.

—Mi tío se hizo cargo de mi hermano y de mí —le cuento. Hasta este preciso instante, no me había parado a pensar qué habría sido de Cooper y de mí si no hubiese aparecido Levi. Es curioso cómo la vida traquetea sobre las vías, al filo de una oscuridad desconocida. Lo fácil que es descarrilar—. ¿Te cae bien tu tía? ¿Os lleváis bien?

Una sonrisilla le borra la tristeza de la cara.

—Es maja. Pero a veces es muy pesada. Se preocupa por mí. —Suspira por lo bajo—. Cree que estoy deprimido.

—¿Y lo estás?

—Me parece que no A ver, no tengo demasiados amigos. No me gusta estar con mucha gente. Soy callado, ya está.

Lo entiendo. A veces nos pasan cosas de jóvenes y preferimos guardarlo todo dentro. Sobre todo, cuando no sabemos explicar qué nos pasa por la cabeza. No siempre significa algo ni es un indicio de depresión. Ser adolescente ya es bastante chungo sin tener que enfrentarte a movidas como estas.

—Eso no tiene nada de malo —le digo a Riley.

—Eh, chicos. —Nuestra camarera nos sirve una cesta de bolas de maíz y salsa para mojar y dos vasos de agua altos—. ¿Qué tal? —La morena me saluda con una sonrisa burlona y enarca una ceja de un modo que sugiere que más me vale que demuestre que la recuerdo.

¿En serio? ¿Ni para esto confían en mí?

—Eh, Rox. ¿Qué tal todo?

A lo que sonríe satisfecha y dice:

—Un verano más.

—Ya ves.

Echa un vistazo al crío y le pregunta:

—¿Te está molestando este hombre, cariño?

—No —contesta Riley mientras sonríe como si no hubiera visto nunca unas tetas falsas—. Estoy bien.

—Vale. ¿Qué queréis tomar?

Riley coge otra vez la carta y se apresura a mirarla por delante y por detrás, pues no se había parado a leerla.

—¿Qué hay fresco? —pregunto a Rox.

—El mero está bueno. Yo me lo pediría al estilo cajún.

Miro a Riley y le pregunto:

—¿Te gusta el mero? —Se me ocurre que, a lo mejor, le resulta raro pedir comida que pagará un tío al que ha conocido hoy. A mí me pasaría.

—Sí —dice. Casi parece aliviado.

—Vale, pues ponnos eso.

Cuando acaba de tomarnos nota, Riley aprovecha para mirarle el culo mientras se marcha. Se inclina hacia mí y me pregunta:

—¿La conoces?

—Se podría decir que sí.

—Hola, Evan. —Se acerca otra camarera. Cass, una rubia mona y bajita, con una camiseta de tirantes a la que le ha metido la tijera, nos saluda al pasar.

—Conoces a muchas chicas aquí —señala Riley.

Me aguanto la risa. Ahora mismo se parece mucho a Mackenzie. Cada vez que vamos a un sitio y me saluda una chica, Mac pone los ojos en blanco. Como si no nos hubiéramos conocido porque estaba ayudando a su compañera de cuarto a buscarme para liarse conmigo.

—Este pueblo es pequeño.

—Entonces, ¿te... te has acostado con todas?

Vaya, no pensaba que fuera a ser tan directo.

—En cierto modo, sí, claro.

Me doy cuenta de que mira a todos lados, pero no porque rehúya mi mirada. Al seguir la suya, es evidente que observa a las turistas adolescentes y a las chicas aburridas que miran el móvil mientras sus familiares, sentados a su alrededor, engullen nachos y beben margaritas de dos dólares. De pronto, rezo para que el crío no me pida que le compre condones. Lo haría, por supuesto, pero no me apetece que me echen de otro voluntariado porque vuelva a su casa y le cuente a su tía que intento que eche un polvo.

—¿Y tú? —le pregunto—. ¿Tienes novia o algo?

Niega con la cabeza y responde:

—Las chicas piensan que soy raro. No sé cómo hablarles.

—No eres raro —le digo para su tranquilidad. Sí, es tímido, pero no da mal rollo. Solo necesita que alguien le insufle confianza—. Las chicas son complicadas. Tienes que conocer las señales.

—¿Las señales?

—De que le gustas a una chica. De que quiere que vayas a hablar con ella.

—¿Por ejemplo?

—Según mi experiencia. —Echo un vistazo al local hasta dar con una pelirroja de veintipocos años. Está sentada con sus amigas, cada una bebe con su pajita un licor azul de una pecera—. Si llamas su atención y te sonríe, es que piensa que eres mono.

Riley sigue mi mirada; se le iluminan un poco los ojos.

La pelirroja no tarda nada en fijarse en mí. Esboza una sonrisa traviesa con sus labios carnosos. Le sonrío brevemente en respuesta.

—¿Y luego qué? —me pregunta Riley, casi entusiasmado.

—Te presentas y le pides el teléfono.

—Pero ¿cómo? —insiste mientras se mete bolitas en la boca sin pensar—. ¿Qué se les dice?

Lo que es yo, no mucho, la verdad. Pero no puedo decirle que la invite a una copa o le pregunte si quiere dar una vuelta en su moto. En cuanto me saqué el carné, lo único que tenía que hacer era preguntarles si estaban sus padres en casa. Pero eso ahora da igual. Juraría que Riley es más sensible. Tiene que entrarles de otra forma.

—Vale —continúo—. Si está sola... Nunca te acerques a una chica si está con su familia; su padre será un cortarrollos de primera. Pero, si está sola, ve a saludarla.

—¿La saludo? ¿Ya está? ¿Y qué le digo después?

—Pregúntale... —Lo considero. No quiero que el chaval quede como un tonto. Si hago que le partan el corazón, no seré un buen hermano mayor—. Vale, haz esto. Ves a una chica que te gusta, le sonríes. La saludas, te presentas y le preguntas qué le gusta hacer en la playa. Luego cuál es su día favorito. Su momento favorito del día. Y, cuando tengas esas respuestas, sacas el móvil y le dices que te has programado un aviso para recogerla e ir a la playa con ella ese día y a esa hora.

Riley me mira con desconfianza y comenta:

—Qué cursi.

—Oh, vaya. Cómo las suelta, el chaval.

Deja escapar una risotada.

—Mira. A las tías les gustan los tíos seguros de sí mismos. Quieren que domines la situación. Que demuestres que controlas.

Niega con la cabeza mientras clava la pajita en el vaso de agua.

—No creo que me salga.

Reflexiono un poco más. No será tan difícil ligarse a una adolescente hoy en día.

—Vale, vamos a ver. ¿Hay alguna chica que te guste?

Riley echa un vistazo al restaurante con aire dubitativo. Al otro lado de la barra, se ve el ajetreo típico de la hora de la comida. Al rato, se fija en una morena sentada con su familia; parece la menor de tres hermanas. Mientras las chicas hablan entre ellas, la madre coge el bolso del respaldo de la silla y va al baño.

—Corre, antes de que vuelva su madre. Ve y saluda a sus hermanas. Les dices: «Hola, soy Riley. Esto no se me da muy bien, pero me gustaría pedirle una cita a vuestra hermana y confiaba en que me echarais una mano».

—No lo sé —dice mientras las observa con inquietud—. ¿Y si se ríen de mí? ¿O piensan que soy rarito?

—Eso no pasará. Confía en mí, les parecerá adorable. Tú sonríe y sé natural. Eres guapo, Riley. Tienes cara de angelito; eso les encanta. Cree un poquito más en ti.

Por un momento, creo que no se atreverá. No despega el culo de la silla. Entonces, respira hondo, reúne confianza y se levanta de la mesa. Da un par de pasos y deshace el camino.

—Un momento. ¿Qué hago si acepta?

Me aguanto la risa y contesto:

—Pídele el teléfono y dile que la llamarás esta noche.

Asiente y se va.

Rox nos trae la comida justo cuando Riley llega a la mesa, y, juntos, observamos cómo rompe el hielo con las hermanas. Está nervioso. Al principio, las chicas se muestran indecisas y cautas, pero, en cuanto Riley se suelta, se relajan. Sonríen divertidas mientras miran a su hermana. Sonrojada, esta le contesta algo, lo que parece tranquilizar a Riley. El chaval se aparta el pelo de la cara y le pasa el móvil a la chica. Se dicen algo más y vuelve pavonándose. Tira el móvil a la mesa como un maldito héroe.

—¿Y bien? —pregunto.

—Vamos a jugar al minigolf mañana.

Levanto una mano para chocar los cinco y exclamo:

—Toma ya.

A Rox le tiemblan mucho los labios, como si se contuviera para no partirse de risa.

—Ojito con este —le advierte a Riley mientras me señala con el pulgar—, te meterá en todo tipo de líos. —Le guiña un ojo y se marcha otra vez escopeteada.

Sonrío a Riley con una extraña sensación de orgullo en el pecho.

—Te lo he dicho. Tienes rollazo.

Después de comer, pasamos un par de horas en los recreativos. Resulta que, como hermano mayor, soy un poco cabrón.

—Algunos —dice Riley mientras nos vamos—, *algunos* podrían pensar que tu comportamiento deja que desear.

—No puedes esperar que la vida te dé siempre lo que quieres.

Todo ha empezado en el *hockey* de mesa. Lo he machacado cinco partidas seguidas. Durante la cuarta, parecía que iban a cambiar las tornas, pues estaba en racha, pero se ha confiado demasiado y al final le he pegado una paliza.

—Solo era un comentario.

—A mí me parece más una queja.

—Me refiero a que no irías a la sala del hospital en la que están los niños con cáncer y darías vueltas por la habitación para celebrar que les has ganado al *Mario Kart*.

Después hemos jugado al *skee-ball*. No sé si es por sus bracitos escuálidos o por su falta de trapecios, pero también lo he machacado. Si el chaval tuviera pasta, habría apostado en su contra.

—¿Quién dice que no? Tienen todo el día para perfeccionar sus habilidades. Yo tengo trabajo y responsabilidades.

—Eso es un poco retorcido.

Casi me ha dado pena y todo. Incluso me he planteado dejarlo ganar. Hasta que se le ha calentado la boca y me ha retado a un juego de disparos de *Parque Jurásico*. A esas alturas, era un imperativo educativo: tenía que enseñarle modales.

—Eres consciente de que tienes que darme ejemplo, ¿no?

—Son lecciones importantes. Morder el polvo es la primera lección de la madurez.

—Esto se te da fatal —me informa mientras pone los ojos en blanco.

—De nada.

Estamos volviendo por el paseo marítimo hacia donde tengo aparcado el *jeep* cuando veo una cara familiar. Sale de la tienda de batidos que hay frente a nosotros y, como si notase mi presencia, mira por encima de un hombro. Siempre me maravilla lo bien que le sienta a su piel el sol de mediodía.

—¿Ahora me sigues? —Unas gafas de sol oscuras ocultan su expresión, pero, por el tono provocador con el que lo ha dicho, sé que se alegra un poquito de verme. Entonces se fija en Riley y exclama—: Oh, cielo, ¿te molesta este señor?

—¿Por qué todas decís eso de mí? —gruño—. ¿Tengo cara de secuestrador?

—Soy Riley —se presenta el adolescente con una sonrisa tímida.

—Yo Genevieve, pero llámame Gen. —Señala con la cabeza la dirección en la que íbamos, como para pedirnos que la acompañemos.

Cuando reanudamos la marcha con la buenorra de mi ex, a Riley se le enciende la bombilla. Su actitud cambia por completo y, con la cabeza inclinada hacia ella, pregunta:

—¿Qué te gusta hacer en la playa, Gen?

Me mira intrigada y contesta:

—Pues supongo que broncearme y leer un libro.

—¿Cuál es tu día favorito?

—Eh…, el domingo, creo. —Gen se pasa la lengua por los labios, cada vez más recelosa, a medida que avanza el interrogatorio.

—¿Cuál es tu momento favorito del día?

Esto está ocurriendo en mis narices. Y, aun así, todavía no me lo creo. Es surrealista.

—El amanecer, cuando aún está todo tranquilo. —Gen observa cómo Riley se saca el móvil y anota algo rápido. Divertida, le pregunta—: ¿Qué escribes?

—Ya está —responde Riley con suficiencia—. Me he programado un aviso para ir a buscarte este finde e ir a la playa al amanecer.

—Caray. —Se vuelve con una ceja enarcada y me mira por encima de las gafas de sol—. ¿Esto es cosa tuya?

—Hay que ver qué rápido crecen.

De nuevo, estoy que no quepo en mí de orgullo. No sé si es que Riley aprende rápido o yo soy un mentor de la leche, pero puedo afirmar, sin temor a equivocarme, que ha resuelto su problema de confianza. Aunque, quizá, el poder persuasivo de la magnífica delantera de Gen haya tenido algo que ver. El chaval está tan embobado con ella que me da miedo que vuelva a casa bizco.

—Puede que parezca joven —dice—, pero ten por seguro que soy un alma vieja.

—Madre mía. —Gen le da una palmada en la cara en broma y pregunta—: Evan, ¿de dónde has sacado a este crío?

—Soy su hermano mayor.

Resopla, incrédula.

—No, en serio. Es el hermano pequeño de Mackenzie o algo, ¿no?

—Va en serio. Es mi forma de hacer algo por la comunidad.

—Ya.

No sé cómo tomarme su respuesta, pero al menos no me ha mandado a la mierda otra vez.

Cuando llegamos al hotel de Mac, Gen se detiene cerca del flamante letrero verde y blanco en el que se leen las palabras «Hotel El Faro» escritas con elegancia. Observa el edificio mientras se bebe el batido. El exterior ya está reformado.

La fachada, restaurada y pintada. Casi todo lo que queda por hacer es el interior. Amueblar, instalar los espejos y los elementos decorativos...; lo aburrido, vaya. Mac se pone cada vez más quisquillosa con cada pequeño e insignificante detalle.

—Siempre me ha gustado este sitio —comenta Gen a nadie en concreto.

—¿Ya está abierto? —pregunta Riley con curiosidad.

Niego con la cabeza y respondo:

—Pronto. En un par de meses, creo.

—La dueña de este sitio venía a la tienda de piedras de construcción a veces —explica Gen con un aire distraído—. Contrataba a papá para que le arreglara el jardín cada temporada. Tenía un aire muy glamuroso, incluso en un sitio como este. Aunque caminase sobre grava y abono, estaba divina de la muerte. Yo solía decirles a mis padres que algún día trabajaría aquí.

—Pues Mac busca personal —comento.

Gen ladea la cabeza hacia mí y pregunta:

—¿Cómo? ¿En serio?

—Sí. Cooper no deja de atosigarla para que seleccione al personal ya o no abrirá nunca. —Aunque no le veo los ojos, noto lo sumamente interesada que está por cómo aprieta los labios—. Podría recomendarte, si quieres.

Duda un momento. Entonces asiente despacio.

—Sí. Vale. Te lo agradecería mucho. Si no es mucho pedir.

—Tranquila. —Caray, estoy contento de que me deje hacerle este favor en vez de montarme un pollo para decirme que se las apaña bien sola y que me meto donde no me llaman—. Dalo por hecho. —Entonces recuerdo que ya es hora de que lleve a Riley a la biblioteca. Me han advertido cuatro veces por lo menos que no toleran la impuntualidad—. Oye, tenemos que irnos, pero hablo con Mac y te digo algo, ¿vale?

—Genial. Gracias de nuevo.

Se despide de Riley y nos damos un abrazo incómodo que hace que se me acelere el corazón, como si llevase meses sin tocar a una mujer. El olor de su crema solar y su champú de flores me atonta y no soy capaz de caminar bien. Cuando nos marchamos en direcciones opuestas, sigo abrumado.

Riley y yo no hemos avanzado ni cinco metros, pero entonces algo me frena. La persistente sensación de que he desaprovechado una oportunidad de oro. Es la conversación más larga que hemos mantenido Gen y yo en semanas, ¿y dejaré que se vaya así como así? ¿Qué bicho me ha picado?

—Un momento —le digo a Riley. Entonces salgo pitando y voy tras Genevieve—. Eh. Fred. Espera.

Se detiene y se vuelve hacia mí.

—¿Qué pasa?

Exhalo apresuradamente.

—No es coña. He pensado en lo que me dijiste y me he propuesto poner orden en mi vida.

Arruga la frente y pregunta:

—¿Por eso te has apuntado de hermano mayor?

—Más o menos. Estoy reformándome —digo seriamente—. Y puedo demostrártelo.

—¿Cómo?

—Quiero conquistarte.

Gen se aguanta la risa y rehúye mi mirada.

—Evan.

—Va en serio. Te cortejaré. Como los caballeros y todo eso.

—¿Es lo último que se te ha ocurrido para conseguir que me desnude?

Aún no he escuchado un no, por lo que me lo tomo como una buena señal.

—Si hacemos esto, el sexo queda descartado. Te demostraré que he cambiado. Te cortejaré a la antigua usanza.

—Me cortejarás —repite.

—Te cortejaré —confirmo.

Frunce los labios mientras me observa y considera mi oferta. Con cada segundo que pasa en silencio, sé que la idea va calando en su cabeza. Porque quiere que le dé una excusa, que la convenza de que hace bien en aceptar. La conozco. Mejor dicho, *nos* conozco. No existe un mundo en el que Gen pueda estar lejos de mí. Del mismo modo que yo tampoco puedo soportar la distancia entre nosotros. La verdad es que nunca nos hemos resistido al otro, no hemos permitido que la inalterable conexión que siempre vuelve a unirnos se rompa. Y, como no puedo mentirle, sabe que soy sincero.

—Pues que sepas —dice Gen— que no serás mi único pretendiente.

La miro con recelo y pregunto:

—¿El poli bebé?

Hace un mohín de enfado y responde:

—Harrison me ha pedido otra cita, y he aceptado. Tienes competencia.

Tenemos conceptos muy distintos de la competencia, pero, vale, sí. Si necesita darme celos con otro tío, ya sea para castigarme o para poner la cosa interesante, por mí bien. Así la victoria será más placentera. Porque el tío ese ya está eliminado, aunque él aún no lo sepa.

Esbozo la sonrisa torcida y chulesca que sé que la vuelve loca y digo:

—Que empiece el desafío.

CAPÍTULO 18

GENEVIEVE

No tengo claro cómo ha ocurrido. Hace un par de meses, estaba segura de que regresar a Avalon Bay sería algo temporal. Confiaba en que todo volvería al fin a la normalidad: papá, la casa, el negocio…; que me encontraría un sustituto y todos superaríamos la muerte de mamá. Ahora, cada día que paso aquí, más anclada estoy a este lugar. Pese a esforzarme al máximo, mi instinto me dice que me quede en casa, y mi vida en Charleston se vuelve poco a poco un recuerdo borroso.

Me despierta el olor a café y las voces amortiguadas de Billy y Craig, que discuten por algo en el piso de abajo. Alguien se ducha en el baño del pasillo, y juraría que oigo a Jay cantar una canción de Katy Perry.

Me giro y me esfuerzo por distinguir las palabras. Uy, sí, es Katy Perry fijo. Tomo nota mental para chincharlo sin piedad durante el desayuno. Jay ha pasado la noche aquí porque Kellan porque había quedado con un pibón y lo echó de la casa que comparten. A saber dónde ha dormido Shane. Es un completo desastre.

No mentiré, me alegro de estar de nuevo en casa.

Me llega un mensaje al móvil, que vibra en la mesita.

Evan: Buenos días, Fred.

Ojalá pudiera decir que Evan no tiene nada que ver con las raíces que me anclan a este pueblo. Pero, desde que hace unos días accedí a darle otra oportunidad, solo he sentido alivio. De repente, me noto más ligera. Saber que ya no tengo que esforzarme por evitarlo me ha quitado un peso de encima. No me había dado cuenta de lo mucho que me dolía estar lejos de él.

Yo: Buenos días.

Evan: Suerte.

Antes de que entienda el significado de su mensaje, me suena el móvil.

Con el ceño fruncido, deslizo un dedo por la pantalla para aceptar la llamada.

—¿Diga?

—¿Genevieve? Hola. Soy Mackenzie Cabot, la novia de Cooper.

Mi cerebro se pone en alerta.

—Ah, hola. ¿Qué tal?

—Evan me ha dicho que te interesaría trabajar en el hotel. Me ha dado detalles de tu experiencia, pero he pensado que sería mejor quedar en persona y hacerte una entrevista formal. ¿Qué te parece si vienes y hablamos del puesto de directora? Así ves si te convence.

Se me acelera el pulso de la emoción.

—Vale, perfecto.

—Guay. Si no estás liada, hoy tengo tiempo.

—En media hora estoy ahí.

Nada más colgar, me ducho, paso de secarme el pelo y me hago un moño bien prieto. Entonces, me pongo a dar vueltas por el cuarto para encontrar un conjunto bonito que no se haya arrugado en la maleta, y busco unos zapatos en las cajas y debajo de la cama. No me maquillo demasiado, solo me pinto los labios y me pongo rímel. Siempre hago lo mismo. En vez de pedir el tiempo razonable que necesito, prometo demasiado y voy como pollo sin cabeza para cumplir con el plazo irrazonable que yo misma he fijado.

No sé cómo, pero logro salir de casa con el tiempo justo para realizar el corto trayecto hasta casa de los Hartley. Mi cerebro repasa a toda velocidad los escasos detalles que me ha dado Mackenzie cuando hemos hablado por teléfono, y siempre se queda atascado en la palabra «directora». Para ser sincera, no había pensado a qué puesto aspiraría cuando Evan me dijo que le hablaría de mí a Mackenzie. Algún cargo directivo, seguro. Controlar el funcionamiento, quizá. Pero dirigir todo n hotel —eventos, restaurantes, *catering*, su *spa*...—, es más de a lo que estoy acostumbrada.

Aunque, bueno, nunca me ha dado miedo dar un gran paso. Mirar abajo es de pesimistas. Si quiero darle un vuelco a mi vida, debo apuntar alto desde el principio.

Llamo al timbre con dos minutos de antelación.

Me abre la puerta una chica preciosa, alta, con un cabello negro y lustroso, y unos enormes ojos verdes. Recuerdo que la vi la noche de la hoguera, cuando Evan se enzarzó con el universitario ese, pero nunca nos han presentado de manera formal.

—Me alegro de conocerte oficialmente —dice Mackenzie mientras me invita a pasar. Lleva una camiseta a rayas y pantalones cortos de color caqui. Su atuendo tan informal me hace sentir que voy demasiado arreglada, con unos pantalones de lino azul marino y una camisa blanca remangada hasta los codos.

—Y yo a ti —respondo.

Vamos al porche trasero, donde hay una mesa con dos vasos y una jarra de agua con limón.

—Pues sí que ha cambiado esto —señalo mientras nos sentamos. El breve paseo por el interior de la casa me ha permitido descubrir que han renovado los suelos y quitado el papel pintado, que ya se despegaba. Desde aquí veo que han sustituido y pintado el enlucido.

—Llevan meses con esto. Cada mañana me despierta el ruido de una lijadora o una sierra. Luego voy al curro, y tres cuartos de lo mismo —comenta Mackenzie con una sonrisa cansada—. Juro por Dios que, cuando todo esto acabe, me pasaré dos semanas en una cámara de aislamiento. —Nos sirve agua y se apoya en el respaldo de la silla. Por el porche corre una brisa cálida que mueve las campanas de viento que cuelgan del techo.

—Te entiendo —respondo con sorna.

—Ay, es verdad, tu padre también está de reformas en casa. Debéis ir como locos.

—Trabajo casi todo el día, de modo que no es para tanto. Y, cuando estoy en casa, los auriculares con cancelación de ruido son mis mayores aliados.

—Espero que no hayas faltado al trabajo para venir aquí —dice. Me pregunto si creerá que he dejado mi curro actual para presentarme a este.

—No —contesto para su tranquilidad—. Mi padre me ha dado la mañana libre; no empiezo hasta el mediodía.

Ahora que se ha acabado la cháchara, soy consciente de que tengo que causarle una buena impresión. Aunque Evan me haya recomendado, una mujer no se desvive por restaurar un hotel viejo y ruinoso para entregarle las llaves a una paleta cualquiera sin cabeza. Le demostraré con creces lo profesional que soy.

—Bueno, háblame de ti —pide Mackenzie.

Le tiendo mi currículum, en el cual no consta que tenga experiencia en hoteles, lo admito.

—Llevo trabajando desde los once años. Empecé limpiando y haciendo inventario en la ferretería de mi padre. Luego, en verano, he sido azafata, camarera y barman. Me ocupé de la atención al cliente en la tienda de piedras de construcción. e, incluso, un verano fui marinera de cubierta en un velero.

Le hablo de Charleston. Maquillo un poco mi empleo. Asistente/secretaria/única persona con dos dedos de frente es lo mismo que jefa de personal, ¿no? Discutir con un montón de agentes inmobiliarios con un ego enorme y trastorno por déficit de atención debería cualificarme para el puesto, vamos.

—Ahora soy la jefa de personal de la tienda de piedras de construcción. Tramito facturas y nóminas, y me encargo del horario y los pedidos. Todo lo que ocurre en ese local pasa por mí. Y, desde luego, me aseguro de que los clientes estén bien atendidos.

—Entiendo que has asumido un montón de responsabilidad desde que falleció tu madre —me dice Mackenzie, que deja a un lado mi currículum tras leerlo detenidamente—. Mi más sentido pésame.

—Gracias.

Aún me incomoda que mencionen a mi madre. Sobre todo, porque yo ya he superado su muerte. La asumí casi desde que ocurrió. Sin embargo, cada vez que alguien se detiene para procesarlo o darme el pésame, me remonto a ese momento. Me sacan del presente y me llevan al funeral una y otra vez, a esos primeros días en los que trataba sin cesar de hablar con todo el mundo por teléfono.

—He tenido que aprender muchas cosas, pero me las arreglo bien —explico—. Aprendo rápido. Y creo que ha llegado el momento de dejar la tienda de piedras de construcción y cederlas riendas a otra persona.

Si fuera por él, mi padre me tendría en la oficina para siempre. A pesar de nuestro acuerdo, sé que la única manera de que dé el brazo a torcer es ponerle una fecha límite. Yo podría enseñar casi a cualquiera a dirigir la tienda; solo falta que se anime a contratar a alguien.

—Sé lo que es que te tiren a la piscina. O, en mi caso, lanzarse una misma. Me dirás tú qué hago yo comprando un hotel.

—Me fascina lo consciente que es de sí misma, la sonrisa de autocrítica que exhibe. Mackenzie no se da ínfulas, por lo que resulta fácil hablar con ella como si fuera una persona de verdad, no otro clon derrochador—. Pero es que lo vi y me enamoré. Me llamaba. Y, una vez enamorada, ya no pude convencerme de lo contrario.

—Yo reaccioné igual cuando era niña —confieso—. No sé cómo explicarlo... —Dejo la frase a medias con aire pensativo. Aún me parece ver los viejos elementos decorativos de latón y las sombras que proyectaban las palmeras en las cabañas de la piscina—. Es un sitio especial. Hay edificios con carácter, con personalidad. Seguro que has visto fotos, pero ojalá hubieras conocido El Faro antes de que cerrara. Parecía una cápsula del tiempo: del todo único. Guardo muy buenos recuerdos de él.

—Sí, es lo que me dijo su antigua dueña cuando la convencí de que me vendiera la propiedad. Su único requisito fue que lo dejara lo más parecido posible a como era originariamente. Con su personalidad, como has dicho tú. Básicamente, le prometí que no me cargaría un edificio histórico. —Mackenzie sonríe y añade—: Espero haber cumplido mi promesa. Intentarlo, lo hemos intentado, eso seguro. Cooper se ha matado consultando con expertos para cerciorarse de que hasta el último detalle fuese lo más parecido posible al auténtico.

—Me muero de ganas de ver cómo ha quedado.

—Para mí, parte de su autenticidad reside en encontrar a gente que sepa y comprenda de verdad lo que queremos recrear. Gente a la que le importe su historia igual que a mí, ¿sabes? Al final, el hotel se compone de eso, de gente.

Se queda callada y deja la pregunta en el aire para beber agua.

—Tengo más entrevistas esta semana, pero que sepas que estás sin duda entre los mejores candidatos —asegura al fin.

—¿En serio? —No pretendía decirlo en alto. Me regaño por dentro. Sonrío avergonzada y añado—: Bueno, gracias. Te agradezco la oportunidad.

No sé por qué, pero siempre me sorprende que alguien me tome en serio, sobre todo en cuestiones de confianza y responsabilidad. Da igual lo mucho que me arregle o lo recta que me ponga, siento que me tienen calada. Como si al mirarme solo vieran a la adolescente descarriada que va borracha en la parte trasera de una moto.

Estoy tan nerviosa que me sudan las manos. Si consigo este puesto, no podré cagarla. Se acabó lo de pasarme la noche desnuda en la playa y llegar tarde al trabajo. Si me baso en mi historial, soy un trozo de cuerda sobre una llama viva. Solo es cuestión de tiempo que explote. Así que, para conseguir este curro —y *conservarlo*—, tendré que lanzarme y autoproclamarme buena chica.

Cuando me dispongo a irme, un *golden retriever* entra corriendo en el porche. Tiene esa apariencia desgarbada que me indica que es aún muy joven y no controla del todo sus patas. Me da empujoncitos con el hocico y planta la cabeza en mi regazo.

—Madre mía. Pero ¡qué cosa más mona! ¿Cómo se llama?

—Daisy.

Le rasco detrás de las orejas, lo que la pone contenta e ilumina sus ojos marrones.

—Qué simpática es.

—¿Te apetece salir un ratito? Hay que pasearla. Podríamos llevarla a la playa.

Vacilo. No porque Mackenzie no sea majísima, sino porque creo que la entrevista ha ido de maravilla, y, cuanto más me quede, más probable será que la cague. Es mejor que no esté mucho rato con la gente que no me conoce bien. Si, al final, consigo el puesto, prefiero firmar el papeleo antes de que mi jefa se dé cuenta de que soy un desastre en potencia.

—Tranquila —me dice Mackenzie al ver lo preocupada que estoy—. Ya no estamos en horario laboral. Considéralo pasar un rato en familia.

Cuando me guiña un ojo, entiendo a qué se refiere. El trabajo no es lo único que tenemos en común.

—Vale —acepto, y al poco estamos con las gafas de sol puestas siguiendo a Daisy, que va de acá para allá buscando cangrejos y persiguiendo las olas.

Enseguida pasamos a hablar de Evan.

—Os conocéis de toda la vida, ¿no? —pregunta Mackenzie—. Parece una historia complicada.

—No —contesto entre risas—, no es tan complicada. Un par de adolescentes que se desmadran mientras el pueblo arde a sus espaldas. En realidad es bastante sencilla.

Sonríe. Coge un palo y se lo tira a Daisy.

—Si te soy sincera, no suena nada mal.

—Es que era muy guay. Y más cuando estábamos borrachos, colocados, desnudos, o, como la mayoría de las veces, un poco de las tres cosas. Fue una pasada, incluso. Hasta que se me pasó la euforia. Entonces contemplé los estragos que había dejado a mi paso y decidí que no podía vivir con las consecuencias.

—¿Por eso te mudaste?

—Básicamente.

—Evan hablaba mucho de ti cuando no estabas.

Sé que no lo dice con segundas, pero ¿hasta cuándo me recordarán que Evan fue una de esas consecuencias?, ¿que, para enmendarme, tuve que herir sus sentimientos? Quizá marcharme del pueblo fuera una decisión precipitada —cobarde, en cierto modo—, pero, al echar la vista atrás, todavía creo que fue la adecuada.

—He metido el dedo en la llaga —se disculpa Mackenzie, que deja de caminar—. Perdona. Me refería a que te echaba de menos.

—Tranquila. Me lo he buscado.

—Pero estáis intentando arreglar lo vuestro, ¿no? Eso me ha dicho.

Daisy me trae el palo y me planta el morro en la mano hasta que lo acepto y se lo tiro. Su cola hiende el aire con furia cuando se lanza a por él.

—Me está cortejando —confieso con un suspiro.

Mackenzie sonríe abiertamente y exclama:

—Madre mía. Dime que son palabras suyas.

—Sí, así es. Me está cortejando. Estoy siendo cortejada. —Se me escapa la risa—. Nunca hemos salido de una manera tradicional, así que supongo que se ha propuesto cambiar eso. Y pensé: «Qué narices, a ver qué pasa».

Desde que me pidió salir en el paseo marítimo, he esperado que me entrara el miedo por la cita inminente o que me arrepintiera, pero no ha sido así. Cuando volví a casa, me convencí de que debía alejarme de Evan por pura supervivencia, pero, cuanto más lo pienso, menos sentido tiene culpar a Evan de mis problemas. Él no me obligaba a beber. No me obligaba a hacer pellas ni a colarme en edificios abandonados. Lo hacía porque me apetecía, y hacerlo con él me permitía fingir que yo no era la responsable de mis actos.

La verdad es que ya no somos los mismos. E, igual que hemos cambiado y madurado, también hemos estrechado lazos. Se lo ha currado. Lo justo es darle una oportunidad.

—¿Y cuándo es la gran cita? —pregunta Mackenzie—. ¿Esta noche?

—El próximo finde. Y, antes de que me preguntes, no tengo ni idea de qué tiene en mente —gruño—. Espero que no incluya ramillete y limusina.

Ríe encantada y dice:

—Porfa, *porfa*, envíame una foto si es así.

—Esta noche he quedado con Alana en el A Contracorriente. Si quieres venir… —comento para cambiar de tema—. Actuará el grupo de *reggae* de nuestro amigo Jordy.

—Jo, no puedo. —Parece abatida de verdad—. Coop y yo cenamos en casa de su tío.

—Otra vez será. Saluda a Levi y Tim de mi parte. —Titubeo un segundo y agrego—: Y gracias de nuevo por considerarme para el puesto, Mackenzie.

—Mac —me corrige—. Salimos con gemelos, Genevieve. Tenemos derecho a llamarnos por nuestro apodo.

—Vale. Mac. —Sonrío—. Llámame Gen.

—Hola, perdón por llegar tarde. —Alana se sienta frente a mí en la mesa que hay cerca del pequeño escenario del A Contracorriente. Lleva la melena rojo oscuro sobre los hombros y un pelín despeinada.

—Como llegues tarde porque te estabas tirando a Tate, te juro que...

—No es por eso —dice para tranquilizarme. Y pone los ojos en blanco—. Y, aunque así fuera, eres la menos indicada para opinar. Tu vida amorosa es una concatenación de malas decisiones.

—Au. —Sonrío—. Aunque tienes razón.

Mientras reímos, Alana llama a un camarero y pide una birra. Los viernes por la noche, las jarras están a mitad de precio en el A Contracorriente, una oferta que habría aprovechado a tope no hace tanto. Pero me estoy tomando un *mai tai* sin alcohol, y, para ser sincera, está de muerte. ¿Quién me habría dicho que les acabaría pillando el gustillo a los cócteles sin alcohol?

—¿Cómo es que aún no están tocando? —me pregunta Alana mientras señala el escenario vacío—. ¿No empezaban a las nueve?

—Complicaciones técnicas. —Hará unos diez minutos, uno de los compañeros de Jordy lo ha anunciado, sin demasiadas explicaciones, por el micro. Como es obvio, he escrito a Jordy para que me diera más detalles, y me ha confesado que el batería tiene resaca y no ha dejado de potar detrás del escenario desde que ha llegado.

—¿Complicaciones técnicas? —inquiere Alana, que se lo imagina.

—Sí. Técnicamente, Juan tiene complicaciones para no vomitar los jägerbombs que se tomó anoche.

Alana ríe con ganas y se alisa su enmarañada melena.

—Perdón por las pintas. Es que vengo directamente del club. Me ha tocado ser *caddie* hoy y hacía mucho viento. No tenía coletero, así que se me iba el pelo en todas direcciones.

Con el ceño fruncido, digo:

—No sabía que trabajabas otra vez en el club de campo. ¿Y el curro de recepcionista en el Avalon Bee?

—Compatibilizo los dos. —Se frota las sienes, visiblemente cansada—. Estoy ahorrando para comprarme otro coche porque, por fin, el motor de la vieja Betsy amenaza con fallar para siempre. De modo que he llamado a mi antigua jefa de The Manor y me ha asignado algunos turnos por la semana. Aunque a lo mejor consigo un curro mejor. Una señora del club se me ha acercado para ofrecerme trabajar de *au pair* el resto del verano. Supongo que la que tenía lo habrá dejado de repente.

—¿De *au pair*? Te das cuenta de que es la forma guay de decir «canguro», ¿no? Pero si no soportas a los niños —le recuerdo. Me río al imaginarme a Alana metiendo a la fuerza a un montón de críos gritones en una camioneta. En dos días como mucho se los ha cargado.

—Qué va. A los críos puedo aguantarlos. Lo que no soporto es volver a ser *caddie* de otro pretencioso de mierda. En serio, en el grupo de hoy había cuatro, y se turnaban para ofrecerme cosas caras a cambio de sexo. —Ríe por la nariz y añade—: Uno me ha dicho que se conformaba con que le hiciera una paja en el baño. Qué mono.

—Qué asco. —Doy un trago a mi bebida—. Hablando de cambios de trabajo, hoy me ha entrevistado Mackenzie.

—¿Qué dices? ¿Y qué tal?

—Bien, creo. Me ha dicho que me llamará cuando haya hablado con todos los candidatos.

El camarero le trae la birra a Alana y ella choca su botellín con mi copa.

—Salud, guapa. Me alegro de que hayas vuelto.

—Me alegro de haber vuelto.

—¿Has conseguido contactar con Heidi? A mí me saltaba el contestador todo el rato.

Suspiro y respondo:

—Ha quedado con mi hermano esta noche. Creo que iban a ver una peli en casa de Jay, con Kellan de aguantavelas.

—Qué morbo.

—No vuelvas a decir la palabra «morbo» cuando hablemos de dos hermanos míos. Gracias.

Alana ríe por la nariz y comenta:

—Aún no me creo que salga con Jay. No te ofendas, pero Heidi se merienda a los tíos como él.

—Ya. Pero, eh, parece que les va bien. Será verdad eso de que los opuestos se atraen.

Nos estremecemos al oír el chirrido del acople del micro por encima del murmullo bajo de la gente del local. Adiós, tímpanos. Al volverme hacia el escenario, veo que el teclista ajusta el micro mientras Jordy se sienta en el taburete con la guitarra. Los otros integrantes del grupo suben al escenario, incluido Juan, quien, blanco como la leche, se acerca a la batería a trompicones.

Alana se parte y dice:

—Diez pavos a que se pone malísimo y baja pitando del escenario a la tercera canción.

—Yo digo que solo dura dos.

—Hecho.

Ambas nos equivocamos. A mitad de la primera canción —una versión muy buena de un tema de Bob Marley—, al pobre Juan le dan arcadas. Se tapa la boca con una mano y se va al *backstage* casi de cabeza. El público se parte de risa. Hay muchos que abuchean fuerte y unos cuantos aplauden.

—Hemos perdido a un pajarito —anuncia por el micro Mase, el cantante de voz melodiosa—. Pero no os preocupéis, mis pequeños pelícanos, seguiremos trinando sin él.

¿He dicho ya que el grupo de Jordy se llama Three Little Birds, como la canción de Bob Marley? Todas sus actuaciones, sin excepción, incluyen una cantidad exagerada de referencias a pájaros y juegos de palabras de aves malísimos.

—Hola, chicas —saluda una voz familiar. Es nuestra amiga Lauren, que se acerca. Me da un beso en una mejilla y me pregunta—: ¿Sigue en pie la comida del próximo finde?

—Claro. Hace siglos que no nos ponemos al día como Dios manda. —Conocemos a Ren desde primaria, pero se volvió inseparable de Wyatt hace unos años. Es de esas a las que no se les ve el pelo cuando se echan novio y que regresan sin que te des cuenta cuando se dan un tiempo. O rompen, como es el caso.

Aun así, Ren es buena gente. Es divertidísima y siempre está dispuesta a ayudar.

De ahí que me desconcierte un poco la reacción de Alana. Tras saludarla, sin demasiado entusiasmo, Alana se pone a observar la etiqueta de su botellín, como si nunca hubiera leído los ingredientes de una Corona y *tuviese* que saber qué contiene. Ahora mismo.

No tardo mucho en entender a qué se debe su actitud.

—He oído que sales mucho con Wyatt últimamente —le comenta Ren a Alana. Su tono se ha vuelto gélido, pero no pierde la sonrisa.

—Ya, bueno, somos amigos —contesta Alana. Su tono también se ha enfriado bastante.

Ren hace una pausa y, con aire reflexivo, espeta:

—Amigos… Ya.

—Sí, Ren, somos amigos. —Alana la mira fijamente y agrega—: De modo que relájate, ¿vale? No nos hemos hecho amigos de repente, a raíz de vuestra ruptura. Lo conozco desde preescolar.

La morena asiente unas cuantas veces con energía.

—Ya, ya. Ya sé que sois amigos. Pero no de los que se quedan a dormir en la casa del otro o se tumban en la playa a mirar las estrellas a las dos de la mañana, joder.

Ay, madre. ¿En qué lío se ha metido Alana?

Ahora soy yo la que mira fascinada su bebida. Observo mi copa y finjo que es la primera vez que veo cubitos de hielo.

Alana enarca una ceja y suelta:

—¿Ahora nos espías, Lauren?

Ren aprieta la mandíbula y contesta:

—No. Pero ayer quedé con Danny y me dijo que la otra noche, él tenía una cita en el paseo marítimo y os vio a ti y a Wyatt en la playa. Y la semana pasada, Shari pasó por tu casa, como a las cinco de la mañana, y vio la camioneta de Wyatt aparcada fuera. Así que… —Ren deja la frase en el aire a propósito, como si esperase que Alana la complete.

Pero Ren ya debería saber que Alana ni es —ni ha sido nunca— de dar explicaciones. Se queda mirando a Ren como si le preguntara: «¿Has acabado?».

En el escenario, Mase canta un tema propio sobre dos jóvenes que tienen sexo en la playa al amanecer mientras las gaviotas graznan en el cielo.

Pese a mi buen juicio, me meto en la conversación.

—Venga ya, Ren, sabes que no están liados. —¿O sí? A decir verdad, no tengo ni idea de cuáles son las intenciones de Alana. Ella insiste en que no se acuesta con Wyatt, pero a saber.

—¿Y yo cómo lo sé? —replica Ren, que se hace eco de mis dudas—. Alana no lo niega.

—Porque no siente la necesidad de defenderse de una acusación tan ridícula —contesto con una confianza que no sé si debería tener—. Ella y Wyatt no están liados. Son amigos. Los amigos van a la playa juntos. A veces se emborrachan y pasan la noche en casa del otro. Ya ves tú.

—¿Estás de coña? Tú más que nadie deberías respaldarme. —Ren me mira boquiabierta—. Pero si tú tirabas de los pelos a cualquiera que se atreviese a mirar a Evan. Hasta dejaste de hablarte con Steph durante días porque lo besó jugando a la botella.

—Por aquel entonces era joven y estúpida —respondo como si nada.

—Ah, ¿sí? —me suelta en tono desafiante—. ¿Me estás diciendo que no te importaría que una amiga tuya pasease por la playa a la luz de la luna con Evan?

—Ni me inmutaría —respondo, y me encojo de hombros—. Puede que sea mi ex, pero no me pertenece. Tiene derecho a tener amigas, y me parece estupendo que se lleve bien con las mías.

Un brillo engreído ilumina los ojos de Ren cuando dice:

—No me digas. Entonces no te importará que lo saque a bailar.

¿Sacarlo a qué? Pero ya se ha ido hacia...

Evan.

Acaba de entrar en el bar tenuemente iluminado, acompañado de Tate y su colega Chase.

Como siempre, nota mi presencia antes de que nos miremos. Se le tensan los hombros, ladea el mentón y hace lo mismo con la cabeza. Entonces, esos magnéticos ojos oscuros se fijan en mí y noto que la atmósfera cambia. La electricidad.

157

Soy incapaz de detener el intenso calor que me embarga y me provoca un hormigueo en la entrepierna. Evan está para comérselo. Unos pantalones cargo verde oscuros cubren sus largas piernas. Una camiseta blanca con el logo de un grupo de música realza su pecho fornido. Al fijarme bien, pues está oscuro, me doy cuenta de que es una camiseta de Jordy. Lleva el nombre y el logo en la parte delantera. Se ha apartado el pelo de su rostro cincelado, lo que resalta sus bellas facciones masculinas. Qué rabia. ¿Por qué tiene que estar tan bueno?

Ren no iba de farol. Se acerca a mi ex contoneando su cuerpo curvilíneo, lo coge de una mano y tira de él con aire juguetón. No oigo lo que le dice, pero Evan esboza una sonrisa torcida y asiente en señal de rendición mientras deja que lo conduzca a la pista de baile.

—Zorra —gruño por lo bajo.

Alana suelta una risotada.

—Calla —le ordeno mientras la señalo—. Tú eres la culpable de que haya ido a demostrar que tenía razón.

Ren está haciendo toda una declaración de intenciones. Con una sensual canción de *reggae* de fondo, abraza a Evan por el cuello y empieza a moverse al ritmo de la música.

Respiro por la nariz y finjo que me da igual que Evan apoye las manos en las caderas de otra. En su defensa, diré que procura que haya al menos un palmo de distancia entre ellos. Y no parece demasiado a gusto. Pero, aun así, podría haberse negado.

Con el mismo semblante risueño, Tate y Chase se acercan a nuestra mesa. Noto que Alana se tensa con la llegada de Tate. Se saludan con un gesto de la cabeza, como si fueran completos desconocidos, a pesar de que todos sabemos que llevan meses acostándose.

—¿A qué ha venido eso? —Tate señala la pista de baile con la cabeza.

—Ren está cabreada conmigo, así que se venga cabreando a Gen —explica Alana, que le da un trago a la birra y se la acaba.

—¿Qué sentido tiene eso? —pregunta Chase, perplejo.

—Ninguno —contesto con los dientes apretados. También aprieto los puños, pues Ren está a puntito de tocarle el culo a

Evan. ¿Cogerla de los pelos para apartarla de él iría en contra de mi propósito de ser una buena chica? Seguramente.

Evan me busca con la mirada por encima del hombro de Ren y frunce un poco el ceño al ver mi cara. Sí, ya sabe qué opino al respecto. Nunca se me ha dado bien disimular que estoy celosa.

—Voy a por bebida —dice Tate. Le da un codazo a Alana en un brazo y le señala el botellín vacío—. ¿Te traigo otra?

—No. Pero gracias. —Para mi sorpresa, Alana se levanta y dice—: Gen y yo ya nos íbamos. Hemos quedado con Steph.

No la delato. Para ser sincera, no me importaría irme de aquí. No sea que haga algo de lo que luego me arrepienta. Me está costando Dios y ayuda no separar a Ren de Evan y follármelo delante de todo el mundo para dejar claro que está pillado. Y eso me aterra. Ya no está conmigo. No tengo nada que reivindicar. Las emociones puras y viscerales que me provoca son demasiado abrumadoras.

—Sí. —Me levanto y le toco un brazo a Chase—. Dile a Jordy que hemos tenido que irnos antes, pero que lo ha petado esta noche, ¿vale?

—Vale —asegura Chase, tranquilo.

—Alana… —empieza a decir Tate, pero se calla de golpe. Se le nubla la mirada un segundo y, al momento, adopta una actitud pasota—. Que disfrutes lo que queda de noche.

—Y tú.

Alana y yo salimos del bar casi en tromba. Siento que Evan me taladra con la mirada mientras huimos.

—¿Me explicas de qué iba eso? —gruño mientras nos recibe la cálida brisa nocturna.

Alana suspira y confiesa:

—No quiero que piense que estamos juntos, así que de vez en cuando se lo recuerdo portándome fatal.

Asiento despacio.

—Vale. ¿Y Wyatt? ¿Me contarás qué narices os traéis los dos? Se le ensombrece la expresión y responde:

—Ya os lo dije. No hay nada entre nosotros, salvo que cree que está colado por mí.

—Quizá lo está.

—Qué va —responde, tajante—. Somos amigos de toda la vida. No sabe qué coño dice.

En otras palabras, «no me agobies». De modo que eso hago. No la presiono, y, a cambio, ella no insiste para que le cuente qué pasa entre Evan y yo. Aunque tampoco habría sabido qué decirle. Siempre me ha costado mucho expresar lo que siento por Evan Hartley.

Alana y yo nos separamos. A los diez minutos llego a mi casa, y justo en ese momento me suena el móvil. Lo saco del portavasos y miro la pantalla.

Evan: ¿Por qué te has ido corriendo?

Suspiro y contesto algo rápido.

Yo: A Alana no le apetecía ver a Tate.

Me muero de ganas de hacer una puntualización. Trato de contenerme, en vano.

Yo: Y a mí no me apetecía verte restregándote con Ren.

Evan: ¿Qué dices? Si era ella la que se restregaba. Yo era un espectador inocente.

Yo: Seguro que ha sido una tortura para ti.

Evan: Pues sí. Cuando una chica me arrima cebolleta, mi pobre polla me grita y me pregunta por qué no eres tú.

Me sonrojo de pronto. No es el hombre más romántico del mundo, pero tiene labia, eso desde luego. Y cómo me pone esa labia...

Yo: Pensaba que te habías reformado. «No nos acostaremos, blablablá».

Evan: No he dicho que vayamos a acostarnos. Solo que mi polla te echa de menos.

Yo: ¿Sigues con Ren?

Evan: No, se ha ido en cuanto ha visto que ya no tenía público. Estoy de tranquis con los chicos.

Tras una breve pausa, pregunta:

Evan: ¿Sigue en pie lo del próximo finde?

Es mi oportunidad de echarme atrás. De responder: «¿Sabes qué? He cambiado de opinión respecto a lo del cortejo. Seamos solo amigos».
Pero mi respuesta es:

Yo: Sí.

CAPÍTULO 19

EVAN

Wyatt tamborilea con dos dedos en la mesa de la cocina. Cooper también pasa después de ver la cuarta carta. Es posible que tenga escalera de jotas, pero estoy casi seguro de que Tate tiene el rey, y no perderé los papeles por ver la quinta carta. Paso.

—¡Va, Tate, te toca! —grita Wyatt.

—Pasa —dice Coop, que resopla mientras mira sus cartas de nuevo, como si hubieran cambiado en los veinte segundos que han pasado desde que las miró por última vez.

—Sí, seguro que tu par de treses te dice que pasa.

—Pues haber subido la apuesta —le espeta Coop a Wyatt, cada vez más enfadado—. Va, saca el rey ya. —Wyatt niega con la cabeza con una sonrisa cómplice, pues Coop tiene mal perder y, a estas alturas, es ya una broma recurrente.

Cuando éramos niños, robaba a la banca del *Monopoly* y se rebotaba si perdía. Tras infinitas rabietas, empezamos a chincharlo para verlo explotar. En serio, es de las pocas cosas que hacen que sea interesante jugar al póker con mi hermano. Cuando juegas muy a menudo con alguien, ya no hay misterio. Ya no te digo si juegas con tu hermano gemelo. Es como si le viese las cartas. No podemos engañarnos.

—Va, Tate, espabila —brama Wyatt—, o reparto tus fichas.

—Ya voy —grita Tate desde el garaje, que es donde están las neveras de las bebidas.

—Paso —dice Chase tras saltar a Tate.

—La mano también pasa. —Nuestro antiguo compañero de instituto, Luke, descarta el primer naipe del mazo, gira la siguiente carta y la deja sobre la mesa—. Reina de tréboles. Posible escalera o escalera real sobre la mesa.

—Ya os vale. —Tate entra con los brazos cargados y deja varias birras en la encimera—. Iba a subir la apuesta.

Coop y yo nos sonreímos. Eso es que tiene el rey fijo. Nos retiramos antes de que nos toque.

—Que os den a los dos —espeta Tate tras ver que se le va al garete la mejor mano de la noche.

—¿Adónde has ido? ¿A Milwaukee? —Wyatt, impaciente, echa mano a su birra—. ¿O la has elaborado tú mismo?

—La próxima vas tú a buscarla.

Esta noche han venido los chicos a casa a jugar al póker. Celebramos una timba cada mes, más o menos. Tiempo de sobra para que sus carteras se recuperen del sablazo que les metimos Coop y yo en la última partida que jugamos. Cualquiera pensaría que ya deben saber que la suerte no les sonreirá, y, sin embargo, aquí vienen cada mes, derechitos a la boca del lobo.

El resto de la ronda transcurre con rapidez. Tate se lleva una pequeña suma cada vez que alguno se retira o iguala la apuesta. Pero difícilmente compensa la excelente mano de antes. Casi me da pena. Casi.

—¿Tendrás listo el barco mañana? —pregunta Danny a Luke mientras Tate reparte. Danny es otro amigo del insti, un pelirrojo alto que curra de profesor de navegación con Tate en el club náutico.

—Lo hemos botado esta mañana. —Luke suspira y agrega—: A estas alturas, tiene más cinta americana que fibra de vidrio, pero flotará.

—¿Crees que podrás seguir la ruta esta vez? —Coop se mira las cartas y arroja sus fichas a la ciega pequeña.

Esta vez la ciega grande me la llevo yo. Echo un vistazo a mis cartas y veo que tengo suerte: par de nueves. Me vale.

—Dime una cosa —empieza Danny mientras abre otra cerveza—. Cuando la adolescente de la moto de agua tuvo que remolcar tu barquito de tres al cuarto hasta el muelle, ¿se te metieron los huevos para dentro o directamente se te cayeron al suelo?

Luke abre un botellín y le da con la chapa entre los ojos.

—Pregúntale a tu madre. Me los comió anoche.

163

—Tío. —Danny se desanima y pone mala cara—. ¿De qué vas? Mi padre está en el hospital. Tienen que operarlo de una hernia por tirarse a tu hermana anoche.

—Hala. —Luke se estremece y mira horrorizado a Danny—. Buah, tío, ahí te has pasado. Qué feo.

—¿Por? ¿Qué diferencia hay?

Y así están un buen rato. De vez en cuando, recuerdan que tienen que igualar la apuesta o subirla, Tate descubre las tres siguientes cartas y, a continuación, la cuarta. Nadie se ha dado cuenta de que tengo un *full*. Dinero fácil.

—Competiré mañana —comento como si nada mientras aumento otra vez el bote.

—Un momento, ¿qué? —Cooper me mira extrañado—. ¿En la regata?

Me encojo de hombros mientras los chicos igualan la apuesta para ver la quinta carta.

—Sí. Riley me ha dicho que estaría guay, así que nos hemos apuntado.

—¿Riley? —pregunta Tate, perplejo.

—Su hermano pequeño —contesta Chase por mí.

—¿Tenéis otro hermano?

—No, atontado. —Chase niega con la cabeza—. Su hermano pequeño. Lo de ayudar al prójimo.

—¿De dónde has sacado un velero? —inquiere Tate mientras enseña la quinta carta. Ahí está mi color.

—Pete el Raro tenía uno en el patio —le explico mientras me fijo en que todos apuestan lo mínimo—. Un tío dejó de pagar el alquiler hace unos meses, y por eso lo tenía ahí muerto de risa.

—Eres consciente de que no tienes ni idea de navegar, ¿no? —Coop sí ha estado atento y se retira con discreción.

—He visto un par de vídeos. Bueno, Riley sabe. No será tan difícil.

La regata es un acontecimiento que tiene lugar cada año en la bahía. Es un trayecto corto. Los participantes son una mezcla bastante equitativa de turistas y lugareños que navegan un velero biplaza. Hay quienes llevan años compitiendo, pero esta será mi primera vez. Aunque le advertí a Riley que podíamos darnos con un canto en los dientes si llegábamos a la meta, le hizo mucha ilusión que se lo propusiera. Me dije que, si quiero tomarme en serio el programa, tengo que empezar a interesarme por lo que le mola.

—Uf —exclama Danny con una sonrisita de suficiencia—. Pues suerte.

Me llevo el bote sin problemas. Los chicos miran la mesa como si hubieran estado inconscientes los últimos diez minutos y no entendieran cómo no me han parados los pies. El póker es más un juego de distraer al rival que otra cosa.

—Espero que Arlene pueda asistir a la competición. —Le toca repartir a Cooper. Nos da las cartas mientras me mira de soslayo—. No soportaría perderse tu gran día.

—Cómeme el rabo. —Tengo una mierda de cartas. Lo máximo a lo que puedo aspirar es a formar un par con las tres cartas que enseñe ahora.

Luke aparta las suyas como si hubieran intentado morderlo.

—¿Quién es Arlene? —pregunta.

—Evan tiene una acosadora —responde mi hermano con una sonrisa de oreja a oreja.

—Envidioso —respondo.

Cooper continúa con la explicación mientras ríe por lo bajo.

—Una anciana de la residencia consiguió su número, no sé cómo, y lo llama a todas horas. Está coladita por él.

—Tíratela. —Tate lanza el botellín vacío a la papelera y Cooper lo fulmina con la mirada cuando lo oye romperse—. Las viejas son unas facilonas.

—Primero, qué asco —digo, anonadado al ver que tengo un trío cuando Cooper da la vuelta a las tres cartas—. Segundo, he hecho un voto de castidad.

Wyatt resopla y exclama:

—¡No jodas!

—No en un futuro próximo —salta Cooper mientras se aguanta la risa. Qué infantil.

—¿Tienes gonorrea o algo parecido? —A Danny se le ocurre la brillante idea de apropiarse del bote y subir la apuesta con una actitud exageradamente agresiva, lo que me indica que tiene un *full*.

—No. —Pongo los ojos en blanco—. Considéralo una purificación espiritual.

Tate tose un «qué gilipollez» y se retira.

—Yo digo que no dura ni una semana. —Danny lanza un billete de diez dólares a la mesa. Capullo.

—Acepto la apuesta. —Coop levanta el billete y añade otro—. ¿Alguien dice cinco días?

—Yo cinco. —Tate estampa su dinero.

—Eh, ¿las pajas cuentan? —Wyatt hace como si se la cascase en el aire con la mano izquierda.

—¿Por? ¿Te ofreces voluntario? —Le guiño un ojo.

Me enseña el dedo corazón y apuesta diez dólares a que no duraré ni cuarenta y ocho horas. Mis amigos son unos imbéciles de campeonato.

Seguimos jugando. Tras unas cuantas cervezas, todos juegan con un ojo cerrado y apuestan sin pensar, lo que me va de perlas, pues casi gano tres manos seguidas.

—El otro día Mac, fue a buscar a Steph para ir a almorzar —comenta Cooper mientras observa sus cartas—, y me dijo que tu coche estaba aparcado fuera, en el mismo sitio que la noche anterior. —Dirige la acusación a Tate—. ¿Qué hay entre tú y Alana?

Tate se encoge de hombros mientras finge que cuenta sus fichas.

—Nos acostamos de vez en cuando. Nada serio. Solo buenos polvos.

Ya hace un tiempo que es «nada serio, solo buenos polvos». El suficiente para empezar a confundir costumbre con vicio. Y vicio con compromiso. Vamos, que, como Tate se descuide, sentará la cabeza se dé cuenta o no. A estas alturas, no tengo claro si se le ha ocurrido pensar que podrían ser algo más que amigos con derecho a roce, como se empeña en negar. Cooper cayó en una trampa parecida el año pasado; una trampa que casi dividió nuestra pandilla cuando él y Heidi se declararon la guerra. Por suerte, sellaron el alto el fuego para no lamentar más daños.

Aunque, claro, echar un buen polvo no es moco de pavo. Gen y yo los echamos. Polvazos apoteósicos, me atrevería a decir. La clase de polvo que hace que un tío se olvide de las promesas y la buena conducta. Pero, ahora mismo, la buena conducta es mi religión. Me he comprometido con Gen, y quiero demostrarle que puede confiar en que no sacaré la polla a pasear. Valdrá la pena. A la larga. O eso espero, al menos.

—Pues claro que no es nada serio —le dice Wyatt a Tate—. Alana te utiliza, tío. Como un león que juega con su cena. Disfruta con eso. —No se me escapa la acidez de su tono.

Ni a Tate. Pero, en vez de plantarle cara ay preguntarle qué mosca le ha picado, me deja con el culo al aire.

—Si quieres hablar de chicas a las que les van los jueguecitos, pregúntale a Evan, aquí presente, por el baile erótico que se marcó con tu ex anoche.

Cabrón. Le echo una mirada asesina y me vuelvo hacia Wyatt para tranquilizarlo.

—Sí, echamos un baile, pero no fue erótico. Ren solo es una amiga, y lo sabes.

Por suerte, Wyatt, impertérrito, asiente.

—Sí, ha sacado toda la artillería para que vuelva con ella —reconoce—. No me extraña oír que tontea con mis colegas. Le gusta ponerme celoso. Cree que enloqueceré tanto que volveré con ella.

Cooper alza una ceja y pregunta:

—¿Y no?

—Esta vez no —contesta Wyatt. Lo dice completamente en serio, lo que me hace reflexionar. La relación de Wyatt y Lauren siempre ha seguido un patrón parecido al de la mía con Genevieve. ¿Ha roto para siempre? Su rostro adusto me indica que sí.

Por un instante me planteo hacer lo mismo: abandonar la atracción y rechazo constante que tengo con Gen. Despedirme de ella para siempre.

Solo con pensarlo noto cómo se me clava un cuchillo ardiente en el corazón. Hasta el pulso se me acelera.

Ya...

Eso no va a pasar.

CAPÍTULO 20

GENEVIEVE

—Vale, se me ha ocurrido uno —dice Harrison mientras pasamos junto a los equipos que aparejan los barcos. Lleva así desde que me ha recogido esta mañana—. ¿Por qué estampan códigos de barras en los laterales de los barcos noruegos?

—¿Por qué?

—Para que, cuando regresen al puerto, sean escandinavos. —Sonríe orgulloso de su último chiste malo.

—Debería darte vergüenza. —No sé en qué momento mi vida ha pasado de ser un drama de segunda sobre la madurez y el provecho de la juventud a una comedia romántica ñoña, pero así deben de sentirse las rubias a diario.

La cita de este domingo por la mañana es tan sana que resulta casi surrealista. Harrison me ha traído al puerto deportivo para ver la regata. Es un día templado, claro y soleado, con una brisa constante, perfecto para navegar. Inspiro el aroma del aire que trae el mar y de los dulces que preparan en los carritos dispuestos a lo largo del paseo, en los que venden algodón de azúcar y minichurros.

—Vale, un momento —dice mientras ríe con alegría—. Este es bueno. Una noche, una tormenta sorprende a dos barcos: uno azul y otro rojo. Azotados por el viento y la lluvia, los barcos no se ven. Entonces, una ola gigante hace que los navíos choquen. Los destruye. Pero, cuando amaina la tormenta, ¿qué revela la luz de la luna?

Debo ser masoca, porque, aunque sus chistes son malos con ganas, me gusta la emoción con la que los cuenta.

—No lo sé, ¿qué?

—Que la tripulación estaba amoratada.

Dios.

—¿Así le hablas a tu madre?

Vuelve a reírse. Lleva los dichosos pantalones caquis, a juego con una camisa del típico padre turista. Hubo un tiempo en que me habría burlado de un tío así mientras fumaba hierba con mis amigos bajo el embarcadero. Y, mira ahora, soy una de esas pijas tontas. No me da tanta vergüenza como imaginaba.

—¿Has participado alguna vez en la competición? —me pregunta.

Asiento y le explico:

—Pues unas cuantas veces. Me clasifiqué dos veces con Alana.

—Qué guay.

Insiste en que paremos a por granizados de limón. Decide que los llevará él porque se derriten rápido y rebosan un poco, y no quiere que me manche el vestido. Un recordatorio más de que es demasiado bueno para una chica que una vez le robó la bici a una niña para tirarla por un puente derrumbado y se perdió río abajo.

—Yo di clases de navegación una vez —me confiesa mientras vamos hacia una zona de la barandilla con unas vistas nada desdeñables—. Acabé colgando por la borda, solo sujeto por el tobillo.

—¿Te hiciste daño? —le pregunto mientras cojo mi granizado, porque no me preocupa pringarme tanto como a él.

—No, solo algún moretón. —Sonríe tras sus gafas de sol, y lo hace de un modo alegre y enigmático que me amarga y me produce una sensación de vacío. La gente tan feliz y satisfecha debe saber algo que los demás ignoramos. O eso o fingen—. Por suerte para mí, había una niña de doce años muy apañada a bordo que me sacó del agua y me libró de descubrir qué ocurre si te pasa la quilla por encima.

No es culpa suya que me haga sentir así. Harrison es un partidazo. Bueno, salvo porque él es poli y yo no soy convicta de milagro. Pero el problema de verdad es que, por más que me empeñe, no consigo que me atraiga. Ni siquiera me despierta una mísera chispita de amor platónico. Y él lo sabe. A pesar de sus muchos encantos de pueblerino, no es tonto. He visto cómo su mirada pasaba de la melancolía a la desilusión y se le borraba un poco la sonrisa al ser consciente de que, aunque nos llevemos bien y nos divirtamos juntos, lo nuestro no acabará en romance. No obstante, hasta que tenga motivos para creer lo contrario, no me parece mal darle una oportunidad y dejar que me conquiste. El agua y el sol son mano de santo para las plantas. ¿Por qué para nosotros no?

—Navegar mola, pero, si te soy sincera, no vale la pena —gruño—. Te matas a correr, tirar y enrollar cabos para un par de acelerones. Te pasas todo el rato manejando el trasto y no puedes sentarte a disfrutar.

—Sí, pero es romántico. Cuerdas y cabos contra las fuerzas de la naturaleza. Aprovechar el viento. Nada que se interponga entre tú y el mar, salvo el ingenio y la suerte. —Su tono es animado—. Como los primeros navegantes que vieron el nuevo mundo asomar por el horizonte.

—¿Es la frase de una peli o algo? —pregunto para chincharlo.

Harrison sonríe avergonzado y admite:

—Del canal Historia.

Anuncian por megafonía a los participantes que tienen diez minutos para presentarse en la línea de salida. En el agua, los mástiles se inclinan y se bambolean en busca de la mejor posición.

—Cómo no —comento, porque, aunque sea pésimo, valoro su particular sentido del humor—. Fijo que te has pasado la noche en vela para ver los ocho capítulos del documental de Ken Burns sobre la historia de la expedición naval.

—En realidad, he visto un programa en el que afirmaban que Cristóbal Colón era extraterrestre.

—Sí, sí. —Asiento mientras me aguanto la risa—. Un clásico.

Cuando, al fin, empiezo a disfrutar de la cita, cometo el error de mirar atrás. Me encuentro con una cara familiar que aleja a sus cuatro retoños del puesto de galletas Oreo fritas. Kayla Randall.

Mierda. Nos quedamos las dos petrificadas. El contacto visual ha durado demasiado para fingir que no nos hemos visto. El gesto ha sido recíproco y merece una respuesta.

—¿Qué pasa? —me pregunta Harrison, preocupado, al percatarse de mi evidente recelo.

—Nada. —Le paso mi granizado de limón—. Solo he visto a alguien con quien tengo que hablar. ¿Te importa? No tardo nada.

—Tranquila.

Cojo aire y me dirijo hacia Kayla, que me observa mientras se esfuerza en vano por darles servilletas a sus hijos.

—Hola —digo. Un saludo totalmente inapropiado teniendo en cuenta las circunstancias—. ¿Podemos hablar un momento?

Kayla está incómoda, y con razón.

—Deberíamos, sí. —Desplaza el peso de un pie al otro—. Pero estoy con los niños y...

—Ya los vigilo yo —se ofrece Harrison, siempre tan solícito. Y dice a los hijos de Kayla—: ¿Queréis ver los barcos más de cerca?

—¡Sí! —gritan a la vez.

Gracias a Dios que existe este chico. Juro que nunca he conocido a nadie tan simpático.

Harrison lleva a los niños a la barandilla para ver cómo se colocan los barcos. Cuando me quedo sola con Kayla, una familiar sensación de nervios y anticipación crece en mi interior. Es como si estuviera plantada en el borde de un tejado y abajo, en el jardín trasero, alrededor de la piscina, una panda de borrachos coreasen mi nombre mientras me apuntan con sus cámaras. Hay quienes se marean del miedo. Pero para mí, el miedo es una lente. Si la ajusto bien, me enfoca.

—Me alegro de que hayamos coincidido —dice Kayla antes de que yo pueda poner en orden mis ideas. Estamos bajo el toldo de una tienda, así que se quita las gafas de sol y añade—: Durante un tiempo, me aliviaba que te hubieses ido del pueblo.

—Lo entiendo. Espero que sepas que...

—Lo siento —me corta, y me deja con la palabra en la boca—. He pensado mucho en lo que pasó aquella noche y me he dado cuenta de que exageré. Estaba más enfadada por haber descubierto la verdad que contigo. Tenías razón, Rusty era un cabrón.

—Kayla. —Quiero decirle que se me fue la pinza, que no debería haber irrumpido en su casa, borracha e histérica. Que tener razón no significa que actuase bien. Pero no me deja hablar.

—No, hacía mucho que teníamos problemas. Me agredía verbal y psicológicamente. Pero tuviste que aparecer para que abriese los ojos. Para que entendiese que no era normal vivir así. —Su mirada rezuma dolor.

—Lo siento mucho —confieso. Era un secreto a voces que Randall era un baboso y un poli pésimo, pero no tenía ni idea de que se portase tan mal en casa. En cierto modo, ahora me siento peor. Me sabe mal por Kayla y los niños, y por las horribles consecuencias que sin duda causé en su hogar—. No tenía ningún derecho a irrumpir así. Mi comportamiento de esa noche... Estoy tan avergonzada...

—Tranquila, no pasa nada.

Me da un apretón en el hombro, lo que me recuerda que durante mucho tiempo fuimos amigas, o algo parecido. Cuidé a sus hijos muchos años. Me quedaba hablando con ella en el sofá cuando volvía de trabajar. Le contaba cosas que no le decía a mi madre; le hablaba de chicos, de clase y de cosas de adolescentes. Era como una tía o una hermana mayor para mí.

—Me alegro de que fueras tú —agrega Kayla—. Las cosas no iban bien entre Rusty y yo desde hacía mucho, pero mis amigos tenían tanto miedo de, no lo sé, cabrearlo o inmiscuirse que no me decían la verdad. Y la verdad era que debía huir de todo eso. Tenía que sacar a mis hijos de esa situación. Gracias a ti, al fin di el paso. Y ahora somos mucho más felices. En serio.

Me alivia oír eso, aunque no lo esperaba. Me he pasado casi todo el último año consumida por la culpa y el arrepentimiento por cómo me comporté. Renuncié a mi vida para liberarme de la enorme vergüenza que sentía. Y, durante todo este tiempo, me escondía en realidad de mi propia sombra.

No puedo evitar pensar qué habría cambiado si me hubiera quedado. Si hubiera tenido el valor de enmendarme sin mudarme. ¿De verdad debía eliminar la tentación para estar sobria, o me infravaloré? ¿Me marché para huir de mis peores instintos o porque temía cómo reaccionarían los demás?

Miramos atrás al escuchar a los hijos de Kayla reír y chillar de alegría. Seguro que Harrison los está embelesando con un truco de magia. O con sus singulares chistes de fama mundial.

—Se le dan bien los niños —comenta Kayla, que se pone otra vez las gafas.

Pues claro. Harrison tiene un encanto natural con todo el mundo; una bondad genuina que encandila. Sobre todo a los niños, que se dan cuenta de todo.

Kayla lo señala con la cabeza.

—¿Es tu novio? —me pregunta con curiosidad.

—No, solo hemos salido un par de veces.

Al ver a Harrison con los niños, de repente escucho la voz de Evan en mi cabeza. Rememoro la noche que pasamos en nuestro rinconcito, cuando, desnudos, bajo las estrellas, se puso a reflexionar sobre tener hijos y formar una familia. Él y su ridícula idea de ser un padre hogareño mientras su moto se oxida en el patio. Ya.

Sin embargo, por más que me cueste imaginarlo, no suena mal.

Después de que Kayla y yo nos despidamos con un abrazo y sin malos rollos, el alcalde de Avalon Bay se dispone a hablar por el micrófono de la pequeña tarima que han instalado frente al puerto deportivo, para anunciar a los participantes de la carrera. No presto demasiada atención hasta que escucho un nombre que conozco.

—... y Evan Hartley navegará con Riley Dalton.

Levanto la cabeza de golpe y casi me atraganto con los últimos sorbos de mi granizado de limón derretido al escuchar el nombre de Evan. Pensaría que estoy alucinando si no fuera porque Harrison enarca una ceja al mismo tiempo.

Qué fuerte.

Me pregunto si Evan recordará que no sabe navegar.

CAPÍTULO 21

EVAN

—Se han cometido fallos.

Riley se parte.

—Hasta ahí llego. A lo mejor te refieres a cuando nos hemos estampado contra otro barco nada más empezar. O a cuando no hemos conseguido rodear la primera boya. ¿Quién sabe?

Le sale una risa histérica de la garganta, una mezcla entre un resoplido y un aullido. Riley no ha parado de reír desde que embestimos el muelle. No, embestir no. Desde que *rozamos* el muelle. Embestir implicaría que íbamos a toda pastilla, lo cual no ha ocurrido en toda la carrera.

Empapado, escurro la camiseta en la barandilla del paseo mientras, en la otra punta del puerto, tiene lugar la entrega de premios.

—Tío —dice mientras se ahoga de la risa—. No hemos dado ni una.

—Qué va —me quejo—. Ha habido un momento culminante en el que hemos conseguido enderezar la barca y no volcar por completo.

Sigue riéndose mientras nos abrimos paso entre la multitud que se agolpa alrededor de la tarima, anima a los ganadores y felicita con educación a los clasificados. Yo me conformo con que no nos cobren por tener que sacar el barco del fondo de la bahía.

Resulta que se me da como el culo navegar. Es difícil, la verdad. Demasiadas cuerdas, poleas, manivelas y yo qué sé qué coño más. Yo pensaba que solo izabas las velas y navegabas, pero, por lo visto, existe algo llamado virar bruscamente, y, por algún estúpido motivo, si giras a la izquierda vas a la derecha.

174

Nada más dar el pistoletazo de salida, ya estábamos descolocados. Hemos quedado los últimos por mucho después de ladear el barco y casi irnos a pique.

Pero Riley no deja de reírse, contentísimo con el calvario que hemos pasado. Y, sobre todo, con lo que he sufrido yo, creo, pero no importa. El crío se lo ha pasado genial, que era la idea.

—Ese es mi niño. —Su tía Liz, una mujer bajita con unos bonitos ojos marrones y una coleta baja y larga, nos localiza entre el gentío y le da un abrazo—. ¿Te lo has pasado bien?

—Ha sido una pasada —contesta Riley—. Por un momento pensaba que la palmábamos.

—Vaya —comenta, y disimula el susto con una carcajada—. Pues me alegro de que hayáis sobrevivido.

—No te preocupes. Nado mucho mejor que navego. No dejaría que tu chaval se ahogase. —Y esto lo digo descamisado y con la espalda llena de tatuajes. Seguro que me ve más como el camello de su sobrino que como su ejemplo.

—¿Me das dinero para un perrito? —le suplica Riley—. Me muero de hambre.

Con una sonrisa indulgente, su tía le da un par de pavos y Riley se va.

—Créeme —le aseguro, pues ahora me preocupa que poner al crío en peligro mortal repercuta de manera negativa en mi participación en el programa—. No corría peligro. Solo ha sido un contratiempo de nada.

Liz le quita hierro al asunto con un gesto y responde:

—No estoy preocupada. Hacía tiempo que no se divertía tanto.

Pienso en el Riley que conocí aquella tarde, el adolescente tímido y callado que se pasó las dos primeras horas mirándose los pies y murmurando para sí. Y míralo hoy, gritándome órdenes y metiéndose conmigo por mi nula habilidad para la navegación. No sé si esa era la intención del programa, pero, para mí, ha sido una mejora. Para nuestra relación, al menos.

—Es un buen chaval. ¿Quién sabe? A lo mejor, si me enseña a navegar, podemos probar suerte de nuevo el año que viene. —Me sorprendo al darme cuenta de lo que he dicho. No me había detenido a pensar en cuánto duraría el acuerdo. Pero, ahora que lo pienso, no me imagino no siendo colega de Riley dentro de un año.

—Creo que lo dices en serio. —Liz me observa con atención. No puedo evitar preguntarme qué verá en mí—. Te agradezco mucho lo que has hecho por él. Sé que solo han sido un par de semanas, pero significas mucho para Riley. Eres bueno para él.

—Ya, bueno... —Me pongo las gafas de sol y escurro otra vez la camiseta empapada—. No es un capullo integral, así que...

Se echa a reír y no me regaña por el taco. Nunca se me ha dado bien aceptar halagos. Ser el eterno metepatas no acostumbra a dar motivos para ser alabado, por lo que podría decirse que no tengo demasiada práctica. Y, sin embargo, con este niño lo estoy haciendo bien. He quedado con él varias veces por semana durante dos semanas, y, contra todo pronóstico, aún no la he cagado.

—Tengo que dejarlo en casa e irme a trabajar —me dice la tía de Riley—. Pero me encantaría que cenáramos algún día. Los tres juntos. ¿Qué tal la semana que viene?

Por un segundo, me imagino un universo alternativo en el que Liz se pilla por mí. Hasta que miro a mi espalda y veo una melena negra y unas piernas bronceadas y largas, y el universo —*este* universo— me recuerda que en este mundo solo existe una para mí.

Gen se pavonea por el paseo con un femenino vestido blanco que me calienta la sangre. Porque lo intenta. Trata de impresionar al empollón ese, se ha rebajado para estar a su altura y no herir la sensibilidad del muy pusilánime. Se ha limado las garras que la hacen fiera, peligrosa y extraordinaria, y no lo soporto.

—Vale —le digo a Liz, distraído—. Quedamos así. Dile adiós a Riley de mi parte, ¿vale? Es que acabo de ver a una amiga y tengo que ir a saludarla.

Me abro paso entre la multitud y esquivo a turistas sudorosos y niños tostados por el sol para llegar hasta Gen. Entonces, aminoro el paso y me planto ante ella y el tipo, para que repare en mí y se vea obligada a decirme algo. Así no me siento tan mal por estropearle la cita por segunda vez.

—¿Evan?

Finjo que me sorprendo y me vuelvo.

—Anda, hola.

Me la imagino poniendo los ojos en blanco tras sus gafas de sol polarizadas. Sonríe con suficiencia y niega con la cabeza.

—¿Anda, hola? Esto se te da fatal. Lo sabes, ¿no?

A veces se me olvida que no he podido engañarla ni una sola vez.

—Ya, bueno, me encantaría quedarme, pero estoy un poco liado, de modo que...

—Ya, ya.

Con la camiseta colgada al hombro, le hago un gesto con la cabeza al ayudante del *sheriff* Dolittle, que lleva la típica camisa hawaiana, y comento:

—Bonita camisa.

—Para —me advierte Gen, aunque no deja de sonreír, porque sabe que los tíos que van por la vida así vestidos lo piden a gritos—. ¿Qué quieres?

—Eh, sin rencores, ¿vale? —Le tiendo una mano al ayudante del *sheriff*—. ¿Tregua?

—Claro. —Me estrecha la mano lo más fuerte que puede. Casi me da pena y todo. Casi—. Lo pasado, pasado está.

—Evan... —Gen ladea la cabeza y me mira impaciente.

—Estás guapa.

—No hagas eso.

Me aguanto las ganas de sonreír.

—¿No puedo echarte un piropo?

—Ya sabes a lo que me refiero. —Le ha gustado. El tono divertido con el que lo ha dicho la delata.

—Estás muy guapa. —Me gusta más la Gen auténtica, la que va con unos pantalones cortos a los que les ha metido la tijera y una camiseta de tirantes ancha por encima del bikini. O la que no lleva nada en absoluto. Pero eso no significa que no aprecie el vestidito blanco y ceñido que se ha puesto, que, cuando le da la luz adecuada, hace que se transparente su piel morena—. ¿Tenéis grandes planes para hoy?

—Te hemos visto competir —interviene el tío. Aunque me repitiese su nombre mil veces, no se me quedaría. Si me tapase los ojos ahora mismo, no sabría decir qué aspecto tiene. Debería haberse metido en la CIA o algo así; un tipo tan olvidable sería un gran fichaje, supongo.

—Ha sido…, eh…, memorable. —Gen intenta fingir que no me come con los ojos, pero no lo consigue.

—Estas cosas siempre son un rollo —comento—. Así que se me ha ocurrido darle emoción.

—¿Eso era lo que hemos visto? ¿Emoción?

—Prefiero ser último que un muermo.

Hasta con las gafas puestas, noto que se le van los ojos a mi pecho desnudo. Su forma de morderse el interior del labio da rienda suelta a mi imaginación. Quiero hundirle los dedos en el pelo, estamparla contra la pared y obligar al tío este a ver cómo se derrite con el roce de mis labios. No sé qué pretende jugando a dos bandas y poniéndome celoso, pero ambos sabemos que él no la besará como yo. Que él nunca conocerá su boca y su cuerpo como yo.

—Ven a comer con nosotros —suelta el acompañante.

Hasta Gen se había olvidado de que seguía ahí. Se sobresalta y lo mira.

—No, no hace falta que te molestes.

—Me parece bien —digo con alegría.

—Sí, hombre. —Esta vez la exasperación de Gen va dirigida a mí—. Harrison. Teníamos planes.

Para mi sorpresa, el tipo no cede.

—Insisto.

Ay, colega. No sé a qué se cree que juega, pero es imposible que nos meta a Gen y a mí en la misma sala y que él salga favorecido.

—Vale. Voy al baño primero. —Gen me señala el pecho y agrega—: Y tú. Compórtate y ponte una camiseta.

Gen nos deja en la entrada de una tienda de regalos hortera. Yo me conformo con reservarme lo que pienso, pero el agente Risitas tenía que opinar.

—Es una chica muy especial —empieza a decir.

Que hable de ella como si la conociera me enerva.

—Ya.

—Te parecerá absurdo, pero ya en secundaria estaba colado por ella.

Ya en secundaria nos saltábamos la tercera hora para liarnos en el cuarto oscuro de los anuarios.

—Te tengo calado —anuncia mientras se cuadra, como si le hubieran salido agallas—. Crees que me vas a intimidar o a asustarme. Pero, que lo sepas, no lo conseguirás.

—Tío, no te conozco. —Me recuerdo que es poli, y que les prometí a Gen y a Cooper que no me metería en más peleas. Aun así, pienso dejarle claro que no le conviene tocarme los huevos—. Pero, si quisiera espantarte, no lo haría con pudor y delicadeza. Lo haría, y punto.

—Lo que quiero decir es que me gusta Genevieve. Pienso seguir quedando con ella. Y nada de lo que hagas lo impedirá. Puedes aguarnos todas las citas, si quieres. No cambiará nada.

Tengo que reconocérselo. Hasta cuando se interpone entre lo que es mío y yo, lo hace con una sonrisa de *boy scout*. Casi amable. Cortés.

Pero eso no quita que pasaría por encima de su maldito cadáver para estar con ella. Con independencia de lo que tarde Gen en volver conmigo, ya he ganado la batalla. Pero el tío este aún no se ha enterado.

—En tal caso, adelante —respondo con una media sonrisa—. Que gane el mejor.

CAPÍTULO 22

GENEVIEVE

Últimamente, casi nada me sorprende. Desde hace dos meses, mi vida se ha vuelto una rutina predecible: trabajo de nueve a cinco y alguna que otra tarde saco unas horitas para tener vida. Es más una observación que una queja, pues lo he decidido yo. Me he esforzado mucho por domar mi lado más salvaje.

Pero Evan... Evan Hartley aún consigue sorprenderme. El finde después de la regata, me recoge para nuestra cita hecho un pincel. Lleva una camiseta blanca, limpia y unos pantalones cargo sin una sola arruga. Hasta se ha afeitado, un detalle muy impropio de él. Y, cuando pensaba que me saldría con alguno de sus planes descabellados para meternos en líos o con alguna aventura sin pies ni cabeza, nos sentamos a comer más tarde de lo habitual en un restaurante vegano muy moderno con vistas a Avalon Beach.

—Tengo que preguntarlo —digo mientras disfruto de la pasta de berenjena asada—. ¿Por qué un vegano? No recuerdo la última vez que te vi comer una verdura que no estuviese envuelta en carne o cocinada con grasa animal.

Como si quisiese demostrar algo, Evan se da unos toquecitos en la comisura de la boca con la servilleta.

—Vamos contra nuestra naturaleza, ¿no? Creía que esa era la idea.

—Supongo. —No me refería a que tuviésemos que aplicar esa filosofía a la comida, pero vale.

—Vida sana, Fred. —Evan sonríe mientras se mete un bocado de ñoquis en la boca y lo baja con un trago de agua. Ha rechazado la carta de bebidas alcohólicas nada más sentarnos—. Bueno, tras nuestra última cena...

—Dirás la cita que te cargaste.

—Pensé en demostrarte que puedo ser educado.

—No tiene gracia.

Se lo piensa un momento y asiente.

—Sí que la tiene.

Hace solo una semana que, pagado de sí mismo y sonriendo con satisfacción, interrumpió la cita que tenía con Harrison en el puerto deportivo. Otra vez. Me habría molestado más de no ser tan difícil enfadarse con él. Con esos ojos que brillan con arrogancia y picardía. Con esos labios que, sonrientes, insinúan secretos y susurran desafíos. Es exasperante.

—Eres consciente de que esta no es mi vida, ¿no? —pregunto mientras señalo la mesa dispuesta con elegancia—. Vestirnos como nuestros padres, comportarnos como adultos...

Ríe por lo bajini y dice:

—Como los míos no.

—Ni como los míos, pero ya me entiendes.

—Pues se te veía la mar de a gusto así vestida con él.

Y nos lo estábamos pasando muy bien.

Reprimo un suspiro y suelto:

—¿En serio quieres hablar de Harrison?

Evan se lo piensa un segundo y descarta la idea.

—No.

—Bien. Porque no accedí a salir contigo porque quiera que te parezcas más a él. Procura recordarlo.

También esto me resulta familiar, esta relación un tanto conflictiva. Discutir por el placer de discutir, porque nos gusta sacar al otro de sus casillas. Sin saber cuándo parar. Absortos en una tensión sexual tal, que no se sabe si reñimos o tonteamos.

¿Por qué me gustará tanto?

—Dime una cosa —me suelta con aspereza—. ¿Quién quieres ser?

Y yo qué sé. Si lo tuviera claro, no seguiría viviendo en casa de mis padres, con miedo de confesarle a mi padre que el negocio familiar debe avanzar sin mí. No saldría con el yerno ideal mientras me protejo del montón de malas decisiones que tengo enfrente.

—De momento, quiero quitarme la mala fama que tengo.

Asiente despacio. Lo entiende.

Y esa es una cualidad que valoro más en Evan que en cualquier otra persona: nunca tengo que mentirle ni ocultarle nada porque me de vergüenza lo que diría si supiera la verdad. Ya sea buena, mala o neutra, me acepta en todas mis facetas.

Sonrío burlona y comento:

—Son limitadas las veces que una chica puede irrumpir en un parque acuático, fuera de horario, para tirarse por los furiosos rápidos, antes de que la delincuencia pierda todo el sentido.

—Te entiendo. Nunca había estado tanto tiempo sin resaca y sin un ojo morado desde que tenía diez años. —Me guiña un ojo, lo que podría ser una invitación para que le pasara las piernas por los hombros. Siempre me afecta.

—Pero es raro. A veces estoy por ahí con las chicas y no sé qué hacer con las manos. Si mi instinto es lo que me metía en líos antes, ¿cómo aprenderé a ir por el buen camino? ¿En qué consiste ser bueno?

—Estás ante un tío que ha buscado en internet «ciudadano ejemplar», ¿me explico? Y mi conclusión es la siguiente: si te parece buena idea, haz lo contrario.

—Hablo en serio —digo, y le tiro un sobrecito de azúcar del botecito que hay en la mesa—. ¿Qué haríamos tú y yo en una cita normal?

—¿Normal? —Ladea la cabeza y me sonríe.

—Normal para nosotros.

—No habríamos salido de mi cuarto —comenta Evan. Y lo dice muy serio.

Ya, bueno.

—Después de eso.

—Iríamos a un bar. A una fiesta, quizá. Robaríamos un coche y daríamos vueltas al viejo circuito de carreras hasta que nos echasen los de seguridad. Nos emborracharíamos en lo alto del faro mientras me la chupas.

Se me contraen las entrañas al escuchar su indecente proposición. Finjo que no me afecta y le arrojo otro sobrecito de azúcar a la cara.

—Qué claro lo tienes.

—Fred, no pienso en otra cosa.

Tiene que dejar de hacer eso. Dejar de mirarme como si se muriera de hambre mientras se muerde el labio inferior y entorna los ojos, brillantes. No es justo, no tengo por qué aguantar esto.

—Bueno, como tú mismo has dicho, somos personas completamente distintas, así que... —Le doy un trago a mi cóctel sin alcohol. Aún espero que me queme, pero me quedo con las ganas. En su momento, me pareció buena idea engañar a mi cerebro para que creyese que le doy lo que quiere, pero la mezcla sabe tan dulce, que es como beberse una botella de jarabe de maíz puro de golpe—. ¿Qué más se te ocurre?

—Vale. —Asiente con energía y acepta el desafío—. Hecho. Lo que queda de noche, vamos a hacer lo contrario de lo que nos diga el instinto.

—¿Seguro? —Apoyo los codos en la mesa para mirarlo más de cerca—. Luego no quiero que te rajes...

—Segurísimo. —Tiene esa mirada. La de alguien poseído por unas ganas irrefrenables. Me recuerda otra cualidad que siempre me ha atraído de Evan. Es apasionado y no le da vergüenza demostrarlo. Hasta con las cosas más tontas. Es enternecedor—. Prepárate para vivir una velada de cortesía y buenos modales, Genevieve West.

Se me escapa la risa y digo:

—No flipes, anda.

—¿Qué opinas? —Evan se agacha en el césped verde y desgastado, junto al tótem polinesio de imitación. Deja el *putter* en el suelo y apunta con la cabeza del palo a la caja de madera en la que se lee la palabra «dinamita»—. Rodeo la montaña de doblones de oro por la izquierda, ¿no?

Me acuclillo a su lado y miro en la misma dirección que él.

—Creo que el pegote de chicles viejos que hay en la entrada de la ratonera te dará problemas. El desvío izquierdo por la rampa es un tiro más complicado, pero, una vez que estés ahí, la bajada hasta el hoyo es más directa.

—Tira ya. —A nuestra espalda, un chico greñudo empieza a exasperarse. Su amigo, impaciente, resopla con fuerza—. Me gustaría acabar la partida antes de la ropa deje de valerme.

Evan pasa de él. Sin dejar de calcular su lanzamiento, quita las hojas y los trocitos de tierra que se han pegado a su pelota de golf.

—Voy a tirar hacia la izquierda. No me da buena espina la tortuga de la derecha. —Se levanta y se coloca bien. Hace un *swing* de práctica, y otro más.

—¡Va!

Golpea la pelota con la cabeza del palo y la envía a lo alto del terraplén. Esta rodea la montaña de doblones de oro derramada, se dirige como una flecha hacia el impetuoso arroyo y baja la cascada. Aterriza con un plaf en el estanque de debajo, tan repleto de pelotas de golf de colores que parecen centenares de almejas pintadas.

—¡Encima! —exclama el amigo mientras el Greñas se parte la caja.

—Eh. —Me encaro con ellos y los apunto con el palo—. Podéis iros a la mierda, caraculos.

—Hala. —Los chicos retroceden con muecas burlescas—. Señora, que estamos en un establecimiento familiar.

Se me pasa por la cabeza colgarlos de la fuente, pues me han puesto de los nervios desde el segundo hoyo, pero Evan me pasa un brazo por el hombro para que me contenga.

—Educación —me susurra al oído—. ¿Recuerdas?

Cierto. Las jovencitas educadas no ahogan a gamberrillos adolescentes en el minigolf.

—Estoy bien.

—A ver si vigilas a tu chica, tío —espeta el Greñas.

—Está zumbada —comenta su amigo con gesto burlón.

Eso hace que Evan se enderece de golpe. Con los ojos brillantes, se dirige hacia ellos a grandes zancadas mientras aprieta el palo. Los chavales retroceden hacia los setos a trompicones para huir de él, pues creen que les pegará.

En cambio, Evan le roba la pelota al amigo y vuelve conmigo con paso airado.

—¡Oye! —se queja el chico.

—Considéralo un impuesto por gilipollas —brama Evan por encima del hombro. Arrastra el pie por el suelo de forma exagerada para despejarme el punto de salida y dice—: Mi señora.

Me aguanto las ganas de sonreír.

—Qué caballeroso.

Entonces, a sabiendas, envío la pelota por la ratonera. Atraviesa un pasaje subterráneo secreto y sale por un cañón, en vez de por la boca de la tortuga, que sería lo esperable, y entra en el hoyo. Chupado.

Al mirar a Evan, veo que tuerce los labios y ladea la cabeza.

—Qué cruel, Fred.

En el siguiente hoyo, hacemos una pequeña apuesta con los chavales de detrás después de que Evan decida que se portará bien y enterrará el hacha de guerra. El partido está más reñido de lo que le gustaría, de hecho, pero mi buena racha nos mantiene por delante de los chicos. Al final, Evan hace un hoyo en uno en un momento crítico y ganamos de calle.

—Ha sido muy amable por tu parte. —En el aparcamiento, junto a su moto, abro una botella de agua. Anochece, pero el sol aún brilla con fuerza—. Devolverles el dinero a los chavales.

Apoyado en su moto, Evan encoge un hombro y responde:

—Lo último que necesito es que una madre furiosa vaya detrás de mí por timar a su hijo.

—Si no te conociera, casi pensaría que te lo has pasado bien. Pese a que no nos haya perseguido la poli.

Se endereza y salva el pequeño espacio que nos separa. Su cercanía hace que me cueste recordar por qué no hacemos actividades más físicas. Quiero besarlo. Que me toque. Sentarme a horcajadas sobre él encima de su moto hasta que nos echen los de seguridad.

—¿Cuándo te entrará en la cabeza que sería feliz viendo la pintura secarse contigo? —Su tono es grave y sincero.

—Te tomo la palabra.

Acabamos en uno de esos locales en los que uno pinta una pieza de alfarería. Resulta que están a tope con el cumple de una niña pequeña. Una docena de chiquillas de ocho años corretean por la tienda mientras una dependienta exhausta se esfuerza por que no tiren los caballos de cerámica y las figuras de Disney falsas que hay en los estantes y se conviertan en montones de polvo y cantos afilados.

Evan y yo nos sentamos en una mesa al fondo de la tienda y escogemos nuestras piezas.

—Acabo de acordarme de que ya vinimos una vez —le comento mientras bajo un búho de la balda. Tengo uno parecido en mi dormitorio.

Evan observa una jirafa e inquiere:

—¿Seguro?

—Sí. Nos fuimos pronto del baile de bienvenida de tercero y acabamos aquí porque tú estabas alucinando en colores y veías un dragón en el escaparate, y te empeñaste en que no nos iríamos hasta que pintases un dragón morado.

—Hostia, sí —recuerda mientras deja atrás los animales—. Entré en pánico porque el dragón se volvió malvado e iba a quemar el pueblo.

Me río de la tontería de recuerdo. Por lo visto, se montó una pequeña prefiesta sin mí y Evan comió *brownies* con maría antes del baile.

Un chillido repentino atraviesa el local. La cumpleañera, con su corona y su boa de plumas rosa, está roja de rabia y gesticula como una loca. Su madre la mira con los ojos como platos, aterrada, y sus amigas se encogen en sus asientos. Se avecina berrinche.

—¡Quiero el castillo! —brama la niña.

—Pues ten el castillo, cielo. —La madre planta ante su malhumorado retoño una vivienda regia, de una calidad claramente inferior, con la prudencia y el sudor de una experta en bombas.

—¡Ese no! —La niña agarra el castillo, mil veces mejor, de otra niña, la cual se aferra a él, desafiante—. ¡Es mi cumple! ¡Quiero este!

—Como me salga un hijo así —le digo a Evan—, lo abandono en el bosque con un saco de dormir y barritas de cereales.

—Recuérdame que no te deje sola con nuestros hijos.

Evan me echa una sonrisa por encima del hombro. Coge un caballito de mar del estante y se encamina a la fiesta. Le hace un gesto a la madre para que no se preocupe y se arrodilla ante la cumpleañera enfadada para preguntarle si le concedería el honor de pintarle el animal para tener una obra de arte original. Su mirada furibunda y sus gritos salvajes se vuelven de nuevo casi humanos. La niña hasta sonríe.

Evan se sienta con ella, le habla y la distrae, lo que le permite a la madre respirar hondo y a las demás niñas seguir con sus elaboraciones, sin miedo a las represalias.

A la media hora o así, vuelve a nuestra mesa con la boa de plumas rosa, orgulloso. No sé por qué, pero, por extraño que parezca, le favorece.

—Eres un encantador de niñas mimadas —le digo cuando se sienta de nuevo a mi lado.

—¿Por qué crees que llevamos tanto tiempo siendo amigos?

Le pinto una mejilla de azul en respuesta.

—Cuidado. Sé hacer cosas peores que tirar piezas de alfarería.

Esboza una sonrisa torcida y responde:

—Ni que lo jures.

No me lo habría imaginado nunca adentrándose en un terreno tan pantanoso y saliendo indemne. Airoso, incluso. Paternal. Me afecta a un nivel neuroquímico primario que no estoy del todo lista para analizar.

Cuando empezó la cita, no estaba segura de que fuéramos a entendernos sin estar borrachos, desnudos o alguna variante de una de las dos. Ahora que ya llevamos unas cuantas horas juntos, mentiría si dijera que añoro esa época. Bueno, sí, pero no tanto para no disfrutar de las actividades mundanas que se realizan en una cita. Poco se habla de lo guay que es la normalidad.

Al rato salgo de la tienda con un nuevo pez de cerámica y echamos a andar por el paseo, pues, aunque ninguno de los dos quiere volver a casa, sabemos que el fin de la cita está cerca. Porque, cuando se pone el sol, aparecen las malas ideas. Al fin y al cabo, somos animales de costumbres.

—No me lo has contado —dice mientras me coge de la mano. Otra sorpresa más en esta velada de primeras veces. No es que nunca me la haya cogido, pero esta vez es distinto. No es un gesto deliberado ni lo hace para guiarme, sino que le sale natural. Sin pensar. Como si nuestras manos tuvieran que estar juntas—. ¿Cómo te fue la entrevista con Mac?

—Dímelo tú. ¿Te ha contado algo?

—Cree que estás cualificada. Pero a mí me preocupa más cómo te sentirías tú. Si consigues el puesto, pasarás mucho tiempo con ella. Y con Coop. Y conmigo.

187

Ya lo había pensado. Mac parece maja. Solo he hablado con ella una vez, pero hicimos buenas migas. Con Cooper, en cambio, la cosa está más chunga. La última vez que hablamos, solo le faltó echarme del pueblo. Adentrarme más en su círculo íntimo no hará que limemos asperezas. Pero no es eso lo que pregunta Evan, no realmente. Ambos lo sabemos.

—Aunque consiga el puesto —digo mientras le clavo un dedo en el pecho—, eso no significa que haya nada entre tú y yo. De ninguna manera.

Sin reducir la marcha, sonríe con chulería y suelta:

—No te lo crees ni tú.

Un grupo de abueletes sale de la heladería y nos corta el paso. Un par de ancianas saludan a Evan con una intención libidinosa que me perturba. Mientras tanto, un hombre alto y desgarbado, cuyas orejas caídas compiten con sus flácidas mejillas por llegar a sus hombros, se fija en Evan.

—Tú —gruñe con voz ronca—. Me acuerdo de ti.

Evan me tira de una mano y dice:

—Mejor nos vamos.

—Déjalo, Lloyd. —Un hombre con polo y una chapa identificatoria trata de persuadir a los abuelos rebeldes—. Nos vamos.

—Yo no voy a ningún lado. —El hombre tira su tarrina de crema de vainilla al suelo y agrega—: Ese es el cabronazo que se cargó a mi pájara.

¿Cómo?

Evan no me da ni un segundo para que lo asimile. Cuando el hombre mayor se abalanza sobre nosotros, Evan me tira del brazo y huimos escopeteados.

—¡Corre! —me ordena.

Me cuesta mantener el equilibrio mientras Evan me lleva a rastras y cruzamos el paseo a toda pastilla. Me vuelvo hacia las exclamaciones jadeantes que se escuchan a nuestra espalda y veo que Lloyd nos persigue a toda velocidad. El señor, sorprendentemente ágil para su edad, no pierde fuelle y esquiva carritos de comida y turistas. Parece poseído por el diablo.

—Por aquí —exclama Evan, y me lleva hacia la izquierda.

Atajamos por un callejón situado entre dos bares que conduce a la parte trasera de la feria del paseo, que lleva ahí casi todo el verano. Pasamos pitando junto a un par de casetas y atravesamos una puerta trasera. Enseguida nos abruma una banda sonora de algo que solo puedo describir como música trance superpuesta a canciones infantiles con risas de payasos que dan mal rollo. No se ve nada, salvo una luz estroboscópica que, de vez en cuando, revela un laberinto de maniquíes pintados que cuelgan.

—Siempre supe que esto sería lo último que vería antes de morir —digo, resignada.

Evan asiente con seriedad y comenta:

—Fijo que aquí hay niños emparedados.

Mientras recupero el aliento, me paso una mano por el pelo enmarañado.

—Conque te has cargado a una pájara.

—No, la perra satánica de Cooper se la cargó. Me opongo rotundamente a que se me culpe por asociación.

—Ajá. ¿Y cómo pasó?

Antes de que conteste, un haz de luz penetra en la estancia desde un lugar que no vemos. Nos agachamos y nos pegamos a la pared para que no nos pillen.

—¿Quién anda ahí? —grita alguien desde la otra punta de la sala—. Aún no está abierto.

Evan se lleva un dedo a los labios.

—Sal, ¡¿me oyes?! —La petición del hombre enfadado va seguida de un fuerte estruendo que nos sobresalta. Como si un murciélago se hubiera estampado con una pared o algo parecido—. Como te coja, te sacaré las tripas.

—Madre mía —susurro—. Hay que largarse.

Palpamos la puerta por la que hemos entrado, pero está tan oscuro que no nos orientamos. Entre la música, las risas escalofriantes y las luces estroboscópicas, da la impresión de que la habitación se tambalea. Casi a gatas, vamos por otra dirección hasta que damos con un huequecito. Nos quedamos ahí a escuchar las fuertes pisadas de nuestro perseguidor.

Evan nos sume en las sombras del angosto rincón, donde estamos enclaustrados, atrapados y permanecemos sin hacer ni un ruido. Entre sus manos en mis caderas y su cálido cuerpo pegado al mío, ya casi no escucho la banda sonora de pesadilla.

Solo mi respiración. Mi mente percibe sensaciones inesperadas y tiene pensamientos insospechados. El olor de su champú y del tubo de escape de su moto. Su piel. Recuerdos de su polla en mi lengua. Sus dedos.

—No hagas eso —me dice al oído con voz ronca.

—¿El qué?

—Recordar.

Sería muy fácil agarrarlo del pelo y pegar sus labios a los míos. Dejar que me tomase en la casa del terror mientras nos preparamos para que Willy el Loco nos haga picadillo.

—Hemos quedado en que no lo haríamos —me recuerda tras leerme la mente, pues nunca nos han hecho falta palabras para comunicarnos—. Intento ser un buen chico, Fred.

Me humedezco los labios, secos.

—Solo por curiosidad, ¿qué haría el Evan malo? —inquiero, pues, por lo visto, soy masoca.

Él también se pasa la lengua por los labios.

—¿En serio quieres que te conteste a eso?

No.

Sí.

—Sí —respondo.

Evan me acaricia las caderas ligeramente, lo que hace que un escalofrío me recorra la espalda.

—El Evan malo te metería la mano por debajo de la falda.

Para enfatizarlo, baja una mano y sostiene el dobladillo de mi falda verde claro con las yemas de los dedos. Pero no la sube. Solo juega con la tela vaporosa mientras esboza una sonrisilla.

—Ah, ¿sí? —digo con voz áspera—. ¿Y por qué haría eso?

—Porque querría saber lo mucho que te pone. Lo mojada que estás. —Estruja la tela y tira de ella con aire provocador—. Entonces, cuando descubriese lo ansiosa que estás, te metería los dedos. No tendría ni que quitarte las bragas, porque la Gen mala no lleva.

Casi gimo en alto.

—Entonces, una vez que hubiera hecho que te corrieras, te daría la vuelta y te diría que pegases las manos a la pared. —Evan acerca los labios a mi oreja, lo que me provoca otro escalofrío..., cientos esta vez—. Y te follaría desde atrás hasta que ambos olvidáramos cómo nos llamamos.

Sin dejar de sonreír, me suelta la falda, que cae hasta mis rodillas. Sube de nuevo la mano traviesa, y esta vez me coge de la barbilla.

Lo miro fijamente, incapaz de respirar. Los pasos de Willy el Loco se han atenuado. Y he desterrado al fondo de mi mente la música de circo. Lo único que oigo ahora mismo es mi corazón desbocado. Mi atención está en los labios de Evan. La necesidad de besarlo es tan intensa que me tiemblan las rodillas.

Al percatarse de lo inestable que estoy, ríe con aspereza y suelta:

—Pero no haremos nada de eso, ¿no?

Pese a que mi cuerpo no deja de gritarme «porfa, porfa, porfa», exhalo despacio y niego con dificultad.

—No —digo—. No haremos eso.

En cambio, comprobamos que no hay nadie y deshacemos el camino hasta que damos con el cartel de salida roto que hay encima de la puerta. Salimos ilesos, aunque no puedo decir lo mismo de mi libido. Mi cuerpo bulle con una necesidad que raya en el dolor. No tocar a Evan de arriba abajo es mucho, pero que mucho más duro de lo que pensaba.

Si soy sincera, no tengo ni idea de cuánto aguantaré.

CAPÍTULO 23

EVAN

Al alba, estoy en el porche de Riley con el teléfono pegado a la oreja. Es la cuarta vez en diez minutos que me salta el contestador. Le dije al chaval: «Cuando digo pronto, es pronto». Así que bajo las escaleras de un brinco y rodeo el lateral de la casita de listones azul celeste y me dirijo a su cuarto. Golpeo el cristal hasta que un adolescente adormilado retira las cortinas y me mira mientras se frota los ojos.

Sonrío y le digo:

—Macho, es para hoy.

—¿Qué hora es? —La ventana amortigua su voz.

—La hora de espabilar. En marcha.

Cuando Riley me pidió que lo llevase a surfear, le advertí que no haríamos el tonto por la tarde, con la playa a reventar. Que, si quería dominar las aguas, tendría que remar con los mayores. Lo que significa llegar a la playa antes de desayunar.

Me subo a la camioneta de Cooper, aparcada delante de su casa, y lo espero. Al cabo de unos minutos, me planteo colarme por la ventana para sacarlo a rastras, y entonces su tía llama a la ventanilla del copiloto.

—Hola —saludo mientras apago la radio—. No te he despertado, ¿verdad? Me llevo a Riley a surfear.

Liz, vestida con una sudadera con cremallera y pantalones de enfermera, echa un vistazo a la tabla de surf que llevo en la caja de la camioneta.

—Es verdad, me lo contó anoche. No, no me has despertado. Hoy entro pronto a trabajar. No tardará nada. —Me ofrece una bandeja enorme envuelta en papel de aluminio—. Ten. Como aún no has venido a cenar...

—Perdón. —Me estiro para coger la bandeja y levanto el papel. La tarta casera que hay debajo huele que alimenta—. Es que estoy hasta arriba de trabajo.

—Espero que no seas alérgico a las cerezas.

Parto un pedazo de la corteza y me lo meto en la boca. Joder, qué buena está.

—Me daría igual.

Liz sonríe y comenta:

—Cómetela a mordisquitos.

—¡Ya estoy! —Riley sale de la casa dando saltos y cierra la puerta mosquitera de un portazo. Lleva su tabla bajo el brazo y una mochila al hombro.

—Acuérdate de hacer la colada mientras no estoy. —Liz se aparta para que Riley monte en la camioneta y yo vuelvo al asiento del conductor—. Y no estaría mal que limpiases la bañera con lejía.

—Vale, lo haré. —Riley se asoma a la ventanilla para darle un beso y le dice—: Te llamo luego.

Liz sonríe y me señala con un dedo.

—No ahogues a mi sobrino.

Yo también sonrío y respondo:

—Lo intentaré.

Resulta que Riley no es tan malo con la tabla. Tiene buen equilibrio y sabe fluir con el oleaje, pero le falta pulir la técnica. Por desgracia, las olas de hoy no valen demasiado la pena. Estamos sentados en nuestras tablas, pasados los cachones, y dejamos que nos mezan las olas. Incluso cuando no se puede surfear, prefiero estar aquí que en casi cualquier otro sitio.

—¿Cómo mejoraste? —me pregunta Riley mientras observamos a algún que otro valiente intentar remar tras una olita.

El sol asciende despacio a nuestra espalda y proyecta rayos largos y anaranjados en el agua. Una decena de surfistas flotan cerca, a horcajadas, y observan las olas ondulantes mientras rezan por surcar la cresta de alguna.

—Me fijaba en lo que hacían los demás e intentaba imitarlos. Pero, aparte de estar en el agua y dar un montón de bandazos, lo que más me ayudó fue aprender a controlar la tabla y mi cuerpo.

—¿Cómo?

—Pues mangué una tubería de metal que ya no servía de una obra y le pegué un tablón de sesenta por ciento veinte centímetros. En plan monopatín. Y me tiraba ahí horas, buscando el equilibrio. Aprendí a desplazar el peso para cambiar de posición. Me ayudó mucho a fortalecer los músculos de la zona y a entrenar el cuerpo.

—O sea, paso uno: robar. Entendido.

Sonrío y le digo:

—Hay que ver en qué líos me metes.

Una chica entusiasta encara su tabla hacia la orilla y rema con los brazos. Se coloca en posición para que una ola le dé un empujoncito de nada. Unos capullos se burlan de ella y la abuchean al pasar por su lado.

—No te rayes —me dice Riley—. Hace mucho que te metiste en el bolsillo a Liz. Creo que le gustas un poco.

A mí también me da esa impresión. El tío del programa ya me avisó de que no era raro que pasasen estas cosas, pero que, bajo ninguna circunstancia debía ni planteármelo si de verdad quería ayudar a mi hermano pequeño. Lo que no significa que Liz no sea atractiva.

—Ya tengo bastante con lo mío —le respondo.

Me echa una mirada cómplice y me pregunta:

—¿La chica que vimos en el paseo el otro día?

—Genevieve. Nos conocemos de toda la vida.

Hasta decir su nombre me acelera el pulso y me llena de ilusión. Con solo pensar un poco en ella, me muero de ganas de volver a verla. He pasado un año librando una batalla perdida contra esta sensación, volviéndome loco. Ahora está aquí, a unos minutitos de distancia, y apenas nos vemos por un motivo que aún no entiendo.

—¿Te gustan los tíos con los que sale tu tía? —le pregunto a Riley.

Se encoge de hombros y contesta:

—A veces. Aunque tampoco es que salga mucho; se pasa el día trabajando.

—¿Cuál es su tipo?

—No lo sé. —Niega con la cabeza y se echa a reír—. Los muermos, supongo. Cuando no trabaja, solo le apetece pedir comida a domicilio y ver pelis. Relajarse. No creo que aguantase a alguien con demasiada energía, aunque al principio le pareciese buena idea. Me gustaría que encontrara a alguien majo.

Si no supiera que Gen se cabrearía, intentaría emparejar a Liz y al tal Harrison. En otra vida, quizá.

—Tendríamos que hacerle algo chulo a tu tía —decido mientras obligo a mi cerebro a cambiar de tema—. Llevarla a cenar fuera o algo así. —Pese a que parezca que padezco un efecto Florence Nightingale un tanto inexacto, es una mujer muy simpática que hace lo que puede con los pocos recursos que tiene. Habría que agradecérselo.

—Sí, eso le gustaría.

—Es buena gente. —La mayoría de los niños dan por sentado que su madre estará a su lado. Asumen que los querrá y cuidará de ellos. Que los criará. Que les pondrá tiritas, les preparará el almuerzo para ir a clase y esas cosas. Algunos sabemos que no siempre es así—. No des por hecho que siempre la tendrás.

—¿Has sabido algo de tu madre últimamente?

Ya le he hablado de Shelley, pero, aun así, la pregunta me pilla a contrapié. Pensar en ella hace que note un latigazo cervical continuo. Ella no prepararía tartas de cereza, eso seguro.

—No deja de escribirme para que quedemos y retomemos la relación. Para que hagamos las paces o yo qué sé. Le dije que me lo pensaría, pero, cada vez que propone un sitio y una hora para vernos, me invento una excusa.

—¿Qué vas a hacer? ¿Quieres verla?

Me encojo de hombros y me mojo un poco el pelo. Aunque aún no está en su cénit, el sol ya pica.

—He perdido la cuenta de las veces que he hecho el tonto por ella; no sé cuánto me falta para quedarme sin dignidad.

Riley acaricia el agua con las manos, sin rumbo.

—Soy consciente de que no es exactamente la misma situación que vivimos nosotros. La mía enfermó. No me abandonó. Pero daría lo que fuera por verla de nuevo, por hablar con ella.

Lo dice con buena intención, pero ojalá no lo hubiera dicho.

—Ya, no es para nada lo mismo. —Porque echar de menos a su madre no hace que se sienta idiota.

Planta las dos manos en la tabla y me mira serio.

—A lo que me refiero es a que, si tu madre muriese mañana, ¿te arrepentirías de no haber hablado con ella una vez más?

Las palabras de Riley se me meten en el cerebro como un gusano que come una manzana. Su pregunta me atormenta durante horas, días. Hasta que, al fin, una semana después, estoy sentado en una cafetería de Charleston y, tras un cuarto de hora esperando a Shelley, he apostado contra mí mismo a que me plantará. La camarera me rellena la taza de café. Su mirada compasiva no me da muchas esperanzas.

—¿Quieres comer algo? —me pregunta. Es una mujer de mediana edad con las raíces muy crecidas y demasiadas pulseras.

—No, gracias.

—La tarta es de esta mañana.

Ya estoy harto de tartas.

—No. Estoy bien.

Media hora. Por eso no se lo he contado a nadie, y menos a Cooper. Me habría advertido que pasaría esto. Después de darme una paliza y robarme las llaves para ahorrarme otra humillación.

No tengo ni idea de cuándo me convertí en el confiado. En el ingenuo.

Estoy a punto de dejar unos pavos en la mesa y, en ese momento, Shelley se sienta frente a mí. Entra como una exhalación.

—Ay, cielo, perdona. —Se descuelga el bolso del hombro y agarra un menú plastificado para abanicarse el calor y el olor a asfalto que emana de su pelo teñido de rubio. Su energía es frenética y agotadora, siempre en movimiento—. Una de las chicas ha tardado en volver de la pausa para almorzar porque ha ido a recoger a su hijo, y yo no podía irme en mi rato de descanso hasta que volviese.

—Llegas tarde.

Calla. Aprieta los labios y ladea la cabeza con arrepentimiento.

196

—Lo siento. Pero ahora estoy aquí.

Ahora. Ese estado temporal entre lo que no fue y lo que no será.

—¿Qué le pongo? —La camarera ha vuelto, esta vez con un tono cortante y acusador. Empieza a caerme bien.

—Un café, por favor —contesta Shelley.

La mujer hace una mueca al irse.

—Qué bien que me hayas llamado —dice Shelley, que no deja de abanicarse con la carta. Nunca lo había entendido, pero ahora lo veo claro. Su naturaleza frenética me inquieta. Ella siempre ha sido así. El movimiento constante es muy caótico. Como un enjambre de abejas en una caja de cristal—. Te he echado de menos.

Aprieto los labios un momento. Y suspiro con gesto cansado.

—Ya. Antes de que me lo repitas diez veces, te diré una cosa: eres mala madre. Y es muy feo que nos enfrentes a Cooper y a mí. —Abre la boca para replicar, pero la detengo con una mirada—. No, eso es justo lo que haces. Me has suplicado a mí y me has pedido perdón a mí porque sabes que Cooper no te habría hecho ni caso. Te aprovechas de que soy el blando, pero te da igual cómo afectará eso a tus hijos. Si se entera de que he venido…, no lo sé, quizá me cambie las cerraduras. No es coña.

—No es eso lo que quiero. —Toda pretensión de mostrar un talante alegre desaparece de su rostro—. Los hermanos no tendrían que pelear.

—No, no deberían. Y tú no deberías ponerme en esta tesitura. ¿Y sabes qué más? Que no habría estado mal que nos preparases tarta de vez en cuando.

—¿Eh? —pregunta, perpleja.

—Lo que quiero decir —mascullo— es que hay madres que les preparan tartas a sus hijos.

Cuando la camarera le trae el café, se queda callada un rato. Mira la mesa y dobla la servilleta en partes cada vez más pequeñas. Está distinta. Lo admito. Su mirada parece más lúcida. Tiene piel saludable. Dejar el alcohol es un vicio cojonudo.

Se echa hacia delante tras apoyar los codos y dice con voz queda:

—Sé que me he portado fatal con vosotros. He conocido lo que es tocar fondo, créeme. Que mi propio hijo me metiese en la cárcel me abrió los ojos.

—Por robarle dinero a tu propio hijo —le recuerdo con toda la intención del mundo—. En cualquier caso, retiró los cargos, que fue más de lo que merecías.

—No te lo discuto. —Agacha la cabeza y se toquetea el esmalte medio descascarillado del pulgar—. Pero estar en una celda, sabiendo que mi propio hijo me metió ahí… fue un revulsivo. —Indecisa, me mira a los ojos, seguramente busca algún indicio de que su arrepentimiento me ha calado—. Lo intento. He pasado página. Tengo trabajo. Casa propia.

—Ya he estado en este lugar muchas veces, mamá.

—Tienes razón, ya hemos pasado por esto.

Sonríe desconsolada, pero a la vez esperanzada. Es triste y penoso, y no soporto ver a mi madre tan abatida. No me gusta hacer leña del árbol caído. Pero ¿qué otra opción tengo si lleva tanto caída y me agarra el tobillo con ambas manos?

—Te lo prometo, Evan. Estoy lista para mejorar. He sentado la cabeza. Se acabó mi vida anterior. Solo quiero tener una relación con mis hijos antes de morir.

No soporto que haga eso. No es justo hacer chantaje emocional con la muerte a dos huérfanos que ya han enterrado a un progenitor en la tierra y al otro en su cabeza. Aun así, su discurso me llega al alma. Quizá porque ambos estamos pasando por un proceso de autosuperación completamente distinto, pero a la vez similar. Quizá soy un tonto que no dejará de desear que su madre lo quiera y se comporte como tal. De todos modos, me da la sensación de que esta vez es sincera.

—A ver —empiezo despacio—. No digo que no.

Sus ojos, oscuros e intimidantes como los míos, brillan de alivio.

—Ni que sí. Tendrás que hacer algo más que promesas si quieres formar parte de mi vida. Lo que significa mantener un trabajo fijo y casa propia. Te quedarás en el pueblo un año entero. Nada de salir por patas a Atlantic City, a Baton Rouge o a algún otro sitio. Y tenemos que cenar juntos una vez al mes.

—Ni idea de por qué he dicho eso. Me ha salido solo. Entonces me doy cuenta de que no me desagrada la idea.

Asiente con demasiadas ganas. Me pone nervioso.

—Puedo hacerlo.

—No quiero que vengas a pedirme dinero. Ni que te pases por casa a dormir la mona. Es más, no vengas bajo ninguna circunstancia. Como Cooper te vea, no prometo que no se le ocurra algo para que te detengan otra vez.

Me aprieta la mano y asegura:

—Ya verás, cielo. Ahora soy mejor persona. No he bebido desde que accediste a quedar conmigo.

—Muy bien, mamá. De todas formas, te diré algo que he descubierto por mí mismo hace poco: si quieres que el cambio sea duradero, tendrás que desearlo. Es decir, tienes que cambiar por ti, no solo porque quieras impresionar a alguien. Cambia o no. Total, eres tú la que tendrá que vivir con las consecuencias.

CAPÍTULO 24

GENEVIEVE

Pocas cosas de este pueblo me gustan más que una hoguera en la playa. La arena fría y las llamas cálidas. El aroma a pino quemado y aire salado. La brisa costera que se lleva las pequeñas ascuas de color naranja al mar. Esa imagen hace que me sienta como en casa. Y nadie monta mejores hogueras que los gemelos. Las noches de verano en casa de los Hartley son una tradición en Avalon Bay, como la feria del paseo marítimo y timar a los novatos de Garnet.

Cuando llego, ya hace rato que ha empezado la fiesta. Heidi y Jay se están morreando. Alana baila a la titilante luz del fuego con un marinero de cubierta con pinta de matón mientras Tate los observa desde lejos. El rubio aprieta la birra como si quisiera romperle el botellín en la cabeza al tipo. Mackenzie, que está sentada junto al fuego con Steph, me saluda al verme salir de la casa.

Hace tan solo unas horas, me ha llamado para decirme que el puesto era mío. Soy oficialmente la nueva directora general del hotel El Faro, lo que me aterra un poco, pero me emociona mucho. He avisado a Mac de que, aunque trabajo duro y aprendo rápido, no fingiré que sé gestionar un hotel, y ella me ha recordado que, hasta hace unos meses, ella no sabía lo que era ser la dueña de uno. Además, nunca me he detenido a preguntarme si el aterrizaje dolería antes de saltar de un embarcadero o de un avión. ¿Por qué empezar ahora?

Aunque no tengo claro si a Cooper le hará gracia verme aquí, he aceptado la invitación de Mac a la fiesta. No empiezo a trabajar hasta que acabe el verano, pero, aun así, uno no le dice que no a su jefa. O quizá sea una excusa. Quizá la verdadera razón por la que he venido esta noche sea porque, tras acabar de hablar por teléfono con Mac, me moría de ganas de darle la noticia a una persona en concreto. En vez de pararme a pensar en lo que implicaba ese impulso, he cogido el coche y he venido aquí.

Evan me encuentra frente a las llamas, entre decenas de rostros ensombrecidos. Me hace un gesto con la cabeza para que me acerque con él a la mesa plegable y las neveras, donde guardan casi una licorería entera.

—Dime una cosa —empieza cuando me acerco—. Tienes algún beneficio, ¿no? ¿Una *suite* presidencial con servicio de habitaciones, tal vez, en la que estar tú y yo desnudos un finde, comiendo fresas bañadas en chocolate dentro de un *jacuzzi?*

—Veo que Mac ya te lo ha contado.

—Sí. Enhorabuena, señora directora general. —Hace una floritura y me obsequia una piruleta roja.

Cuando quiere, es monísimo, el cabrón. Qué rabia me da que no le cueste nada hacer que me derrita. Que sus ojos oscuros y pícaros y su sonrisa torcida siempre me pongan nerviosa. Se pone una camiseta vieja y unos vaqueros manchados de pintura de interior y yeso, y yo ya estoy cachonda perdida.

—Ahora sí que me lo creo —comento entre risas—. Ha valido la pena estar como un flan.

Mi hermano Billy pasa por nuestro lado y me mira de reojo al ver lo cerca que estamos Evan y yo. Le hago un gesto con la cabeza para que se quede tranquilo y sepa que va todo bien, y sigue andando.

—Te preparo una copa. He practicado una receta especial. —Evan llena un vaso con hielo de la nevera y coge varias botellas diferentes.

—No puedo.

Me hace un gesto para que no me preocupe y añade:

—Es sin alcohol.

Una frase que nunca pensé que escucharía de labios de un Hartley. Y menos de este.

Tapa la coctelera y mezcla la bebida con energía.

—Si te soy sincera, no pensaba venir —confieso.

Frunce los labios y pregunta:

—¿Por mí?

—No, por esto… —Abarco con un gesto las neveras llenas de cerveza y la mesa repleta de bebida—. De camino, intentaba convencerme de que no pasaría nada si me tomase una copa. Solo una. Para relajarme, lo típico. Pero entonces, se me pasaron por la cabeza las peores consecuencias posibles. Una copa se convierte en dos, y, de pronto, seis copas después, me despierto en un camión de bomberos medio hundido en la piscina de la Asociación Cristiana de Jóvenes, con los faros aún encendidos y una llama pataleando en el agua. —Y solo la mitad de esa historia es hipotética.

Divertido, echa la bebida en el vaso con hielo.

—Gen, tienes que ser más indulgente contigo misma. Tanta precaución no es sostenible. Créeme. Si no te permites divertirte de vez en cuando, acabarás quemada o bebiendo sin parar. Abraza la moderación.

—¿Lo has sacado de una camiseta? —pregunto divertida.

—Ten. —Me pasa la mezcla afrutada—. Esta noche seré tu carabina. Como te vea con una bebida de verdad, te la quito de un manotazo.

—¿Va en serio? —Debe pensar que me chupo el dedo.

—Esta noche estoy sobrio —asegura sin el menor deje de ironía—. Y pienso seguir así.

Por norma general, me habría reído en su cara. Un Hartley sobrio en una fiesta es más raro que un perro verde. Pero, tras fijarme bien en Evan, advierto que su mirada está lúcida y centrada y que el aliento no le apesta lo más mínimo a alcohol. Ostras, va en serio. Si no lo conociera, empezaría a creer que fue sincero cuando dijo que estaba reformándose.

Supongo que solo hay una forma de averiguarlo.

—Vale —digo tras aceptar la copa—. Pero, como me despierte en una moto de agua robada en mitad del océano, rodeada de barcos de la Guardia Costera, la tendremos.

—¡Salud! —Choca una botella de agua con mi vaso de plástico.

Pues no está nada mal el cóctel sin alcohol que me ha preparado.

—No es por nada —dice con indecisión—, pero eres consciente de que no tienes que cambiar de arriba abajo para ser una buena chica, ¿verdad?

—¿A qué te refieres? —Me sorprende un poco su reflexión. No porque a Evan no le entusiasme este nuevo estilo de vida, sino porque su voz destila verdadera angustia. Nunca lo he escuchado tan afligido.

—Es que creo que sería una pena que perdieses tu personalidad por madurar. Estoy totalmente a favor de que busques lo que te haga feliz —puntualiza—. No es necesario que bebas para que disfrute de tu compañía; siempre has sido divertida, bebieras o no. Pero, últimamente, me da la sensación de que la auténtica Gen se está desvaneciendo y se está convirtiendo en una versión apagada de la mujer enérgica, tremenda e increíble que era.

—Parece que digas que me estoy muriendo. —Mentiría si no reconociera que me duele un poco escuchar eso de él. La decepción, el tono lúgubre. Es como si asistiera a mi propio funeral.

Mira hacia abajo y repasa con los dedos el relieve de la botella que sostiene.

—En cierto modo, es la impresión que me da. Quiero decir... —Me mira de nuevo. Su clásica sonrisa irreverente sustituye con rapidez su sonrisilla melancólica—. No te ablandes conmigo, Fred.

Siempre me ha gustado verme a través de los ojos de Evan. Con su mirada de adoración: en parte impresionado y un tanto intimidado. Pero, más aún, me gusta ver la persona que cree que soy. Por cómo me pinta, parezco invencible. Rayos y truenos. Nada me espanta, y menos si él está conmigo.

Asimilo la idea mientras le doy otro generoso trago a mi cóctel de mentirijilla.

—Ni lo sueñes.

Tiene que haber un modo de hacer las dos cosas. Reprimir mis impulsos más destructivos sin convertirme en alguien sin personalidad. En algún lugar del mundo habrá adultos funcionales y respetables que no hayan perdido el carácter.

Porque Evan no es el único preocupado. Yo también siento que desaparezco poco a poco; que mi reflejo en el espejo me resulta cada vez más ajeno. Todas las mañanas amanezco con una identidad. Me paso el día arañándome y destrozándome;

destruyendo capas y capas, como si quisiese huir de mi propia piel. Y, todas las noches, me meto en la cama como una persona por completo distinta. En algún momento, será mejor que me decante por una personalidad si no quiero dejar de ser yo y convertirme en otra cáscara tirada en el suelo.

—¿Sabes qué te digo? —suelta Evan—. Dejemos de hablar de cosas serias. Te he echado un montón de menos. Y mereces estar de celebración. Cuenta conmigo para que te ayude a no recaer en viejos hábitos, pero... —Su voz se vuelve áspera cuando añade—: No todos los hábitos son malos. Por esta noche, mandémoslo todo a la mierda y vamos a pasarlo bien.

En otras palabras, finjamos que son los viejos tiempos y seguimos juntos. Sin normas ni límites. Vivir el momento y guiarnos por nuestros instintos.

Es una oferta prometedora. Y quizá me ha pillado con ganas de aceptarla.

—Tentador... —Dejo la frase ahí.

—Venga ya. —Me pasa un brazo por el hombro y me besa en la sien—. No será tan horrible.

—Dijo alguien antes de morir.

Evan se encoge de hombros y me lleva hacia la música y las parejas que bailan.

—Hay peores formas de palmarla.

Durante unas horas, somos éter. Evan me desnuda con la mirada más que baila. Pierdo mi vaso medio vacío mientras me contoneo. Estoy en una nube de sensaciones. La tela se me pega al cuerpo por la humedad. Me baja el sudor por el cuello. Evan acaricia la piel desnuda de mi vientre y mis hombros. Me pasa los labios por el pelo, por la mejilla, bajo el mentón y, por último, los funde con los míos. Nos besamos como si todos nos miraran. Lo agarro de la camiseta y le restriego una rodilla por la pierna hasta que recuerdo dónde estamos.

Hacía tiempo que no me lo pasaba tan bien estando vestida, y solo hacemos lo de siempre. Reír con los colegas y llenarnos de arena. Salvo los leños que crepitan en la lumbre, no arde nada, y las únicas luces provienen de las llamas y las cámaras de los móviles. Jimmy el Leñador ha traído su diana de hachas, y todos apostamos y nos turnamos para arrojar la afilada herramienta a la tabla de madera vertical. A primera vista, mezclar armas medievales y alcohol podría parecer la fórmula perfecta para tener que ir corriendo a urgencias, pero, de momento, el peor parado de la noche ha sido nuestro ego.

—Deberías probar —apremio a Evan. Al estar completamente sobrio, nadie tendrá mejor puntería que él.

Con un brazo en torno a mi cintura mientras observamos otra ronda, Evan me roza con el pulgar por debajo del dobladillo de la camiseta. La sensual caricia me embriaga más que cualquier bebida.

—¿Qué me das si gano? Sé todo lo guarra que quieras, no te cortes.

—Mi respeto y admiración —contesto para su absoluta decepción.

—Mmm, eso es casi una mamada.

Cuando Jimmy pregunta a quién le toca, Evan se dirige a la línea y agarra un hacha. Alguien llama a Cooper para que no se lo pierda, y el grupo de espectadores interesados aumenta. Eso sí, le dejan espacio, pues Evan Hartley con un hacha es igual de mortal que cualquiera sin aire en los pulmones.

Hasta que el sonido agudo y estridente de una sirena asusta a la multitud. Se apaga la música de golpe. La luz del fuego revela que se acerca un poli. Brama órdenes por un megáfono, lo que lleva a los que están violando la condicional a dispersarse hacia la oscuridad.

—Se acabó la fiesta —anuncia—. Si en tres minutos no abandonáis el lugar, quedáis detenidos.

Por un segundo, albergo la ligera esperanza de que sea Harrison echándose unas risas. Pero, entonces, la cara del poli emerge de entre las sombras.

Es el ayudante del *sheriff* Randall.

Cómo no.

Evan llama a Cooper con la cabeza. Sin soltar el hacha, se zafa de mi patético intento por detenerlo y, junto con su hermano, se acerca hacia Randall. Me palpo el bolsillo para ver si tengo las llaves y me pregunto si Mac entendería que tuviese que faltar unos días al curro para poner pies en polvorosa y llevar a Evan a la frontera.

Como si también hubiera tenido la misma premonición, Mac me coge de un brazo y seguimos a nuestros hombres a la batalla.

—¿Qué ocurre? —pregunta Cooper, que se esfuerza al máximo para que no se le note en la voz el profundo desprecio que sienten los Hartley hacia los cuerpos de seguridad.

—Todo el mundo fuera —ordena Randall al gentío.

—Estamos en una propiedad privada —replica Evan sin la templanza de su hermano. Seguro que, mientras agarra el hacha de madera pulida, se imagina a Randall acorralándome en un bar para magrearme.

—Vuestra propiedad acaba en el césped. La arena forma parte de la playa pública, muchacho.

Evan ladea la cabeza y se pasa la lengua por los labios. El frenesí de locura que le da saborear su propia sangre...

—¿A qué viene esto? —Cooper avanza para interponerse un poco más entre Evan y Randall—. Y no me vengas con que se han quejado del ruido, porque todos nuestros vecinos están aquí.

Sin inmutarse, Randall contesta en tono monocorde:

—No tenéis permiso para hacer una hoguera. Va contra las normas.

—Y una mierda. —Evan, impaciente, alza la voz—. La gente monta hogueras sin parar. Y a nadie le ha hecho falta nunca un puñetero permiso.

—Esto es acoso —añade Cooper.

Con un gesto de aburrimiento, Randall se saca algo del bolsillo de la camisa.

—Mi número de placa está en la tarjeta. Presenta una queja si así lo deseas. —Se la pasa a Cooper, que deja que caiga a la arena—. O cerráis el chiringuito o me acompañáis a comisaría.

Evan recoge la tarjeta de visita y espeta:

—No queremos ensuciar la vía pública, ¿verdad que no, ayudante del *sheriff*?

Y, tras esto, se acabó la fiesta. De camino a casa, la gente empieza a separarse. Evan y Cooper se retiran, aunque a regañadientes, a guardar las bebidas. Mac se encoge de hombros con pesar y va a plegar las sillas y la mesa. Y, entretanto, yo no sé dónde he dejado el bolso. Mientras lo busco y me despido de los colegas que pasan por mi lado, casi me choco con Randall, pues, con el uniforme tan oscuro, se camufla con la noche.

—Anda que has tardado —dice despectivo, con los brazos cruzados; se siente inmerecidamente superior a mí.

—¿Cómo? —No me importa su respuesta, así que trato de esquivarlo, pero Randall me impide el paso.

—Harrison no tenía ni la más remota posibilidad, ¿eh? Apenas habéis empezado a salir y ya lo has engañado.

—¿De qué hablas? —He pasado de la indiferencia al hartazgo en un abrir y cerrar de ojos. No me gusta lo que insinúa, y no aguantaré sus chorradas en mi terreno. Estamos solos. Podría pasar de todo aquí fuera, y nadie diría una palabra.

—No engañas a nadie, encanto. Y menos a mí. —Randall se me acerca y me suelta un gruñido que apesta a perritos calientes y café de gasolinera que tira para atrás—: Aún eres una putita embustera dispuesta a arruinarle la vida a otro hombre.

—Perdona. —Evan, con el hacha al hombro, se planta a mi lado a grandes zancadas—. No te he escuchado bien. —Acerca la oreja a Randall—. Tendrás que hablar más alto. Repítelo.

—No pasa nada —digo mientras lo agarro de la muñeca libre. Si antes me preocupaba convertirme en fugitiva, ahora estoy angustiadísima—. Acompáñame al coche.

—Sigue, muchacho. —Randall baja la mano derecha a su pistola. La cinta de la funda está desabrochada—. Dame un motivo.

Evan esboza la sonrisa salvaje que le he visto cientos de veces. Justo antes de coger carrerilla para saltar de un precipicio o disparar pintura a un coche patrulla. Es una sonrisa cargada de la entereza propia de la locura, como si dijera: «Ahora verás».

—Ya, es que... —Evan contempla el hacha y le da vueltas en la mano—, como respetable propietario de un negocio y honorable miembro de la comunidad, nunca me enfrentaría a un policía. —Le da golpecitos a la hoja con la uña del pulgar.

Entonces me percato de que la conversación ha atraído a gente. Un grupo más reducido que el de la fiesta suspendida. De hecho, aparte de Cooper, Wyatt, Tate y Billy, la pandilla se compone casi en exclusiva de miembros certificados de la Asociación Tú Sigue, Que Te Enterarás.

—Pero, si vienes a por mí y a por los míos —prosigue Evan sin una pizca de humor en su tono serio—, más te vale que sepas bailar.

Por un instante, da la impresión de que Randall considera la oferta. Entonces, al ver a sus oponentes, se lo piensa mejor y brama una última orden por el megáfono.

—Ya han pasado los tres minutos. Largo de aquí.

No espera a que obedezcamos y deshace el camino de arena y hierba alta hasta la carretera y su coche patrulla. No respiro tranquila hasta que no veo que los faros traseros se iluminan de rojo y desaparecen.

Cuando sigo a Evan a su casa, aún estoy un poco agitada por todo el follón. No sé por qué, pero todavía tiene el hacha. La deja en la cómoda cuando subimos a su cuarto. Llevo un año sin venir aquí, por lo que se me hace raro; es como entrar en el museo de mi vida. Hay recuerdos en cada pared.

—¿Y esa cara? —me pregunta mientras se quita la camiseta y la tira al cesto de la ropa sucia. Se me van los ojos a las líneas de su pecho y a sus abdominales definidos. Se me seca la garganta.

—Huele igual.

—Oye, hice la colada ayer.

Pongo los ojos en blanco y me paseo por la estancia.

—No me refiero a eso, sino a que es un olor familiar.

—¿Estás bien?

—Por un momento… —Me distraigo mientras paseo por el dormitorio. Nunca ha sido un chico sentimental. No hay fotos clavadas en la pared. Ni entradas de concierto antiguas ni recuerdos de viajes. Tampoco le van mucho los deportes, así que no tiene a ningún hombrecillo dorado—, pensé que usarías el hacha. Me has impresionado.

Echo un último vistazo. Su cuarto es una amalgama de muebles básicos y útiles: tele, consola y el contenido de sus bolsillos de un día concreto en la mesita de noche. Salvo por el adorno que hay encima de la cómoda: un plato de cristal decorativo que una anciana llenaría de flores secas y que él tiene repleto de piruletas.

Cuando quiere, el muy idiota es monísimo.

—¿Qué te ha impresionado? —inquiere.

Al volverme, lo veo apoyado en la puerta, con las piernas cruzadas y las manos en los bolsillos. Los vaqueros son de cintura baja. Hasta el último ápice de él exige que lo devoren. Y estoy encerrada con él.

—Me ha admirado tu contención. —No sé qué hacer con las manos, así que las apoyo en el borde de su escritorio y me subo de un salto.

—No recordaba si aún jugábamos a lo de hacer lo contrario. Pero iré a por él si no es así.

—No, has hecho bien.

Enarca una ceja y pregunta:

—¿Cómo de bien?

—¿Estás apoyado en la puerta porque temes que me marche?

—¿Quieres irte?

Cuando Evan me mira por entre sus pestañas oscuras y tupidas, todo él recuerdos y avidez, olvido lo que hago. Adiós a las normas y a las dudas.

—No —confieso.

Se aparta de la puerta y se acerca a mí. Me planta una mano a cada lado. Separo las piernas por instinto, para que se sitúe entre ellas. Me centro en su boca. En el calor que irradia su cuerpo y lo impacientes que están mis extremidades. Cuando creo que me besará, gira la cara y me roza la sien con los labios.

—Te he echado de menos —dice.

Es más un gruñido que palabras.

—Estoy justo aquí.

Me laten el cuello y las palmas de las manos. El eco imaginario de mi corazón desbocado resuena en todas y cada una de mis terminaciones nerviosas. Me ahogo solo de anticipar lo que se avecina, aunque no esté segura de qué debería ser. Porque me hice una promesa. No obstante, por más que me empeñe, no se me ocurre un buen motivo para cumplirla ahora mismo.

Con la mayor delicadeza del mundo, Evan me acaricia la cara externa de las piernas, las rodillas y los muslos.

—Estoy fatal, Fred —dice con voz ronca—. Yo de ti me ordenaría que me diese una ducha de agua fría si no quieres que la cosa se ponga seria.

Me muerdo el labio para no sonreír y repito:

—Seria, ¿eh?

Me coge una mano y se la lleva al pecho.

—Como un infarto.

Su piel está caliente bajo mi palma. En la parte tranquila de mi mente, sé que es peligroso. Pero el resto, la voz alta y gritona que retumba en mis oídos, me pide que le toque el pecho. Que le baje la bragueta, le meta la mano en los calzoncillos y agarre su erección gorda y palpitante.

Evan aspira con brusquedad cuando se la sacudo. Observa cómo lo hago con el abdomen contraído.

—Buena elección.

Sin avisar, me aparta la mano y me da la vuelta. Me agarro al borde de la mesa para no perder el equilibrio mientras él me baja los pantalones en un santiamén y me deja literalmente con el culo al aire. Me estruja una nalga con una mano y hace un ruidito de satisfacción. Oigo que abre y cierra un cajón y rompe el envoltorio de un condón. Cuela los dedos entre mis piernas. Al ver que estoy mojada, se restriega contra mi piel ardiente y me susurra al oído:

—Me da igual si gritas.

Se me dispara la adrenalina.

Me da un beso en el hombro y me pasa la erección por el sexo, anhelante. Entonces, me penetra poco a poco. Con una mano en mi cadera y con la otra agarrándome del pelo, para que eche la cabeza hacia atrás y arquee la espalda, Evan se hunde por completo. Araño el escritorio desgastado mientras me impulso hacia atrás para acogerlo. Un dolor exquisito me nubla la vista y me acelera el pulso.

—Joder, Gen —murmura con los dientes apretados. Me da otro beso en la sien.

Musito su nombre porque no aguanto esta inmovilidad expectante ni un minuto más. Lo deseo ya. Necesito que me libere de mi sufrimiento.

Evan me sube la mano por la espalda, por debajo de la camiseta, y me desabrocha el sujetador, que desciende por mis brazos. Le cojo la mano y me la llevo al pecho. Aun así, el tío, terco, se niega a moverse.

—¿Por qué me provocas así? —exijo saber.

—Porque no quiero que esto acabe. —Me acaricia un pezón con el pulgar con la mayor suavidad del mundo.

Gruño desesperada. Me arrimo a él y me restriego contra su polla.

Ríe por lo bajo y sube la otra mano para agarrarme ambos senos.

—¿Mejor?

—No —murmuro—. Sigues sin moverte. —Sentir su miembro dentro, completamente quieto, es una nueva clase de tortura. No me llega el oxígeno a los pulmones. Me arde la piel y estoy a punto de explotar.

—Respira —me susurra al oído con ternura mientras juguetea con mis pezones—. Coge aire.

Inhalo temblorosa, y, justo cuando se me llenan los pulmones de aire, Evan se retira despacio. A media exhalación, me la mete de golpe otra vez, lo que hace que me embargue una sensación brutal.

Dejo caer la cabeza en su hombro y siento hasta el último centímetro de él. Los pezones me hormiguean de placer y el sexo se me contrae de deleite mientras Evan entra y sale con deliberada lentitud. Como no puedo saciar mi sed sola, le cojo la mano derecha y la coloco entre mis piernas.

—Estoy a punto —susurro.

—¿Ya?

—Es demasiado... —Respiro con fatiga—. Echaba de menos que me la metieras.

Eso me granjea un gruñido de satisfacción. Me pasa un dedo por el clítoris. Al principio con dulzura y luego, cuando empiezo a gemir, con más insistencia. No tardo mucho en echarme a temblar, y me apoyo en él cuando llego al orgasmo.

—Estás preciosa cuando te corres —me dice con voz áspera cerca del cuello.

Mientras todavía experimento breves espasmos de placer en mi interior, Evan me tumba sobre el escritorio. Me agarra de las caderas con ambas manos y me embiste con fuerza e ímpetu. Con la intensidad justa. Me toma como si fuera su última noche en la Tierra.

Vuelvo la cara para mirarlo; el deseo puro que oscurece sus ojos y llena de éxtasis su mirada me deja perpleja. Cruzamos las miradas y él se queda quieto y gruñe al alcanzar el clímax. Me sube las manos por la espalda para destensarme los músculos y llena de besos mi piel sensible. Cuando se aparta para tirar el condón, jadeo de satisfacción y cansancio.

—Voy a por una bebida isotónica. —Se muerde el labio sin dejar de mirarme—. Y repetimos.

CAPÍTULO 25

EVAN

—Tengo que contarte una cosa —me dice Shelley despúes de que el camarero nos siente en una mesa con vistas al mar. Ha sido idea suya que cenásemos en este restaurante de pijos. Cuando cojo la carta y veo los precios, doy por hecho que pagaré yo.

Es más, me escama que flipas, porque, cada vez que mi madre empieza una frase con las palabras «Tengo que contarte una cosa», normalmente le sigue una confesión: que se va del pueblo otra vez o que está sin un céntimo y necesita pasta. Es la segunda vez que la veo desde que accedí a darle otra oportunidad; la semana pasada comimos cerca del hotelucho en el que trabaja de limpiadora. En esa ocasión, no me pidió dinero, pero no debería haber cantado victoria tan deprisa.

Al ver mi cara de recelo, enseguida hace un gesto con una mano para que no me preocupe.

—No, no, no es nada malo. Lo prometo. —Pero no se explica. Se sonroja un poco.

—¿De qué se trata? —insisto, pero entonces el camarero nos interrumpe para tomar nota de nuestras bebidas.

Shelley pide agua con gas. Yo, una cerveza rubia, lo cual podría ser una jugada arriesgada en función de la noticia que me dé Shelley. La semana pasada, no obstante, me puse a prueba para ver si podía vivir según el lema cursi que le aconsejé a Gen en la fiesta de la semana pasada: «Abraza la moderación». Nunca presionaría a Genevieve para que bebiese cuando está decidida a ser abstemia, pero a mí sí que me gustaría tomarme una caña o dos las noches de póker sin miedo a pasarme de la raya.

213

—Sabes que siempre me ha gustado peinarme y maquillarme y eso, ¿no? —Shelley se remueve incómoda y toquetea el vaso de agua—. Y encima no se me daba nada mal.

—¿Y...? —No sé adónde quiere llegar.

—El caso es que he hablado con Raya..., la compañera de la que te hablé la semana pasada. ¿Te acuerdas?

Asiento.

—Sí. La de la hija psicópata que se cargó a su pez.

Shelley se parte de risa.

—¡Evan! Ya te dije que fue un accidente. Cassidy solo tiene tres años. No sabía que los peces no respiran fuera del agua.

—Eso es lo que diría una psicópata.

Mi madre se carcajea en alto, lo que hace que la pareja de al lado nos eche una mirada asesina y frunza mucho el ceño. La mujer lleva un collar de perlas y una blusa de seda de cuello alto, y el hombre ,un pañuelo de lunares. Me extraña que no nos manden callar directamente. Tienen pinta de chistadores.

Shelley y yo nos miramos y ponemos los ojos en blanco; un momento de humor compartido que hace que titubee un segundo. Esta es una experiencia maternofilial completamente nueva para nosotros. Cenar a la orilla del mar, mirarnos con complicidad para criticar a los clientes estirados de al lado. Reír juntos. Es surrealista.

Pero no me disgusta del todo.

—*En fin* —prosigue Shelley mientras alza su vaso. Le da un trago rápido—. No sé si te lo he contado ya, pero Raya tiene un segundo empleo. Trabaja en una peluquería los fines de semana. Y ayer me dijo que su empresa abrirá una sucursal y se podrán alquilar un montón de sillones.

—¿Sillones?

—Sí, así funciona el sector. Las peluqueras alquilan sillones a las peluquerías. —Coge aire y agrega—: Creo que quiero intentarlo.

Arrugo el ceño.

—¿El qué? ¿Ser peluquera?

Shelley se pone seria y asiente.

—Vale, pero ¿no hace falta tener un grado para ejercer? ¿O un certificado al menos?

Se pone aún más colorada. Si no me equivoco, juraría que está avergonzada.

—Me... Eh... Me he apuntado a una academia de estética. El plazo para pagar la matrícula del primer semestre vence a finales de semana. Empiezo el lunes que viene.

—Vaya. —Asiento despacio y espero a que acabe.

Me espero lo siguiente: «Pero voy un poco corta de pasta. ¿Podrías...?».

O: «Tendré que dejar el curro de limpiadora para centrarme plenamente en la academia, así que necesito un sitio en el que dormir...».

La miro y aguardo..., pero no añade nada.

—¿Qué? —pregunta, inquieta—. ¿Qué pasa, cielo? ¿Crees que es mala idea?

—No, para nada. —Carraspeo y trato de esbozar una sonrisa alentadora—. Es maravilloso. Es que...

Me mira con complicidad y termina la frase por mí:

—Creías que te pediría pasta.

—Eh. Bueno. Sí.

Su mirada rezuma arrepentimiento.

—Tienes todo el derecho del mundo a pensar lo peor de mí. Pero te digo una cosa: cuando no te fundes el sueldo en priva, ahorras lo que no está escrito.

Sonrío con socarronería.

—Ya ves.

—He ahorrado lo bastante para costearme el primer semestre —me asegura—. Y las clases son nocturnas, de modo que no hace falta que deje el curro en el hotel. Todo va sobre ruedas, cielo. Te lo prometo. —Coge la carta y añade—: A ver qué tiene buena pinta... Creo que pediré mejillones. Invito yo, por cierto.

Menos mal que está mirando la carta con atención, así puedo disimular el estupor a tiempo. Retiro lo de surrealista: esto es un milagro puro y duro. ¿Quién es esta mujer y qué ha hecho con mi madre?

No salgo de mi asombro mientras pedimos y disfrutamos de una cena estupenda. No soy tan ingenuo para tragarme que ha cambiado, pero estoy dispuesto a creérmelo un poquito. La conversación fluye sin problemas. No hay tensión ni silencios incómodos. La única vez que casi nos sumimos en uno es cuando menciona a Cooper, pero cambio de tema con un «no sigamos por ahí», y pasamos a otra cosa.

—No me contaste que Genevieve había vuelto —comenta Shelley con indecisión mientras observa cómo me zampo mi plato de carne con marisco.

—Sí —contesto entre mordiscos—. Vino al funeral de su madre y se ha quedado para echarle un cable a Ronan con la tienda.

—Me dio mucha pena enterarme de lo de su madre. Sé que no eran íntimas, y sabe Dios que Laurie no era la mujer más simpática del mundo, pero no debe ser fácil para Genevieve.

—Ya la conoces. Aguanta lo que le echen.

Shelley sonríe y confirma:

—Ya, es una luchadora. —Me observa detenidamente y agrega—: ¿Te casarás con ella?

La pregunta me pilla tan desprevenido que me atraganto con una vieira. Toso como un loco y agarro como puedo el vaso de agua. Los gilipollas de al lado me fulminan con la mirada por molestarlos.

—Joder —logro decir tras aclararme la garganta. Los miro mal yo también y suelto—: Perdón por perturbarlos con mi experiencia cercana a la muerte.

La mujer resopla y se agarra las perlas, lo juro.

Mi madre se aguanta la risa.

—Evan —me advierte.

Bebo más agua y cojo de nuevo el tenedor.

—En cuanto a tu pregunta —continúo en voz baja—, estoy bastante seguro de que Gen no quiere casarse conmigo.

—Y una mie… Tonterías —se corrige Shelley tras echar un vistazo a la mesa de los criticones. Dios nos libre de enfadar a doña Perlas—. Estáis hechos el uno para el otro. Desde el momento en que empezasteis a salir, supe que acabaríais casados y viviríais felices y todo eso.

—Ya, ya. Seguro que lo sabes desde el *momento* en que empezamos a salir.

—Lo digo en serio —insiste—. Pregúntale a tu tío. Le confié a Levi mi predicción, y reaccionó como hace él, con su medio suspiro, medio gruñido, porque sabe que mis predicciones siempre se cumplen. —Sonríe, ufana—. Por más que deteste reconocerlo, adiviné que él y Tim acabarían juntos. Y también lo supe con tu hermano cuando conocí a su novia. Recuerda lo que te digo: se casará con ella.

No dudo que Cooper y Mac estén juntos siempre. Pero eso no significa que esté preparado para aceptar que mi madre, que no fue capaz de mantener su matrimonio, y aún menos las relaciones que lo siguieron, sea una especie de clarividente del amor.

—Creo que Gen no confía en nuestro futuro tanto como tú —digo con pesar.

Joder, ya bastante me cuesta convencerla de que se quede a dormir en casa, como para tratar de que acepte volver a salir conmigo. Desde la hoguera, viene a mi casa casi todas las noches. Si no la conociera bien, pensaría que solo me usa para el sexo. Pero es mucho más que eso. No se pira en cuanto nos recuperamos de nuestros respectivos orgasmos. Se queda, y nos acurrucamos y nos damos mimitos. Me acompaña a pasear a Daisy. Hasta me ha traído la cena en un par de ocasiones.

Pero, cada vez que la presiono para que defina lo nuestro, se calla. Me pide que no me raye. De modo que, como es obvio, no hago otra cosa.

—Pues inspírale confianza —me sugiere Shelley, que se encoge de hombros—. Quieres que vuelva contigo, ¿no?

—Por supuesto. —Suspiro.

—Pues no desistas.

—Lo intento, créeme. —Gruño—. Pero me ha dejado claro que no tiene intención de volver a ser mi novia y que lo nuestro es solo sexo.

—¡Ejem! —exclama alguien con furia. Es el marido de doña Perlas—. ¿Es mucho pedir disfrutar de la comida sin escuchar ordinarieces?

Abro la boca para replicar, pero mi madre se me adelanta.

Con los ojos brillantes de la rabia, señala al hombre de la otra mesa con un dedo.

—Oiga, usted. ¿Quiere hablar de ordinarieces? No ha dejado de mirarme las tetas desde que me he sentado. Y usted —le suelta a su esposa—, no crea que no he visto cómo le pasaba su número a escondidas al buenorro del camarero cuando su maridito estaba en el baño.

Me tapo la boca y río con disimulo.

—Intento tener una conversación con mi hijo, de modo que ¿por qué no se centran en su triste vida y se meten en sus asuntos, cotillas de las narices?

Eso los hace callar.

Shelley enarca una ceja cuando me ve sonriendo.

—¿Qué? Quizá he pasado página, pero no esperes que ponga siempre la otra mejilla. Hasta Jesús tenía límites.

No sé por qué, pero me siento pletórico mientras cruzo el puente de vuelta a Avalon Bay tras cenar con Shelley. Mentiría si dijera que ha sido horrible. Es más, me... me lo he pasado muy bien. ¿Quién lo habría dicho?

Las ganas de contárselo a mi hermano son tan fuertes que me desvío del camino a casa y doblo a la izquierda en vez de a la derecha. No, no puedo arriesgarme a ver a Cooper ahora. Me preguntará por qué estoy tan contento, por lo que tendré que mentir, y sabrá que lo engaño por la telepatía gemelar, y discutiremos.

Así que voy a casa de Gen. Aparco junto al bordillo de enfrente, me bajo de la moto y saco el móvil del bolsillo. Le escribo un mensaje rápido.

> **Yo:** Estoy delante de tu casa como un acosador enamorado. Me debato entre tirar piedras a tu ventana o llamar a la puerta sin más.

Contesta casi al instante.

> **Ella:** Entra por la puerta, salvaje. Ya somos adultos, ¿recuerdas?

Sonrío a la pantalla. Cierto. Pero, mientras enfilo el camino de entrada, caigo en la cuenta de que es la primera vez. Antes de que llame al timbre, se abre la puerta. Es el padre de Genevieve, que se sobresalta al verme ahí.

—Evan —dice con voz ronca mientras me saluda con la cabeza. Se fija en mi atuendo y añade—: ¿Llevas pantalones caquis?

—Eh, sí. —Meto las manos en los bolsillos de los susodichos—. Es que he ido a la ciudad.

Asiente de nuevo y dice:

—Gen está arriba. Yo iba a tomarme una caña con tu tío.

—Qué guay. Salúdalo de mi parte.

—La reforma está quedando genial —añade el padre de Gen mientras hace un gesto vago hacia el interior—. Los nuevos armarios de la cocina van muy bien.

—Gracias. —Me hincho un poco de orgullo, pues los instalé yo mismo.

—En fin. —Ronan me observa de nuevo—. Me alegro de que tú y Gen volváis a llevaros bien. —Me da una palmada en un hombro y se dirige a la camioneta que hay aparcada en el camino de entrada.

Entro, y casi espero que uno de los millones de hermanos de Gen me intercepte, pero reina el silencio mientras me dirijo a las escaleras. La última vez que estuve aquí, la casa estaba llena de dolientes y reverberaba con conversaciones a media voz. Esta noche, lo único que oigo son los chirridos y crujidos de una casa vieja, incluido el fortísimo ruido que hace el segundo peldaño empezando por arriba cuando lo piso. Gen y yo siempre procurábamos saltárnoslo cuando volvíamos a hurtadillas después del toque de queda, pero esta noche no hace falta ser sigilosos.

Cuando entro en su cuarto, la veo tumbada de lado leyendo un libro. Me como con los ojos su cuerpo de infarto y la cortina de pelo negro que le cubre un hombro. Levanta la mirada al escucharme llegar.

—¿Llevas pantalones caquis? —me pregunta.

—Sí. —Me tiro a la cama, lo que hace que su libro de tapa blanda rebote en el colchón.

Lo agarra antes de que caiga al suelo.

—Capullo.

Con una sonrisa, junto las manos en la nuca y me pongo cómodo. Gen sonríe divertida al ver que me quito los zapatos con los pies y estiro las piernas. Soy demasiado grande para esta cama y mis pies sobresalen.

—Estás de buen humor —señala.

—Pues sí —aseguro.

—¿No me contarás por qué?

—Vengo de cenar con Shelley.

—¿En serio? —Parece sorprendida—. No me lo has dicho cuando hemos hablado esta mañana. ¿Ha sido un plan de última hora?

—La verdad es que no.

—¿Y por qué no me lo has contado? —Me encojo de hombros, por lo que me clava un dedo en las costillas. Fuerte—. Evan.

La miro. A mi lado y con las piernas cruzadas, me escruta con sus sagaces ojos azules.

—No lo sé. Supongo que no quería decir nada por si se rajaba.

Gen asiente en señal de comprensión.

—Ah, por eso siempre me cuentas que has quedado con ella *a posteriori*. No quieres ilusionarte antes de tiempo.

Lo entiende.

—¿Te soy sincero? —pregunto en voz baja—. Cada vez que voy a Charleston a verla, pienso que hay un cincuenta por ciento de posibilidades de que no aparezca. —Se me forma un nudo en la garganta—. De momento no ha faltado a ninguna cita.

Gen se acurruca a mi lado y me pone una mano en la barriga. El dulce aroma de su pelo se me mete en la nariz.

—Me alegro. Rezo para que siga así. Mi madre ya no está, pero la tuya aún puede redimirse.

La abrazo por el hombro y la beso en la coronilla.

—Por cierto, me he cruzado con tu padre en la entrada. Se ha alegrado de verme.

—Ajá.

—Asúmelo, Fred. Tu padre siempre me ha adorado.

—Para gustos, los colores.

—Me ha dicho que se alegra de que volvamos a llevarnos bien. —Le doy un pellizquito en el culo—. Para mí solo falta hacerlo oficial.

—O...

Deja la frase a medias con aire seductor y se pone... encima de mí. Me empalmo casi al instante, y su sonrisilla me indica que es consciente de ello.

—Podemos dejarnos de cháchara y aprovechar que no hay nadie en casa —concluye. Me levanta la camiseta y me besa en el pecho. Mi cerebro sufre un cortocircuito.

Se me escapa un gruñido cuando me desabrocha el botón de los pantalones caquis.

—Gen —protesto, pues sé que quiere distraerme con sexo. Y funciona.

Me mira con unos ojos grandes e inocentes y asegura:

—Tranquilo. Me da igual si gritas.

Me suelta las mismas palabras que le dije yo la noche de la hoguera, antes de pasarme horas haciéndola jadear, gemir y gritar. Esa noche no paré hasta conquistarla. Pero ahora soy yo el débil y el desamparado, el que lucha por tener el control mientras ella dibuja un camino descendiente de besos ardientes en mi abdomen.

Cuando se mete mi polla en la boca, dejo de resistirme. Que Gen me la coma es la mejor sensación del mundo. Empuña mi rabo con delicadeza y lo chupa de arriba abajo mientras con la otra mano me acaricia el pecho y me araña la piel, muy sensible.

Embisto hacia arriba. El placer se acumula en mi interior. Se me acelera el pulso con cada uno de sus lánguidos lengüetazos. Y, mientras le enredo los dedos en el pelo y se me pone dura en su boca, ávida y húmeda, me digo que podemos hablar luego. Después. Cuando el corazón no me vaya a mil y no se me contraigan las pelotas de deseo.

Pero nunca llegamos a hablar.

CAPÍTULO 26

EVAN

Semanas más tarde, estoy tumbado en la cama mientras Gen se viste. Es más de mediodía. Se nos han pegado las sábanas después de quedarnos hasta tarde jugando al *Mario Kart* con Mac y Cooper; una carrera a muerte por la que casi llegamos a las manos. Las tías tienen un mal perder impresionante.

—Te dije que tendría que haberme ido a casa anoche —gruñe.

—¿No te das cuenta de lo retorcido que es esto? —replico mientras veo que mete sus piernas largas y bronceadas en unos pantaloncitos cortos a los que les ha metido la tijera. Yo aún estoy medio empalmado y ella se va corriendo con *él*.

—Si me hubieras dejado irme anoche, ahora no tendríamos esta conversación. —Se hace una coleta alta y busca su móvil entre las sábanas.

—Quédate.

Gen alza la cabeza y me fulmina con la mirada.

—Para.

—Va en serio. Plántalo y te lo como.

—¿No venía tu hermano pequeño a celebrar una barbacoa hoy?

—Sí, en una hora o así. Imagina la de veces que podría hacer que te corrieras hasta entonces.

Encuentra su móvil bajo mi espalda y lo saca de su escondrijo.

Pestañeo con aire inocente y pregunto:

—¿Cómo se habrá metido ahí?

Gen pone los ojos en blanco, se endereza y va a por su camiseta.

222

—Este era el trato, y lo sabes. Deja de comportarte como si hubiera cambiado las reglas.

El trato al que se refiere es que Gen y yo hemos pasado las últimas semanas dándole al tema como si no hubiera un mañana mientras todavía sale con el ayudante del *sheriff* Tontoelculo. Ahora pasa de mi cama directamente a su coche. ¿Cómo es posible?

—Supongo que creía que habría unas enmiendas implícitas del trato, teniendo en cuenta que anoche me suplicaste que te azotara, pero vale.

Se pone la parte de arriba, hace una pausa y me mira con el ceño fruncido.

—Y, si quieres conservar el privilegio de azotarme, vigila lo que dices.

No sé por qué, pero me viene a la cabeza una imagen de Gen chupándosela al papanatas en su coche patrulla. Se me corta el rollo mientras desecho la idea. Por eso no pregunto. Poco me falta para ir a por él a la gasolinera y lanzarle una cerilla encendida.

Y, sin embargo...

—¿Te acuestas con él? —acabo soltando.

Gen me mira y ladea la cabeza con compasión. Se sienta en el borde de la cama y me roza los labios con los suyos con una caricia fugaz.

—No.

Menos mal.

—Ni siquiera nos hemos besado.

Sumamente aliviado, pregunto:

—Entonces, ¿qué sacas de esto?

Suspira con frustración y se levanta a por las llaves de la mesita.

—Vamos a dejarlo aquí, ¿vale?

—Hablo en serio. —Me incorporo—. ¿Qué sacas de esto?

No contesta, y entonces me doy cuenta de que no hace falta. Ya *sé* la respuesta. Ambos la sabemos. Solo hay un motivo para que aún salga con Harrison pese a que ni siquiera se han besado: es su forma de guardar un mínimo de distancia conmigo. De impedir que me acerque más a ella.

Ahora soy yo el que suspira de frustración.

—¿Cuánto falta para que oficialicemos lo nuestro? Estoy harto de hacer el tonto.

—Harto, ¿eh?

—Ya entiendes a lo que me refiero. —Conozco a esta chica lo bastante bien para saber que un ultimátum es la forma más rápida de espantarla. Y eso es lo último que quiero.

Es posible que, cuando regresó al pueblo, empezáramos con mal pie, pero ahora va como la seda. Me da la sensación de que todo lo malo que teníamos —las peleas, los celos y la búsqueda de emociones fuertes— se ha transformado en algo distinto. Algo más tierno. No me malinterpretéis, todavía hay pasión. La acuciante necesidad de estar juntos, de desnudarnos en cuerpo y alma es más fuerte que nunca. Pero lo nuestro ha cambiado. Ella ha cambiado. Yo he cambiado.

—Quiero que volvamos a estar juntos de verdad —digo—. ¿Por qué esperar?

Gen se apoya en mi cómoda y mira al suelo. El verano está a punto de llegar a su fin y esa pregunta sigue en el aire. Todo este tiempo creía que opinábamos igual, que íbamos en la misma dirección: juntos. Ahora, cada segundo que pasa decidiendo qué omitir, el abismo se agranda.

—Todavía no confías en mí —contesto por ella. Mi tono es serio.

—Claro que confío en ti.

—No lo suficiente. —La frustración me cierra la garganta—. ¿Qué tengo que hacer para que confíes en mí?

—Es complicado —responde con el rostro contraído por la angustia—. Mi instinto de toda la vida me dice que es imposible que Evan Hartley haya cambiado de personalidad de forma radical en un solo verano. Sí, no perseguiste a Randall con un hacha ni te emborrachas cada noche, pero supongo que aún me cuesta creer que hayas cambiado de la noche a la mañana.

—¿Se te ha ocurrido pensar que hay algo que me importa más que beber y pelearme?

—Sé que quieres que lo nuestro funcione. —Ya casi no está nerviosa—. Pero no eres el único del que dudo. Todos los días me pregunto si puedo confiar en mí misma. Me cuestiono cuánto he cambiado en realidad. Si volvemos a salir juntos, a lo mejor nos damos cuenta de que lo nuestro es temporal y volvemos a ser los de antes.

Me acerco a ella y la abrazo. Porque, ahora mismo, lo nuestro es lo único que siempre ha tenido sentido para mí. Y, pese a lo que se diga a sí misma, sé que para ella también es así.

—Confía en mí, preciosa. Danos la oportunidad de ser buenos el uno para el otro. ¿Cómo te convenceré de que podemos lograrlo si no lo intentas?

Le suena el móvil en el bolsillo. Se encoge de hombros con pesar y la suelto para que conteste.

—Trina —anuncia, y frunce el ceño.

Hacía mucho que no oía ese nombre. Trina fue al instituto con nosotros, pero se llevaba mejor con las chicas de la pandilla que con Cooper o conmigo. Si no me falla la memoria, se mudó al poco de graduarse. Pero ella y Gen eran muy amigas. Uña y carne en todos los sentidos.

—Ha venido a pasar el finde —lee Gen en alto—. Quiere que vayamos a tomar algo. —Desliza un dedo por la pantalla para borrar el mensaje y se guarda el móvil otra vez en el bolsillo.

—Deberías ir.

Ríe con sarcasmo y niega:

—Paso. La última vez que vino de visita, me puse hasta el culo y entré en tromba en casa del ayudante del *sheriff* Randall en plena noche para contarle a su mujer, a grito pelado, que se había casado con un baboso.

—Vaya.

—Ya.

Tengo una idea.

—Ve de todas formas.

Su mirada suspicaz me indica que más me vale que me explique. Cuantas más vueltas le doy al plan, más sentido tiene. Quizá lo que necesita para confiar por completo en sí misma es enfrentarse a lo único que teme más que a mí. A lo que la hizo marcharse del pueblo.

—Considéralo una prueba —le explico—. Si logras comportarte con la chica que una vez le pasó LSD a la entrenadora

225

del equipo femenino de vóley en pleno partido, habrás vencido a tus demonios.

Vale, sí, es un poco descabellado, pero estoy desesperado. Tengo que hacer que Gen se ponga de mi lado. Sea como sea. Cuanto más tiempo estemos atrapados en este limbo de relación, más se acostumbrará a no vernos como una pareja. Y más se me escurrirá entre los dedos.

—Una prueba —repite, dubitativa.

Asiento.

—El último examen para confirmar que te has reformado. Demuéstrate que puedes pasar una noche con Trina sin quemar nada.

Su bello rostro trasluce duda, pero al menos no ha descartado la idea a la primera de cambio.

—Me lo pensaré —acepta al fin. Entonces, para mi consternación, sale por la puerta de mi cuarto—. Hablamos luego. Harrison me espera.

Riley viene a la una o así con unas costillas marinadas y otra tarta casera, cortesía de su tía Liz. Que Dios bendiga a esa mujer. Lo conduzco al porche trasero. Se me hace la boca agua al oler la carne y el pastel. Mis dos cosas favoritas.

—¿Qué tal ha ido la semana? —le pregunto mientras preparamos la barbacoa.

Se encoge de hombros y responde:

—Así así.

—¿Estás deseando volver a clase en unas semanas?

—¿Tú qué crees?

Sonrío y admito:

—Tienes razón. Qué pregunta más tonta. —A mí tampoco me gustó nunca ver con temor que septiembre estaba a la vuelta de la esquina.

—Pero —añade, algo más animado— la familia de Hailey volverá y se quedarán hasta el Día del Trabajo.

—Hailey... Es la chica cuyo número conseguiste en Gran Molly, ¿no? —Riley ha quedado con ella unas cuantas veces este verano, pero, cuando le pedía detalles, no soltaba prenda.

Hoy está un poco más comunicativo.

—Sí. Nos hemos escrito desde que volvió a su casa. —Se mete las manos en los bolsillos de las bermudas, las saca y se pone a juguetear con unas tenacillas de metal.

—¿Qué te pasa? Parece que tengas el baile de san Vito.

—¿El baile de san Vito?

—Que no te estás quieto. Da igual. ¿Estás nervioso por verla? ¿Es eso?

—¿Quizá?

—Pero no sería la primera vez que quedáis —le recuerdo—. ¿Por qué estás tan nervioso?

—Hemos ido a jugar al minigolf y al cine un par de veces. Ah, y al paseo a tomar un helado. Cuatro veces en total. Pero no... —Calla de golpe.

Lo miro con recelo, pero evita mi mirada. De nuevo se lo ve inquieto. Finge que vigila la temperatura de la barbacoa como si fuese un experto en parrillas, a pesar de que ambos sabemos que no ha asado nada en su vida.

—¿No qué? —Entonces caigo. Me contengo para no soltar un taco—. Ay, no, no me lo digas. No necesito saber que estás pensando en acostarte con ella. Tu tía me mata...

—¡¿Qué?! —grita—. No nos acostaremos, atontado.

Qué alivio. Aunque me intriga un poco la cara de verdadera sorpresa que ha puesto, como si no concibiera la idea de tener relaciones con la chavala. Riley tiene catorce años, la edad a la que yo perdí la virginidad, pero supongo que no todo el mundo es tan precoz.

—Solo quiero besarla —confiesa en voz baja, avergonzado.

—Ah. ¡Ah! Vale. —¿Besarla? Puedo soportar una conversación sobre besos. La tía Liz no se enfadará conmigo por esto, ¿no?—. Veamos. A juzgar por lo rojo que te has puesto, deduzco que no lo has hecho nunca.

Mueve la cabeza de lado a lado con incomodidad; un no reacio.

—Tío, no tienes nada de que avergonzarte. Un montón de chicos de tu edad no han besado a nadie. —Me apoyo en la valla del porche y ladeo la cabeza—. ¿Y qué quieres saber? ¿Cuánta lengua es demasiada lengua? ¿Si puedes agarrarle las tetas mientras os besáis?

Suelta una carcajada, pero ya no está tan colorado. Se relaja y se planta a mi lado. Nos llega el delicioso olor a costillas asadas.

—Es que no sé bien cómo lanzarme. En plan, ¿digo algo antes? —Se rasca la frente con el dorso de una mano—. ¿Y si me acerco y no está preparada y chocamos y le rompo la nariz?

Me aguanto la risa porque sé que no le haría gracia que me riera de un asunto tan delicado.

—Estoy casi seguro de que eso no pasará. Pero sí, no te lances cuando te esté contando algo. Existe una cosa llamada consentimiento. De modo que valora la situación. Espera a que haya una pausa en la conversación, evalúa su expresión y lee las señales.

—¿Qué señales?

—Si se pasa la lengua por los labios, suele querer decir que le apetece besarte. Si te mira la boca, también es buena señal. De hecho, esa es la clave —le aseguro mientras me aparto de la valla y me dirijo a la nevera que hay cerca de la puerta—. Vale, escúchame bien. Esto es lo que harás.

Me sigue y acepta el refresco que le ofrezco. Yo me cojo una birra, le quito la chapa y la tiro en el cubo de plástico del porche. Vuelvo a la valla de madera y me subo de un brinco.

—Al final de la cita —prosigo—, o durante, o cuando reúnas el valor, haces lo siguiente: la miras a los labios. Unos cinco segundos o así.

Riley se mea de risa.

—¡Qué mal rollo!

—Ya verás que no. Mírala a los labios hasta que ella esté incómoda y pregunte: «¿Por qué me miras así?» o algo similar.

—Cuando abre la boca para quejarse, lo interrumpo y digo—: Lo preguntará, tú confía en mí. Entonces respondes: «Porque me muero de ganas de besarte. ¿Puedo?». Ya la has avisado, ¿no? Y, según lo que te conteste, actúas en consecuencia.

—¿Y si responde que no?

—Pues asumes el rechazo como un hombre, le dices que has pasado un verano estupendo con ella y le deseas suerte en la vida.

No puedo evitar maravillarme de la madurez que estoy demostrando. Ojalá estuviera aquí Gen para verlo.

—Pero, por si te sirve de algo, una chica no sale con alguien cuatro veces si no le interesa —garantizo.

—Cierto —conviene Cooper desde la puerta corredera—. Por una vez, mi hermano no ha dicho una chorrada.

A Riley se le van los ojos a la puerta. Se le desencaja la mandíbula. Mira a Cooper, luego a mí, a Cooper otra vez y, por último, a mí.

—Hostia puta, no me dijiste que erais idénticos —me suelta en tono acusador.

Pongo los ojos en blanco y me defiendo:

—Te conté que éramos gemelos. Pensaba que atarías cabos.

Coop sonríe y le tiende una mano a mi hermano pequeño.

—Eh, soy Cooper. Me alegro de conocerte por fin.

Riley no deja de parpadear como un búho, flipa con lo iguales que somos.

—Buah, da miedo lo mucho que os parecéis. Si llevarais la misma ropa, creo que no os distinguiría.

—No muchos pueden —aseguro mientras me encojo de hombros.

—¿Y las chicas? ¿Vuestras novias? ¿Alguna vez os han confundido? —Está fascinadísimo.

—A veces —contesta Coop mientras se coge una birra. Se acerca a la barbacoa, levanta la tapa y gruñe encantado—. Buah, chaval, qué pintón tienen las costillas. —Se vuelve hacia Riley y continúa—: Por lo general, las novias formales sí que nos diferencian. Mi chica dice que nos distingue por las pisadas.

—No me creo nada —comento mientras le doy un trago a la cerveza. Sí, Mac nos distingue, pero ¿por el ruido que hacemos al caminar? Mentira cochina.

Coop esboza una sonrisa chulesca y se reafirma:

—Te lo juro.

Detrás de él, veo a Mac por las puertas correderas. Acaba de entrar en la cocina y está sacando ingredientes de la nevera. Se prepara un sándwich en la encimera, de espaldas a nosotros.

Me bajo de la valla y propongo:

—Solicito permiso para poner a prueba esa teoría.

Cooper sigue mi mirada, sonríe con suficiencia y asiente con aire magnánimo.

—Adelante.

Sirviéndome de la técnica de sigilo que he depurado tras años de entrar y salir a escondidas de casas ajenas y de dormitorios de chicas, me cuelo en la cocina. Mac está concentrada en colocar las lonchas de queso en el pan mientras canturrea para sí. Cuando estoy lo bastante cerca para que no le dé tiempo a volverse, camino normal y me coloco detrás de ella.

La abrazo por la cintura y, con la nariz pegada a su nuca, le digo con mi perfecta y asombrosa imitación de la voz de Cooper:

—Eh, preciosa, estos pantalones te hacen un culo de infarto.

Se escucha un grito de ofensa por toda la cocina mientras se gira con intención de darme un rodillazo en el paquete.

—¡Qué cojones, Evan! ¿De qué vas?

Por suerte, atrapo su rodilla con ambas manos antes de que impacte contra las joyas de la familia. Retrocedo de inmediato y alzo las manos en señal de rendición. En el porche se parten de risa.

—¡Te lo he dicho! —grita Cooper.

—¡¿Estáis *mal* de la cabeza o qué?! —bufa Mac.

—Era un experimento —me quejo a una distancia prudencial—. Pero, oye, ¿cómo has sabido que era yo?

—Por tus pisadas —gruñe—. Caminas como en los juegos.

—¿Y eso qué significa?

—Evan, por favor, desaparece de mi vista o te parto esa estúpida cara.

Vuelvo fuera abatido y cabizbajo.

—Dice que camino como en los juegos —informo a mi hermano, que asiente, como si esa chorrada tuviera sentido para él.

Riley, como de costumbre, se troncha. Por lo visto, se mea con todo lo que hago.

Aunque quizá sea bueno.

Acaba siendo un buen día. Buena comida, buena compañía, todo bien. Hasta Cooper está de buen humor. No me da la lata con Gen ni con cualquier otra cosa que vea mal de mí, ni una sola vez. Me atrevería a decir que está muchísimo más alegre. Riley yo jugamos un partido de voleibol playa contra Mac y

Cooper y, cuando Liz viene a eso de las cuatro a recoger a Riley, el chaval no quiere irse.

Sin embargo, en mi vida, lo bueno es efímero. De ahí que no me sorprenda que, más tarde, cuando estoy en la playa con Mac y Cooper viendo a Daisy perseguir gaviotas, me enfrente a un nuevo dilema.

Shelley me bombardea a mensajes sobre cualquier chorrada, además, insiste en que volvamos a quedar. No suelo pasar mucho tiempo con el móvil, por lo que contestar a la avalancha de mensajes provoca que Cooper me observe con recelo. En general, apagaría el teléfono y dejaría los mensajes para luego, pero Shelley es muy impaciente. Si no contesto, le entra el pánico y cree que paso de ella. Me preocupa que, movida por un impulso, venga aquí. No puedo permitirlo.

Aún me resulta raro pasar tiempo con ella como cualquier madre e hijo. Hablar de cómo nos ha ido el día y de cultura pop mientras, con delicadeza, evitamos mencionar a Cooper para ahorrarnos la inevitable pregunta: ¿cuándo se unirá a nosotros? Detesto mentirle a mi hermano, pero Cooper no está preparado para enterarse de la movida.

Mientras juega con Daisy, me grita que si me apetece cenar *pizza*. Asiento con aire distraído, pues Shelley me está contando que un gato callejero merodea cerca de las puertas de su curro y que se le ha metido en la cabeza que quiere quedárselo. Lo que me hace pensar que debería haber practicado con una mascota antes de tener gemelos, pero ¿qué sabré yo?

Una pelota de tenis mordisqueada y llena de arena aterriza de repente en mi regazo. A continuación, un borrón de pelaje dorado pasa volando ante mi cara. Daisy me derriba para pescar la pelota y echar a correr de nuevo.

—Pero ¡bueno! —balbuceo.

Cooper se inclina sobre mí mientras saca pecho, molesto.

—¿Ya estás hablando con Gen?

Otra vez no.

—No. Pírate.

—Llevas pegado a esa cosa desde que se ha ido Riley. ¿Con quién hablas?

—¿Y a ti qué te importa?

—¡Déjalo en paz! —grita Mac, que sigue tirándole la pelota a Daisy en la pleamar.

Cooper hace todo lo contrario: me arranca el móvil de la mano. Me levanto al instante y forcejeo con él para recuperarlo.

—¿Por qué tienes que ser tan melodramático? —Cojo el móvil con una mano, pero, entonces, me barre la pierna y acabamos rodando en la arena.

—Madura —gruñe Cooper. Me clava un codo en los riñones sin dejar de intentar agarrar el móvil mientras nos revolcamos—. ¿Qué ocultas?

—Vale ya, hombre. —Mac se alza sobre nosotros y Daisy ladra como si quisiera unirse.

Harto, le tiro arena en la cara y me pongo en pie. Me limpio y me encojo de hombros en respuesta a la cara de exasperación de Mac.

—Ha empezado él.

Pone los ojos en blanco.

—Tramas algo. —Mientras se quita la arena del pelo, Cooper se levanta y me gruñe como si estuviese listo para el segundo asalto—. ¿Qué es?

—Cómeme el rabo.

—Vale ya. —Mac, siempre tan conciliadora, fracasa estrepitosamente y no consigue que le haga caso—. Estáis haciendo el ridículo.

No me importa demasiado que Coop esté receloso o mosqueado. Es lo que hay. Pero siempre se cree con derecho a saber lo que hago y opinar sobre ello. Y ya estoy hasta las narices de que descargue su frustración conmigo, de que mi hermano gemelo actúe de padre —lo que se le da fatal, por cierto— aunque en ningún momento lo haya pedido.

—¿Y si lo dejamos? —pregunta Mac, harta, mientras mira a uno y después al otro—. Porfa.

Pero ya es tarde. Estoy cabreado, y lo único que me animará será restregarle la verdad en la cara de engreído que tiene.

—Es Shelley.

Cooper frena en seco. Por un momento se muestra impasible, como si no me hubiese escuchado bien. Entonces sonríe y niega con la cabeza.

—Ya, claro.

Le tiro el móvil.

Mira la pantalla y después a mí. Una rabia silenciosa y fría ha sustituido a la incredulidad y al cachondeo.

—¿Has perdido el juicio?

—Está mejorando.

—La madre que te parió, Evan. ¿No ves lo tonto que pareces?

En vez de contestar, miro a Mac.

—Por esto no se lo he contado.

Cuando me vuelvo, tengo a Cooper frente a frente, y estoy casi de puntillas.

—Esa mujer estaba dispuesta a huir con los ahorros de nuestra vida, ¿y vas tú y te arrastras por tu mami a la menor ocasión?

Aprieto la mandíbula y me aparto de él.

—No te he pedido que te parezca bien. Es mi madre. Y no es coña, de verdad se está esforzando. Tiene trabajo estable y casa propia. Se ha apuntado a una academia de estética para ejercer de peluquera. Lleva meses sin probar ni una gota de alcohol.

—¿Meses? ¿Llevas *meses* hablando con ella a mis espaldas? ¿Y en serio te tragas sus mentiras?

Exhalo con hastío.

—Se está esforzando, Coop.

—Eres patético —escupe, como si hiciese veinte años que se aguanta las ganas de decirlo—. Deberías haber superado tu complejo de Edipo cuando dejaste de dormir con la luz encendida.

—No es a mí al que se le va la pinza al oír su nombre.

—Mírate. —Avanza hacia mí y yo retrocedo, pero solo porque antes he elogiado mi autocontrol con Gen—. Una alcohólica negligente te abandona y vas y te enamoras de otra. No puedes depender de ninguna de ellas, y nunca podrás.

Me muero de ganas de darle un puñetazo en toda la cara. Puede decir lo que quiera de nuestra madre. Se ha ganado su rabia a pulso. Pero nadie habla así de Gen en mi presencia.

—Solo porque eres de mi sangre, fingiré que no he escuchado eso —digo con la voz tensa por la contención—. Pero, si crees que te sobran dientes, adelante, repítelo.

—Eh, eh. —Mac se interpone entre los dos y consigue que Cooper recule unos pasos, aunque su mirada me indica que está considerando mi oferta—. Vosotros dos. Bajad ese tono. —Planta las manos en su pecho hasta que la mira. Unos segundos después, ya ha captado su atención—. Sé que no quieres escuchar esto, pero quizá deberías darle a Evan el beneficio de la duda.

—Ya lo intentamos la última vez. —Me mira y añade—: ¿Y qué pasó?

—Cierto —conviene Mac en voz baja—. Pero eso es el pasado. Si Evan dice que Shelley se está esforzando, ¿por qué no confiar en él? Podrías comprobarlo por ti mismo. Si estuvieras dispuesto a quedar con ella.

Cooper se aparta de Mac con brusquedad y espeta:

—Que os den. A los dos. Que os aliéis contra mí no es que me entusiasme la mayoría de las veces, pero esto... —La fulmina con la mirada—. Métete en tus asuntos.

Acto seguido, vuelve a casa echando humo.

Por desgracia, no es la primera vez que pierde los papeles por Shelley, ni tampoco será la última. Mac está más acostumbrada a sus rabietas de lo que le gustaría. De modo que no se inmuta.

—Hablaré con él —me promete con una sonrisa triste antes de ir tras él.

Bueno, nadie ha salido herido. Teniendo en cuenta las circunstancias, podría decirse que es un éxito.

Sin embargo, no albergo demasiadas esperanzas de que Mac triunfe en su misión. Cooper ha salido escaldado cientos de veces, por lo que no puedo decir que su reacción haya sido del todo injustificada. En nuestra familia, Shelley ha hecho más mal que bien, y la peor parte se la ha llevado Coop, pues siempre ha intentado protegerme de su última traición. El complejo de hermano mayor que se impuso por haber nacido tres minutos antes que yo lo ha llevado a creer que su trabajo es protegerme de la cruda realidad: nuestra madre es poco fiable en el mejor de los casos, y mala con ganas en el peor.

Así que lo entiendo. Porque ahora parece que lo haya traicionado y mandado a la porra la fraternidad que nos une para ponerme del lado de Shelley. Pero el caso es que, aunque él llegó a su límite hace mucho, a mí aún me queda aguante. Y tengo que creer que la gente cambia. *¡Necesito* creerlo!

Si no, ¿qué narices hago con mi vida?

CAPÍTULO 27

GENEVIEVE

Trina es una joyita. Nos conocimos en sexto, en el aula de castigo, y nos hicimos uña y carne. Le gustaba hacer pellas y fumar cigarrillos en el banquillo del campo de béisbol tanto como a mí, por lo que era inevitable que nuestros caminos se cruzasen. Y, aunque guardo más recuerdos buenos que malos de Trina, cuando entro en el bar para reunirme con ella estoy nerviosa. Ya de niñas, tenía un carácter contagioso. En plan, se lo pasaba tan bien que tú también querías participar en la diversión. Insaciable y atrayente.

No obstante, Evan tiene razón. Si sobrevivo a las tentaciones de Trina, me habré enmendado del todo.

—Caray, Gen.

Mientras serpenteo entre las mesas altas y concurridas, me vuelvo al escuchar una voz familiar. Trina está en una mesa pegada a la pared, con un cubata vacío y una birra delante de ella. Se levanta de un salto y me da un abrazo de oso.

—Confiaba en que te hubieses vuelto feísima desde la última vez que te vi —comenta mientras me aparta el pelo del hombro—. ¿Tan difícil era que te salieran unos granos horrendos para la ocasión?

—Perdona —digo entre risas.

—Siéntate, guarrilla. —Mira detrás de mí y llama a una camarera—. Ponme al día. ¿Qué te cuentas?

No hemos hablado mucho desde que me marché de Avalon Bay. Como hice con casi todo lo relacionado con el pueblo, corté por lo sano. Aparte de algún que otro mensaje, mantuve las distancias; hasta la silencié en las redes sociales para que sus aventuras no me tentaran.

—Pues pronto tendré curro nuevo. La novia de Cooper va a reabrir el hotel El Faro. Seré la nueva directora general.

—¿En serio? —Al principio no da crédito. Después, al darse cuenta de que no es coña, bebe un trago de su birra—. Entonces, la próxima vez que venga al pueblo tendrás una habitación preparada para mí. Creo que mi mamaíta y yo hemos excedido el cupo de tiempo juntas.

Sonrío y pregunto:

—¿No llegaste anoche?

—Pues por eso. —Me mira atónita y añade—: Mierda, lo siento. Me he enterado de lo de tu madre. ¿Estás bien?

Parece que hace siglos, pero solo han pasado unos meses. Los recordatorios de mamá ya no son tan frecuentes.

—Sí —contesto de corazón—. Estoy bien. Gracias.

—De haberlo sabido, habría ido al funeral, pero me he enterado hace nada.

No creo que sea su intención, pero me da la sensación que me lo reprocha. Lo que leo entre líneas es: «Habría venido si te hubieras molestado en decírmelo». Si no le hubiera hecho el vacío hace un año. Pero, seguramente, solo es mi conciencia.

—No pasa nada, en serio. Asistió sobre todo la familia. Mi madre no habría querido mucho lío. —Y menos que lo armasen sus hijos.

Un brillo amenazante ilumina los ojos de Trina mientras bebe.

—¿Quedas mucho con Evan últimamente?

Reprimo un suspiro. Por una sola noche, ¿podría la conversación no girar en torno a él? No dejo de rebobinar desde que volví al pueblo. Estar con él saca lo mejor de mí… y, a la vez, lo peor. Los dos extremos mezclados en el cóctel volátil en el que nos convertimos.

—A veces, supongo. No lo sé. Es complicado.

—Me has contestado lo mismo desde que teníamos quince años.

Y no me siento mucho más preparada que entonces.

—¿Y bien? —Tras otro trago, muestra su habitual irreverencia al percibir que ahora viene lo importante—. ¿Has vuelto para quedarte?

—Eso parece. —Es raro. No recuerdo haber decidido quedarme. Me sobrevino la idea; los lazos volvieron a atarme al pueblo de noche, mientras dormía—. Mi padre venderá la casa, de modo que necesito encontrar otra pronto.

—Yo también he pensado en quedarme.

Río por la nariz y pregunto:

—¿Y eso?

Trina siempre ha odiado Avalon Bay. O, más bien, a su gente. Amaba a sus amigas con locura; a las pocas que tenía. Al margen de eso, habría prendido fuego al pueblo y no habría mirado atrás. O eso pensaba yo.

Nos interrumpe brevemente la camarera, que por fin se acerca a nuestra mesa. Se la ve joven y aturullada; una nueva empleada que sale adelante como puede durante las pocas semanas que quedan de aglomeración estival. Me pido un agua con gas e ignoro el gesto crítico que hace Trina con una ceja.

—No lo sé... Este sitio es un rollazo —asegura—. Pero es mi hogar, supongo. —Por cómo se le van los ojos al posavasos empapado y araña las esquinas con la uña, deduzco que no me lo cuenta todo.

—¿Y qué tal todo? —pregunto con cautela—. ¿Ya no te mola Los Ángeles?

—Ya me conoces. Me distraigo con una mosca. Creo que a lo mejor ya he visto y hecho todo lo que vale la pena en esa ciudad.

Solo de Trina me creería eso.

—¿Aún trabajas en el dispensario? —Lo menos sorprendente de que se mudase a la Costa Oeste fue que consiguiese un empleo por el que podría acabar entre rejas si viviera aquí.

—A veces. También trabajo un poco de camarera. Y, de vez en cuando, echo una mano a un tío que conozco. Es fotógrafo.

—Un tío... —Veo que rehúye mi mirada—. ¿Tenéis algo?

—A veces.

El problema de Trina es complicado. No conozco a mucha gente que aproveche hasta el último minuto de su vida como hace ella —que ponga ganas y atención, que lo pruebe todo como mucho dos veces—, y que, sin embargo, al mismo tiempo, se sienta tan insatisfecha. Hay un agujero en el fondo de su alma por el que se cuela lo bueno y al que se adhiere lo malo; el barro más negro y denso.

—Es artista —añade a modo de explicación—. Su trabajo es muy importante para él.

Que es lo que dice la gente para justificar que no se atienden sus necesidades.

—No le he dicho que venía. Seguro que ni se ha dado cuenta aún de que no están mis cosas.

Empatizo bastante con ella. Durante mucho tiempo me sentí igual. Me aferraba a lo que fuera con tal de estar satisfecha, con independencia de si me convenía o no. ¿Cómo podía saberlo si no lo descubría por mí misma? Hasta que uno no se da unas cuantas hostias no repara en los buenos consejos que ha ignorado por el camino.

Cuando nos sirven las bebidas, Trina apura la birra que se estaba bebiendo y empieza la siguiente.

—Basta de cháchara —anuncia mientras se atusa el pelo. Lo lleva más corto, lo que la hace parecer aún más macarra—. Me aburro.

—Vale. ¿Qué podríamos hacer para entretenernos?

—Si no me falla la memoria, me debes la revancha. Prepara las bolas, West.

La sigo a la mesa de billar. Echamos dos partidas y lo dejamos en empate. Después, vamos de bar en bar por el paseo marítimo y Trina toma chupitos y cervezas para matar a un hombre el doble de grande que ella.

Es un alivio, en realidad. Una dosis de mi antigua vida sin las consiguientes lagunas mentales. Es alucinante la de cosas en las que uno se fija cuando no está pedo. Como el tío que le tira los tejos a Trina en el segundo bar. Ella cree que tiene veinticinco, pero para mí que ronda los cuarenta: lleva espray bronceador, se ha inyectado bótox y se le ve la marca de la alianza en el dedo. Aun así, nos invita a unas copas. A continuación, Trina lo convence para que coja el micro del karaoke y se echa unas risas a su costa, como si fuera su bufón particular. Me daría pena el tipo si no estuviera convencida de que en casa hay un chaval cuyo fondo universitario menguará un poco después de la crisis de los cuarenta de su padre.

—No era un cuarentón —insiste Trina demasiado alto cuando se lo digo, andando por el paseo en busca del siguiente garito—. ¡Eran las luces!

—Tía, tenía canas en el pecho.

Trina se estremece; un temblor de repulsión le recorre las extremidades. Finge que le dan arcadas mientras yo me parto de risa.

—No —gimotea.

—Sí —confirmo entre risitas.

—¿Y tú dónde estabas? La próxima vez avísame. Hazme señales con una mano o algo.

—¿Cuál es el signo para tío al que le cuelgan los huevos?

Ahora ambas nos doblamos de la risa.

El paseo marítimo de noche es una pista de luces y música. Las tiendas se anuncian con rótulos de neón y escaparates luminosos. La gente sale de los bares y las melodías rivales se mezclan con el aire salado y húmedo. Las terrazas están a reventar de turistas y de vasos de recuerdo. Cada ciertos pasos, un joven anuncia a grito pelado que hay dos por uno en bebidas o entrada gratis.

—Música en directo —propone uno mientras le tiende a Trina un panfleto verde claro para el local de música que hay al doblar la esquina—. Entrada gratis antes de medianoche.

—¿Estás en una banda? —le pregunta ella con un destello de interés en la mirada.

Trina tiene eso. Liga con cierto tono amenazante. Cuando bebe un poco, es graciosísima. Si bebe mucho, no dista mucho de un petardo encendido que aún no ha estallado. Y tú te quedas ahí. Esperando. Observando. Segura de que, en cuanto intervengas, explotará y te quedarás sin dedos y sin cejas.

—Eh, sí —responde el chico, que disimula su miedo con una sonrisa vivaz. A algunos les molan los pibones que dan miedo, y otros tienen instinto de supervivencia—. Toco el bajo.

Es mono. Parece un personaje roquero de Disney Channel con un punto gamberro. El típico chaval que se crio con padres que alentaban su vena creativa y le servían una bandeja de galletas recién horneadas mientras hacía los deberes. Nunca entenderé a la gente equilibrada.

—Ah. —La sonrisa carnívora de Trina se transforma en una mueca—. Bueno, nadie es perfecto.

No obstante, aceptamos la invitación, aunque solo lo hacemos porque es el baño más cercano que no exige consumición por adelantado. Juntas, Trina y yo hacemos cola en un pasillo lóbrego, decorado con fotos enmarcadas de conciertos y grafitis. Huele a garrafón, moho y sudor perfumado.

—Eres consciente de que has gafado al pobre chaval, ¿no? —suelto.

—Venga ya.

—En serio. Le has echado diez años de mal de ojo. ¿Y si iba a ser el próximo gran bajista de los Estados Unidos? Ahora acabará pasando la aspiradora por los zócalos del lavacoches Como los Chorros del Oro.

—El mundo necesita bajistas —asegura—, pero no me hago responsable de sus ideas equivocadas de lo que es follable.

—Paul McCartney tocaba el bajo.

—Eso es como decir que te tirarías a Papá Noel. Qué asco, Gen.

Seis mujeres salen dando tumbos del baño con un único váter, perjudicadas y riendo. Entro con Trina. Ella se moja la cara y yo meo.

Cuando ambas hemos acabado y nos lavamos las manos, Trina se saca una polvera pequeña del bolso. Dentro hay una bolsita de plástico con un polvillo blanco. Mete un dedo para coger un poco con la uña y lo esnifa. Inhala otro tanto por el otro agujero y se pasa lo que sobra por los dientes hasta que no le queda nada en los dedos.

—¿Quieres un poco? —Me ofrece la polvera.

—No, gracias.

Nunca me ha ido la coca. He fumado como un carretero y bebido como un cosaco. Le he dado al LSD alguna que otra vez. Pero nunca me ha tentado nada más fuerte.

—Va, hombre. —Trata de forzarme—. No he dicho nada en toda la noche, pero tu abstinencia me está aguando la fiesta.

Me encojo de hombros y comento:

—Agua es lo que te convendría.

Me pone ojitos de cordero degollado y me suplica:

—Solo un poquito. Y me callo.

—Pero, entonces, ¿quién impedirá que te vayas a casa con un vendedor de coches de mediana edad?

—Bien visto, West. —Recula, cierra la polvera y se la guarda en el bolso.

Cada uno es como es. Yo no juzgo a Trina. Todos tenemos nuestros mecanismos para lidiar con los problemas, y yo no soy la más indicada para criticar los de los demás. No es mi estilo.

—Entonces, esto de la sobriedad —cavila mientras salimos del baño y buscamos una mesa desde la que ver bien el espectáculo—, ¿va en serio?

Vemos una mesa alta con dos asientos junto al escenario y vamos directas hacia ella para pillarla.

Asiento despacio y contesto:

—Sí, eso creo.

De hecho, estoy bastante orgullosa de mí misma. Toda la noche juntas, y aún no me he subido a una mesa ni robado un bicitaxi. Aun así, me lo estoy pasando bien y no echo de menos beber. A eso lo llamo yo progresar.

Trina alza la petaca que saca del bolso y asiente.

—¡Brindo por eso! Que la vida te depare muchos años de salud y prosperidad.

Joder, si Trina acepta esta nueva faceta mía, tal vez aún haya esperanza. Quizá sí que puedo conseguir que este cambio dure y no me estoy engañando a mí misma.

Nuestro grupo aumenta durante el concierto. Unos amigos con los que fuimos al insti acercan unos taburetes y se unen a nuestra mesa. A algunos, como Colby y Debra, llevaba años sin verlos. Cuando el segundo acto de la noche son versiones de temazos de los noventa, el público se vuelve loco y se pone a cantar a pleno pulmón, arrastrando las palabras y cambiando un poco la letra. Acabamos roncos y agotados. Trina y los demás salen a la terraza a fumar y yo vigilo su bolso en la barra y me pido un vaso gigante de agua con hielo. Al sacar el móvil, veo que Evan me ha escrito hace un rato.

Evan: Aún no me has pedido que intervenga. ¿Buena señal?

Tengo que reconocer que tenía razón. Quedar con Trina ha sido una experiencia positiva. Para nada la catástrofe que tenía en mente. Pero por nada del mundo le diré eso. Evan no necesita que le suba los humos.

Yo: Estamos en la 95 y un cazarrecompensas tuerto y su carcayú nos pisan los talones. Manda aperitivos.

Cuando noto que alguien me da golpecitos en un hombro, flipo con que Evan nos haya localizado. Pero entonces me vuelvo y me topo con el oscuro uniforme de poliéster plisado y la panza de Rusty Randall.

—Genevieve West. —Me coge de una muñeca y me la pega a la espalda con rudeza—. Quedas detenida.

Se me desencaja la mandíbula.

—¿Cómo? ¿Por qué?

Me baja del taburete con tanta brusquedad que me cuesta mantenerme derecha. La gente que nos rodea se aparta; hay quien saca el móvil para grabar. Los *flashes* de las cámaras me ciegan mientras me devano los sesos para entender qué está pasando.

—Por posesión de una sustancia ilegal. —Me retuerce el otro brazo y me lo pega a la espalda. Unas esposas de metal me muerden la piel. El ayudante del *sheriff* Randall coge el bolso de Trina, revuelve en su interior, saca la polvera y, al abrirla, descubre la bolsita de coca.

—¡Ese no es mi bolso! —grito. El instinto me pide que corra, luche o... haga algo. Miro desesperada la puerta que da a la terraza de fumadores.

Randall me agarra el brazo y me susurra al oído:

—Deberías haberte marchado del pueblo cuando pudiste.

CAPÍTULO 28
GENEVIEVE

Fuera, Randall me estampa contra el lateral de su coche. Con la cara pegada a la ventanilla, me palpa los brazos, las costillas y las piernas con sus manos rollizas y sudorosas.

—Te lo estás pasando bomba —espeto con los dientes apretados—. Pervertido.

Me saca el móvil, las llaves y el carné de identidad de los bolsillos y los deja en el techo del coche junto con el bolso de Trina.

—¿Sabes cuál es tu problema, Genevieve? Que no valoras la prudencia.

—¿Y eso a qué viene?

—Solo era cuestión de tiempo que metieses de nuevo la pata. —Me peina con los dedos como si llevase agujas o un cuchillo Bowie escondidos en la melena—. Te lo dije: tengo ojos en todas partes.

—Pues tus soplones aún son más tontos que tú.

Ríe cruelmente y constata:

—Pero eres tú la que está esposada.

Mientras termina de cachearme, trato de averiguar cómo se habrá enterado de lo de la coca. ¿Por la persona del pueblo a la que Trina se la compró? ¿Por casualidad? Ambas opciones me parecen igual de improbables. Aunque, bueno, a saber los chanchullos en los que anda metido Randall. El tío es corrupto como él solo.

Entonces caigo en que, en algún momento de la noche, Trina y yo nos separamos, una fue a la barra a por otra ronda y la otra se fue al baño sola y esnifó coca frente a un montón de testigos. Basta con que solo uno de ellos nos haya visto juntas.

Randall saca una bolsa de plástico del maletero del coche patrulla y guarda dentro mis cosas y el bolso de Trina. A continuación, con una sonrisa espeluznante, abre la puerta trasera y me mete a la fuerza en el asiento de atrás.

—Perdón por el tufo —dice alegremente—. El último tío que estuvo aquí vomitó y no me ha dado tiempo a limpiarlo.

Mientras viva, recordaré la sádica sonrisa que esboza al cerrar de un portazo. Pienso borrársela de su cara de engreído, aunque sea lo último que haga.

Estoy en la oficina del *sheriff*, sentada en una silla de plástico, pegada a la pared de un estrecho pasillo, con los borrachos y los alteradores del orden público, las prostitutas y demás víctimas cabreadas de la redada de esta noche.

—¡Eh! —grita el tío de la fraternidad a un ayudante del *sheriff* que pasa por su lado. Está al final de la fila y le sangra la nariz—. ¡Eh, tú! Llama a mi padre. ¿Me oyes? Que os enteraréis.

—Calla, anda. —Unas sillas más adelante, un lugareño con un ojo a la funerala mira al techo—. Nos la suda tu papaíto.

—Estáis acabados. Todos y cada uno de vosotros estáis acabados. —El tío de la fraternidad hace ruido al revolverse, con lo que me doy cuenta de que lo han esposado a la silla—. Cuando venga mi padre, lo lamentaréis, idiotas.

—Tío —dice el lugareño—. Ya lo lamento. Como tenga que seguir escuchando a este quejica, me pasáis una pistola y me doy un culatazo.

Estoy cansada, hambrienta y tengo ganas de mear desde que Randall me metió de mala manera en el coche patrulla. Hago rebotar el pie de la impaciencia. La cabeza me va a mil por hora al imaginarme a Trina cuando entre y vea que no estamos ni yo ni su bolso. Me pregunto si deducirá lo que ha pasado. Calculo las posibilidades de que contacte con mi padre o con alguno de mis hermanos, teniendo en cuenta que lo más seguro es que su móvil esté en una taquilla de pruebas ahora mismo. Entonces caigo en que, si al final ha atado cabos, no vendrá a rescatarme. Saldrá por patas del estado, no sea que la poli encuentre su carné de conducir en su bolso y vaya también a por ella.

—No te pasará nada. —A la mujer del top de tirantes y la minifalda de lentejuelas que hay sentada a mi lado la rodea un aura casi zen, pues está sumamente tranquila—. No te preocupes. No da tanto miedo como en la tele.

—¿Cuándo se puede hacer una llamada? Nos conceden una, ¿no?

Irónicamente, pese a la cantidad de veces que me he metido en líos y he salido de ellos, nunca he estado en comisaría. Dada la vida que llevaba antes, quizá debería haberme preocupado más por conocer los entresijos del sistema de justicia penal.

En respuesta, la mujer echa la cabeza hacia atrás y cierra los ojos.

—Ponte cómoda, cielo. Esto tardará un rato.

«Un rato» se queda corto. Pasa más de una hora hasta que me toman las huellas. Otra para que me fotografíen. Y otra más de espera. Me da la impresión de que todos los ayudantes del *sheriff* de la comisaría me miran con maldad, con cara de regocijo o satisfacción chulesca. Reconozco a algunos: me decían que no con el dedo y me miraban con desprecio cuando iba al instituto. Me dejan con una sensación muy intensa de lo impotente que se siente uno cuando está preso, y solo estoy sentada en un pasillo bien iluminado. Tras estas paredes, son ellos los que tienen el poder, no nosotros. Somos degenerados y culpables porque ellos lo dicen. Indignos de respeto o de una mínima humanidad. Bastaría para radicalizar incluso al suburbano más dócil.

Tras otra hora de papeleo en la que no hago nada, al fin nos asignan una celda. Nos dividen por hombres y mujeres. Cuando me siento en un banco junto a una vagabunda que duerme, tengo las muñecas doloridas y amoratadas. En el rincón, una turista rubia, de más o menos mi edad llora en silencio con la cara en las manos mientras su amiga está sentada a su lado con expresión de hastío. El conjunto de váter y lavamanos de metal que hay en la otra punta huele como si el contenido de los baños de los bares de la bahía fuese a parar ahí; se me quitan todas las ganas de usarlo.

En algún momento de la noche, escucho mi nombre, lo que hace que deje de mirar embobada las manchas del suelo.

Al echar un vistazo a los barrotes de hierro, casi me pongo a llorar. Es Harrison. Vestido de uniforme.

Como si esta noche no hubiese sido ya lo bastante humillante.

A regañadientes, me reúno con él en la parte delantera de la celda.

—Qué apropiado, ¿eh? Esto es como cuando en los concursos de citas a ciegas revelan la identidad de los pretendientes.

—He oído que estabas aquí y he venido en cuanto he podido. —El pobre parece preocupado de verdad—. ¿Estás bien? ¿Te han hecho daño?

No sé si lo pregunta por mis compañeras de celda o por alguien de fuera.

—Estoy bien, dadas las circunstancias. —Sonrío con ironía y agrego—: ¿Y si haces como que se te cae una llave y te vas?

—Vale —acepta, y me susurra en alto—: Pero tienes que hacer que parezca convincente para que pueda decirles que me superaste cuando intenté detenerte.

—No, en serio. ¿Cómo va esto? Tengo dinero. Págame la fianza o lo que sea y te lo devuelvo. Ni siquiera me han dejado hacer una llamada aún.

Harrison aparta la vista y suspira con frustración.

—El *sheriff* ha salido del pueblo por un asunto familiar, así que nadie tiene mucha prisa por hacer el papeleo.

Lo que significa que, si había alguna esperanza de que el *sheriff* Nixon se enterase de que estoy aquí y, al menos, avisase a mi padre, ya se ha esfumado. No era seguro, pero Hal Nixon y papá juegan una timba de póker cada mes y se han hecho muy amigos estos últimos años. Pensaba que, quizá, con muchísima suerte, Nixon me dejaría alegar que todo esto es un malentendido que se ha desmadrado por un gilipollas con sed de venganza.

—No se puede pagar la fianza hasta que se procesa la detención —prosigue Harrison—. No sé a qué se debe el retraso con las llamadas. Voy a ver.

—Yo no he sido —aseguro mientras lo miro a los ojos—. De nuevo es cosa de Randall. Ya lo viste. Es su venganza.

—Lo arreglaremos —dice con el rostro demudado por el conflicto y la indecisión.

No es que me sienta especialmente magnánima dada mi situación actual, pero he tenido tiempo últimamente para meditar a conciencia, y entiendo que la frágil perspectiva de un poli novato trastabille un poco cuando se enfrenta a semejante follón. A fin de cuentas, es su gente.

Suavizo el tono y añado:

—Ha sido muy amable por tu parte venir a verme. Aunque solo haya servido para confirmar que estoy aquí encerrada.

Se relaja y, desprovisto de toda tensión, se disculpa:

—Lo siento. Me da la impresión de que debería hacer más, pero no tengo mucha influencia aquí dentro.

—Una cosa te diré —suelto mientras saco una mano por entre los barrotes y agarro la suya—. Cuando me lleven a la silla, quiero que seas tú el que le dé al interruptor.

—Joder. —Harrison ríe con inquietud—. Eres de lo que no hay.

Que es una bonita forma de decir que soy mejor en dosis pequeñas.

—Ya. Me lo dicen mucho.

—Voy a ver si me entero de algo. Si puedo, volveré. ¿Quieres que llame a alguien por ti?

Niego con la cabeza. Por más que desee salir de aquí, será peor si es él quien llama a papá y no yo. Además, ya me he acostumbrado a la peste de aquí dentro.

—Va, ayudante del *sheriff*. Vete.

Tras asentir por última vez con pesar, se marcha.

Harrison no vuelve. No pego ojo en toda la noche y por la mañana estoy impaciente, hasta que me permiten hacer una llamada.

—Papá... —La vergüenza que siento cuando coge el teléfono, pues sé lo que tengo que decirle... Me he pasado toda la noche temiendo este momento, y es peor de lo que me imaginaba—. Estoy en la oficina del *sheriff*.

—¿Estás bien? ¿Qué ha pasado? —La preocupación de papá es palpable.

No lo soporto. Mientras hablo por teléfono de cara a la pared con gente haciendo cola detrás, escarbo con nerviosismo en la pintura desconchada con la uña del pulgar. Se me revuelve el estómago mientras me obligo a pronunciar las palabras.

—Me han detenido.

Guarda silencio mientras me explico a toda prisa. Le cuento que no era mi bolso. Que Randall me la tiene jurada. Y, cuanto más hablo, más me enfado. Todo esto empezó porque rechacé las insinuaciones sexuales de un agente casado. Durante mucho tiempo, me he sentido culpable de haber destrozado una familia, tras irrumpir borracha en su casa, pero ahora me doy cuenta de que no fue culpa mía, ¡sino *suya!* Él desencadenó esta serie de acontecimientos hace un año porque es una persona ruin y depravada. Debería haberle arreado una patada en los huevos cuando pude.

—Te lo juro, papá. No era mío. Me someteré a una prueba de detección de drogas. Lo que sea. —Noto una opresión en el pecho—. Te lo prometo. No es como antes.

Cuando acabo de hablar, se hace un largo silencio durante el cual me entra el pánico. ¿Y si está harto de mis movidas y esta es la gota que colma el vaso? ¿Y si me deja aquí para que aprenda una lección que debería haberme enseñado hace mucho? ¿Y si se rinde con su hija descarriada e inútil que de todos modos iba a abandonarlos a él y al negocio familiar?

—¿Seguro que estás bien? —me pregunta con voz ronca.

—Sí, estoy bien.

—Vale, estupendo. Aguanta, peque. Voy para allá.

Pocos minutos después, un ayudante del *sheriff* me llama y abre la celda. Cuando me escolta desde la sala de espera de los reos, entre las mesas, me alivia que Randall no esté al acecho, esperándome. Tras el primer encontronazo que tuvimos cuando volví al pueblo, me quedó claro que me tenía entre ceja y ceja. Cuando nos fastidió el final de la cita a Harrison y a mí, di por hecho que sería una molestia constante. Pero la cosa ha escalado de manera drástica. Y a saber qué más me tiene reservado. Ahora me mete entre rejas. La próxima vez quizá no se contente con vengarse por medios convencionales. No quiero saber qué ocurrirá cuando le dé por ponerse creativo.

El ayudante del *sheriff* abre la puerta de un despacho y señala dentro. El *sheriff,* vestido con un polo, está sentado a su mesa. Mi padre se levanta de su asiento y me hace un gesto con la cabeza, tenso.

—¿Bien? —me pregunta.

—Sí. —Todo lo bien que puedo estar. Cuando reparo en la bolsa de papel y el vaso de café que hay en la esquina de la mesa, enarco una ceja—. ¿Para mí?

—Sí, te he traído algo —contesta papá—. Suponía que tendrías hambre.

Miro en la bolsa y prácticamente engullo los dos sándwiches grasientos de salchicha y huevo. No los saboreo mientras los bajo con un café negro y caliente, pero me encuentro mejor al instante. La sensación de cansancio se ha desvanecido y ya no me rugen las tripas. Aunque me meo muchísimo.

—Que conste —interviene el *sheriff* Nixon— que lamento la confusión.

Por algo se empieza.

—He mirado en el bolso —prosigue—. Tanto el carné de identidad como las tarjetas de crédito y demás enseres personales pertenecen sin ninguna duda a la jovencita de nombre Katrina Chetnik.

Miro a mi padre y añado:

—Eso es lo que intenté decirle.

Papá asiente y mira con los ojos entornados al señor que está detrás de la mesa.

—Estar sentado junto a un bolso en un bar atestado no es un delito, ¿no?

—No, no lo es. —En honor al *sheriff,* cabe destacar que también está indignado con todo este circo. Molesto por haber tenido que venir hasta aquí un domingo para solucionar este desaguisado—. Localizaremos a la dueña.

Lo que significa que los problemas de Trina no han hecho más que empezar. Pero tampoco puedo decir que me importe. Tras pasar una noche en el calabozo, no intervendré por ella. Sabía a lo que se exponía. Al echar la vista atrás, me parece muy feo por su parte que me dejase ahí sentada con su coca.

Llaman a la puerta con brusquedad. Al instante entra Rusty Randall. Por lo visto, estaba en casa, pues va en camiseta y vaqueros. Me deleito un poquito al imaginar que ha debido despertarlo una llamada urgente en la que lo informaban que el jefe «quiere que vengas cagando leches».

Randall me observa a mí y después a mi padre. Nada de la escena lo perturba lo más mínimo. Con los brazos en jarras, se planta en el centro de la sala y pregunta:

—¿Quería verme, señor?

—Rusty, enviaremos a la señorita West a casa con nuestras más sinceras disculpas por las molestias. Encárgate tú del papeleo. Quiero ver el informe en mi mesa hoy mismo.

—De acuerdo —acepta con voz tensa.

—¿Deseas añadir algo? —inquiere el *sheriff,* que ladea la cabeza.

Randall se limita a parpadear en mi dirección.

—Actué por causa probable de detención. Mis actos fueron del todo apropiados. Como es obvio, respeto su decisión. Enseguida me pongo con el papeleo.

Cobarde.

Pero ambos sabemos que preferiría embadurnarse las piernas de cera a disculparse o reconocer que se ha equivocado. Sin embargo, para mí no supone una gran diferencia, pues me la pela lo que opine el tío este.

—Ronan —añade el *sheriff* Nixon—, lleva a tu hija a casa. Y señorita West... —Me observa un momento y agrega—: Imagino que no la veré de nuevo por aquí.

No sé muy bien cómo interpretar su comentario. O insinúa que se encargará de que no haya más detenciones improcedentes o pretende asustarme. Sea lo que sea, no creo que nos veamos mucho. No si puedo evitarlo.

—Ni por asomo —aseguro.

A pesar de haber limpiado mi nombre, el trayecto de vuelta a casa aumenta mi vergüenza. Quizá me han detenido por error, pero, aun así, mi padre ha llamado al *sheriff* a primera hora de la mañana para que sacase a su única hija de la cárcel. Si para mí ha sido humillante, imagino que para él tampoco habrá sido de color de rosa.

—Lo siento —me disculpo mientras observo su perfil con cautela.

No contesta, lo que intensifica mi culpa.

—Entiendo que lo que hago os afecta a ti y al negocio. Y que, aunque las drogas no eran mías y no he consumido, me

251

lo he buscado. Sabía que Trina llevaba coca. Debería haberme marchado. Porque, seamos sinceros, hace un par de años no habría sido raro que el bolso hubiera sido mío.

—Lo primero —dice—, no estoy enfadado.

Mira la carretera mientras mueve la mandíbula como si tratase de aclararse las ideas.

—Sí, has cometido errores. Un par de años es mucho tiempo, y tú ya no eres esa chica. —Suaviza el tono para agregar—: Habría ido con independencia de lo que me hubieses dicho. Eres mi hija, Genevieve. —Me mira—. Pero que quede clara una cosa. No tenía la menor duda de que eras sincera. No creas que no me he dado cuenta de los progresos que has hecho. Importan.

La emoción me cierra la garganta. De pronto caigo en que llevo tanto tiempo intentando convencerme de que iba en serio que no me he fijado en que otros empezaban a creerlo. Mi padre. Mis amigas. Evan.

Con un nudo que amenaza con ahogarme, digo:

—No quería que pensases que era algo impulsivo o que había vuelto a las andadas. Por mamá o yo qué sé… —El pensamiento muere en mi lengua. Ignora que la haya mencionado, por lo que me arrepiento al instante—. Pero ese no es el caso para nada. Me estoy esforzando muchísimo para ser mejor persona, para tomarme más en serio y que los demás también lo hagan. No arriesgaría eso, y menos ahora que pronto empezaré a trabajar en otro sitio.

Papá asiente despacio.

—Cierto. No sé si te lo dije cuando me contaste lo del hotel, pero… estoy orgulloso de ti, peque. Puede que sea una gran oportunidad laboral para ti.

—Esa es la idea. —Sonrío ligeramente y añado—: Y no, no dijiste que estuvieras orgulloso. Si no recuerdo mal, dijiste: «Enhorabuena» y refunfuñaste que Shane sería un jefe de personal horrible.

Ríe con timidez y asegura:

—No me gustan los cambios.

—¿Y a quién sí? —Me encojo de hombros y agrego—: No te preocupes, no permitiremos que Shane se acerque a la oficina. Me he comprometido a ayudarte a entrevistar a candidatos. Encontraremos a un jefe de personal incluso mejor que yo.

—Lo dudo —contradice papá con voz ronca. Que me aspen si eso no me hincha de orgullo. También se me cierra un poco la garganta.

—Oye, al menos mi sustituto no tendrá antecedentes penales —comento para relajar el ambiente.

—¿Y qué pasa con Rusty? —pregunta mi padre, que me mira suspicaz—. ¿Te la tiene jurada por algo?

Suspiro y le cuento la verdad. Casi toda, al menos; hay cosas que no repetiré ante mi padre. Pero le explico lo esencial. Que Randall me agredió en el bar. Que la rabia y el exceso de alcohol hicieron que traumatizase a su familia en el salón de su casa. Y las amenazas y encontronazos que ha habido desde entonces.

—Me culpa de haberse quedado sin familia —reconozco—. Hasta cierto punto, yo también me culpaba.

—Ese hombre se lo ha buscado solo. —La expresión de papá es pétrea y nada compasiva. A Randall no le conviene encontrárselo a solas en un callejón oscuro en un futuro próximo.

Permanecemos callados durante un rato. No lo interrumpo mientras asimila la información que acabo de contarle. Entonces me doy cuenta de que estamos volviendo a casa por el camino largo. Me sudan las manos. Supongo que esta es la charla que hemos pospuesto desde que regresé al pueblo.

—Eres la que más se parece a tu madre —suelta de repente. No despega los ojos de la carretera—. Soy consciente de que no os llevabais bien. Pero te juro que eres la viva imagen de Laurie cuando era joven. Por aquel entonces era una cabeza loca.

Me recuesto y miro por la ventanilla las casitas pasar. Me asaltan imágenes borrosas e intermitentes de mi madre. Son más difusas cada día que pasa; los detalles se desdibujan.

—Formar una familia la cambió. Si te soy sincero, creo que primero la cambié yo. Últimamente no dejo de preguntarme si maté su espíritu al desear tener una familia numerosa.

Lo miro a los ojos y digo:

—No lo entiendo.

—Cuando la conocí, era una mujer enérgica y vivaz. Y, poco a poco, se fue apagando. No sé hasta qué punto era consciente de que su luz se había extinguido casi del todo.

—Siempre pensé que éramos nosotros. —Se me rompe ligeramente la voz—. Di por hecho que no nos tragaba, que no habíamos salido como esperaba.

Papá coge aire y lo suelta de golpe.

—Tu madre sufrió una depresión postparto muy dura tras el nacimiento de Kellan. Luego nos enteramos de que estaba embarazada de Shane, lo que ayudó un poco. Durante poco tiempo. La verdad es que no sé si tuvo tantos hijos porque así lo quería yo o porque confiaba en que el siguiente la sacase de la depresión; que viniese a curarla. —Me mira profundamente arrepentido y triste—. Cuando tuvo a Craig, algo cambió. No se deprimió. Las hormonas o reacciones químicas que hacen que las mujeres forjen un vínculo con sus hijos surtieron efecto por fin. Lo que solo sirvió para que se sintiese más culpable. Se dejaba la piel para estrechar lazos con los demás y se esforzaba con ahínco por salir del pozo y dejar de tener malos pensamientos. Y entonces llegó Craig y, de repente, fue fácil y...

Exhala tembloroso, sin apartar la vista de la carretera. Cuando vuelve a hablar, contengo el aliento. Con agujas y horquillas.

—Madre mía, Gen, ni te imaginas lo mucho que le dolía que su relación con él fuera tan fácil y con los demás, tan complicada. Su mayor miedo era ser mala madre; la atenazaba. No soportaba pensar que os hubiese fastidiado la vida. No sé todo lo que le pasaba por la cabeza a Laurie, pero debes entender que lo que le ocurría no era culpa suya. Fuera lo que fuese. Las reacciones químicas de su cerebro o yo qué sé. Se odiaba más que nadie.

Me escuecen y me pican los ojos. Nunca lo había pensado desde ese punto de vista. No era algo de lo que se hablase en la familia. Como parecía que nos despreciaba, así lo creíamos. O así lo creía yo, al menos. Nunca me plantee que fuese una enfermedad, algo que no pudiese controlar y de lo que incluso se avergonzase. Debió ser mucho más fácil para ella tirar la toalla y evitar el miedo a traumatizar a sus hijos. Pero lo que hemos sufrido todos por eso, madre mía.

Nada cambiará la infancia que tuvimos; los años que vivimos sin madre. El dolor y el martirio de crecer pensando que nos odiaba por el mero hecho de haber nacido, una decisión que no tomamos nosotros. Pero la dolorosa confesión de papá, este nuevo y triste dato, cambia mucho lo que siento por ella. El recuerdo que tengo de ella.

La imagen que tengo de mí.

CAPÍTULO 29
EVAN

Hay algo en el ambiente. Estoy con mi equipo restaurando una casa arrasada por el temporal para un inversor, y, desde la hora del almuerzo, los chicos están raros. Me echan miradas furtivas y cuchichean entre ellos. Callan cuando entro en una sala, pero noto que no dejan de observarme. Da mal rollo. La escena previa a que los extraterrestres con forma de planta se giren a la vez y bajen a comerse a su desafortunada víctima. Juro por Dios que como algo trate de sondarme o me vomite en el gaznate, cojo un mazo y empiezo a reventar escrotos.

En el baño principal del segundo piso, pillo a mi jefe de turno, Alex, mirando el móvil con el tío que debería estar instalando la nueva bañera.

—Grady, estoy seguro de que nos cobraste unas treinta horas de más por el curro de Poppy Hill —digo en alto. El tío de la bañera se sobresalta y se guarda el teléfono en el bolsillo—. ¿Cómo crees que reaccionará Levi cuando le cuente que estás aquí mirando el móvil y tocándote los huevos?

—Entendido, jefe. Descuide. Voy a... —Grady abarca con un gesto la bañera, el lavamanos y el retrete que le falta por instalar—. Hoy mismo lo dejo niquelado. No se preocupe.

Es alucinante lo mansa que se vuelve la gente cuando tu nombre figura en su nómina.

Le hago un gesto con la cabeza a mi jefe de turno, un joven al que ayudé a conseguir el puesto, para que me siga. Alex y yo nos metemos en uno de los dormitorios vacíos y lo miro con recelo.

—¿Qué mosca os ha picado a todos hoy?

Duda si contestar, se quita la gorra de béisbol, se rasca la cabeza, se la pone otra vez y se la recoloca, con la esperanza, quizá, de que entretanto olvide lo que le he preguntado. Me está poniendo de los nervios.

—¿Qué os pasa, joder? —pregunto.

—Pues, eeh, es que... —Por el amor de Dios—. Bueno, se rumorea que han detenido a Genevieve. Por posesión de cocaína o algo así.

—¿Cómo? —Me baja un sudor frío por el cuerpo—. ¿Cuándo?

—Anoche. A ver, se rumorea que la pillaron pasando un kilo de coca a un secreta en el paseo marítimo, pero no son más que habladurías. A mí lo que me ha contado mi primo, que anoche trabajaba en el bar, es que entró un poli y encontró droga en su bolso, pero ella dijo que el bolso no era suyo. Y una tal Trina se puso a buscarla poco después.

Maldita sea.

—No sabíamos si te habías enterado —sigue Alex—, de modo que los chicos...

—Vale, está bien. —Le hago un gesto para que se vaya—. Vuelve al tajo y diles a los demás que no toquen el móvil. Que no les pagarán más por holgazanear.

Trina.

Cómo no.

Debería habérmelo imaginado. Sé perfectamente las movidas en las que se mete esa chavala. La ira me consume; una ira dirigida en gran parte a mí. ¿En qué momento me pareció buena idea juntar a Gen y Trina? Y encima con el ayudante del *sheriff* Randall al acecho, que desea acusar a Gen de lo que sea. Si me hubiese parado un segundo a pensar en el bienestar de Gen en vez de en el mío, lo habría previsto.

Mierda.

No me extraña que huyese de mí. Este giro de los acontecimientos era tan evidente que Gen lo probó todo, salvo arrearme con un bate de béisbol, para que no me acercase a ella. Y, con lo que me he esforzado por demostrar que exageraba y que nos iría fenomenal juntos, resulta que tengo que darle la razón en la primera ocasión que se presenta. Estaba tan obcecado en defender mi argumento y hacerla cambiar de opinión, que no pensé ni por un instante en las consecuencias que habría si nos iba mal.

¿Qué clase de capullo es tan egoísta?

Y lo que ha pasado no es *peccata minuta,* precisamente. Han esposado a Gen. Seguramente la habrán escoltado fuera del bar con medio pueblo y cientos de turistas mirando. Los mismos gilipollas que le han dicho toda la vida que era una inútil la habrán exhibido en comisaría y la habrán humillado. Lo habrá pasado fatal.

Y todo por mi culpa.

Todo este tiempo intentando convencerla de que sería bueno para ella y mejoraría su vida para esto. Me parto y me mondo.

Al cabo de unas horas, dejo la obra y me voy a verla. Llevo todo el día pensando en si llamarla o no, pero al final he decidido que tener esta conversación por teléfono sería más insultante que esperar a hablarlo en persona. O quizá sea un cobarde que confiaba en que aplazar el momento me ayudaría a saber qué decirle.

Cuando aparco frente a su casa, aún estoy bloqueado.

Su hermano pequeño, Craig, me abre la puerta. Tras desearme suerte con una mirada cómplice, señala arriba con la cabeza y dice:

—Está en su cuarto.

Llamo un par de veces. Al ver que no contesta, entro. Gen está en su cama, duerme en pijama y albornoz, con el pelo aún húmedo. En gran parte deseo marcharme. Dejarla dormir. Cuanto más posponga esto, más tiempo tendré para que se me ocurra algo apropiado que decir. Pero entonces abre los ojos y me ve plantado en el umbral.

—Perdona —se disculpa adormilada mientras se incorpora y se apoya en el cabecero—. No he dormido mucho en la trena.

—Si quieres me voy y vuelvo luego.

—No. Quédate. —Se pega las rodillas al pecho para hacerme sitio—. Supongo que ya se ha enterado todo el pueblo, ¿no?

Teniendo en cuenta las circunstancias, no se la ve tan mal. Un poco grogui y pálida por el cansancio, pero, por lo demás, ilesa. Aunque eso no deshace el nudo de culpa que tengo atascado en la garganta.

—¿Estás bien? ¿Ha tratado de hacerte algo? —Porque arrojar un cóctel molotov por la ventana del dormitorio de Randall me animaría que flipas.

Gen niega con la cabeza y responde:

—Ha estado bien. Es mucho peor ir a la DGT, para ser sincera.

—¿Ya está? ¿Una noche en el trullo y hablas como en las telecomedias de los noventa?

Esboza una débil sonrisa. Se me parte el alma, joder.

—Estoy pensando en hacer una gira por la cárcel con nuevo material.

—¿Sabes algo de Trina?

—No. —Se encoge de hombros—. Ojalá le vaya bien. Si es lista, ya estará en México.

Cuando abro la boca para hablar, me interrumpe.

—¿Podemos dejar este tema? Lo hablamos luego. Ahora no quiero pensar más en eso. Ha sido un día muy largo.

—Vale, está bien.

Me coge de una mano y me sienta a su lado, pegado al cabecero.

—Eh, no te lo había dicho, pero la casa ha quedado estupenda. Habéis hecho un trabajo excelente. Casi me da pena que se hayan acabado las reformas.

—Echaré de menos que te pasees por la casa con tus camisoncitos de seda mientras me observas sudar la gota gorda.

Gen ríe por la nariz y comenta:

—Tienes una imaginación desbordante.

—Ah, ¿que no eras tú? Pues sería otra morena de piernas largas y escotazo.

Me da un codazo en las costillas y suelta:

—Quiero decir que, como ya habéis acabado, mi padre pondrá la casa a la venta. Este dejará de ser mi cuarto en breve. Y la casa está tan bonita ahora que da pena marcharse.

—Qué montón de buenos recuerdos me trae esta habitación. —Colarme por su ventana cuando todos se dormían. Ayudarla a salir a hurtadillas.

—Kellan y Shane se han fumado el alijo de maría que tenían escondido debajo de las tablas del armario de Shane. —Cuando ríe, esta vez es de verdad. El sonido me reconforta y debilita a la vez—. Se han pasado horas vomitando. Shane juraba que se había quedado ciego.

Quiero reír con ella y rememorar las veces que nos hemos salido con la nuestra en esta casa. Las ocasiones en que contuvimos el aliento bajo las sábanas mientras follábamos con su familia durmiendo a unos metros de distancia. Siempre con miedo de que entrase uno de sus hermanos y me la cortase al verme encima de ella.

Pero lo único que pienso es que, si las circunstancias hubieran sido diferentes, quizá habría recibido una pena de cárcel por mi culpa.

Solo ahora me parece que algunos de esos recuerdos —huir de la pasma o de a quien hubiésemos cabreado esa noche, andar dando tumbos por ir pedo con quince años, colocarnos y hacer pellas— no son tan enternecedores como se me antojaban cuando iba al instituto.

—Mi padre quiere que mire casas con él. Ahora que mi madre no está, le agobia un poco tener que decidir.

Apenas la escucho. Un pensamiento en bucle cae sobre mí como una losa; no dejo de dar vueltas a las posibles formas de arruinarle la vida a esta chica que aún no se me han ocurrido. Era feliz cuando volvió. Quizá no nada más llegar, por el funeral y eso. Pero, si comparo a la persona que se presentó en la primera hoguera con la que se sienta ahora a mi lado, la actual está quemadísima. Consumida. Un par de meses conmigo y ya le he robado la vitalidad.

Y da igual lo que se me ocurra para salir de esta, pues siempre llego a la misma conclusión irrefutable: es culpa mía. Y, si pudiera, lo haría de nuevo.

—Pues hace un par de días pasé junto a una casa en Mallard. La azul de las palmeras. Es de las más recientes. La busqué en...

—Gen. —Me pongo de pie—. Oye, tenías razón.

—¿Eh?

Nervioso, me paseo por la estancia. ¿Cómo se lo digo? No quiero quedar como un capullo, pero quizá ya es tarde para eso.

—¿Evan? —Su voz rezuma preocupación.

—Tendría que haberte hecho caso.

Joder, ¿por qué no le habré hecho caso? Me ha dado decenas de oportunidades para respetar sus deseos y mantener las distancias. He ignorado todas y cada una de sus advertencias y he caído en picado. Despacio, me vuelvo hacia ella; la culpa y el arrepentimiento amenazan con salir a borbotones. ¿Qué ha hecho para merecer a alguien como yo?

—Lo siento, Fred.

—¿Por? —pregunta más asustada.

—Tenías razón. No funcionará. Lo nuestro, digo.

—Evan. —Una expresión de desconcierto y cautela hace que palidezca—. ¿Es por lo de anoche? No pusiste la coca en el bolso de Trina. No obligaste a Randall a ir a por mí. Nada de eso es culpa tuya.

—Pero te convencí para que fueras. Eso sí que es culpa mía. —Alzo la voz sin apenas darme cuenta. Siento que he perdido el control de mis pensamientos. De la frustración que huye conmigo. De la rabia que dirijo contra mí mismo, por haber permitido que esto ocurriera—. No soy bueno para ti. Lamento haber tardado tanto en darme cuenta. —Trago saliva. Duele—. Te conviene estar lejos de mí.

—No lo dices en serio. —Gen se levanta de un salto—. Entiendo que te sientas responsable, pero no ha sido culpa tuya.

—No hagas eso. —Me aparto cuando hace amago de agarrarme un brazo—. Has pasado toda la vida excusándome.

Niega con la cabeza, frustrada. Resopla y dice:

—No te excuso. Me ponía nerviosa quedar con Trina porque no creía que pudiera resistir la tentación de emborracharme con ella. Creías más tú en mí que yo, y tenías razón. No probé ni una gota de alcohol en toda la noche. Me ofreció coca y la rechacé. Lo que pasó después fue decisión mía. Me quedé. Permití que se fuera y me dejara el bolso. En cualquier momento podría haberme negado y haberme marchado a casa. —Se pone guerrera y añade—: Llevas *toda* la vida asumiendo la culpa por mí. Pero ya soy mayorcita, Evan. No necesito un mártir.

Agradezco lo que intenta hacer, pero no puedo consentirlo. Así empiezan los hábitos. Me perdona esta vez, y la siguiente. Y la próxima. Hasta que, poco a poco, recae en los patrones autodestructivos que tanto se ha esforzado por superar. Siempre ha sido la mejor de los dos.

La amo. Prefiero no verla nunca más que ser el motivo de que se desprecie.

—Deberías quedarte con tu poli —le sugiero. Se me rompe un poco la voz, pero la endurezco con determinación para agregar—: Es un tío legal y hará lo indecible para que seas feliz. Será mejor influencia de lo que yo seré jamás.

—Evan.

Observo cómo mi decisión se afianza en su mirada. La veo buscar una palanca para detener esto. Le doy la espalda.

—¡Evan!

Salgo por la puerta y bajo las escaleras. Voy hasta mi moto casi corriendo. Tengo que salir de aquí si no quiero flaquear. Sé que Gen me mira por la ventana de su cuarto mientras me marcho a toda prisa. El dolor empieza antes de llegar al final de la manzana. Cuando llego a casa, ya no siento nada. Ni siquiera sé si estoy despierto.

Más tarde me siento en el porche trasero; ya ha oscurecido. Las nubes tapan las estrellas y hacen que el cielo parezca pequeño y muy cercano. Los saltamontes y el canto de los grillos me taladran la cabeza. Estoy en *shock*. No soy del todo consciente de las consecuencias.

Alguien me planta una cerveza fría en el regazo. A mi lado, Cooper acerca una silla.

—¿Has ido a ver a Genevieve? —me pregunta.

Abro la birra y le doy un trago. No me sabe a nada.

—Creo que he roto con ella —murmuro.

Coop observa mi perfil y pregunta:

—¿Estás bien?

—Sí.

Resulta que podría haberle ahorrado el mal trago a todo el mundo si hubiera hecho caso a ambos. Coop no sabe nada sobre Genevieve, pero, aunque no soporto sus críticas, me conoce bien.

—Lo siento —me asegura.

—No es mala chica. —La gente siempre la ha criticado por querer disfrutar de la vida. Ese ha sido su crimen. Quizá sus ganas de vivirla suscitasen envidias y anhelos. La mayoría teme vivir la vida a tope. Son pasajeros o meros espectadores de lo que acontece a su alrededor. Pero Gen no.

—Lo sé —asegura Coop.

Cuando se marchó hace un año, lo nuestro no acabó de verdad. No nos dijimos nada. Ella se fue, pero la relación quedó en suspenso. Incluso, cuando meses después todos me decían que pillase la indirecta, no podía renunciar a lo que habíamos dejado a medias. Solo era cuestión de tiempo que volviese a casa y lo retomásemos. Pero no fue así. Gen cambió. Y, aunque no me había dado cuenta, yo también. Hemos intentado volver a estar juntos a la fuerza, llenar los mismos huecos, pero ya no encajamos como antes.

—¿La quieres?

Se me cierra tanto la garganta que me falta el aire.

—Más que a nada en el mundo.

Ella es la definitiva. La única. Pero no basta con eso.

Cooper exhala y repite:

—Lo siento. Aunque no me lleve bien con Gen, eres mi hermano. No me gusta verte sufrir.

Hemos discutido mucho este último año. Andábamos a la greña por cualquier motivo. Para ser sincero, es agotador. Y desolador. Noches como esta me recuerdan que, pase lo que pase, siempre nos apoyaremos el uno al otro.

—Tendríamos que ser mejores hermanos —propongo con voz queda—. Sé que lo de mamá te enfada, pero ¿hace falta que nos liemos a hostias cada vez que se la nombra? Tío, no quiero mantenerte al margen de esto. No me gusta mentirte sobre dónde estoy o salir a hurtadillas para que no me escuches mientras hablo por teléfono. Siento que voy con pies de plomo en mi propia casa.

—Ya, lo pillo. —Coop le da otro trago a la cerveza y hace girar el botellín. El mar trae una brisa que huele a sal—. Llevo tanto tiempo enfadado con ella que supongo que quería que tú también te unieses al club. Uno está muy solo cuando lo dan de lado.

—No pretendo darte de lado. Sabía que no estabas listo para que volviese a formar parte de tu vida. No pasa nada. Le dije que no se hiciese ilusiones. Joder, si hasta le advertí que , como viniese por aquí, le dirías al FBI que ella había enterrado a Jimmy Hoffa en el jardín trasero.

Se le escapa una carcajada tensa.

—No es mala idea. Para cuando haga falta.

—En cualquier caso, no te he pedido que quedes con ella porque sé lo mucho que te la lio la última vez. Te dije que le dieses una oportunidad y te traicionó. Nos traicionó. Sí, me preocupaba que otra vez me tomase el pelo. Aún me preocupa. No sé si algún día dejaré de sentirme así respecto a Shelley. Pero es algo que necesito hacer. Por mí.

—Estaba pensando… —Se mira el regazo y toquetea la etiqueta que se está despegando del botellín mojado—. Me estoy planteando quedar con ella.

—¿En serio?

—Sí, ¡qué narices! —Apura la bebida—. Mientras estéis Mac y tú, vale. No será tan horrible.

No me imaginaba para nada que fuese a cambiar de opinión de forma tan radical. Dudo que sea por algo que le haya dicho yo; es más probable que lo haya convencido Mac. Pero me la suda el motivo. No nos queda casi familia. Hoy se ha reducido un poco más incluso. Intento juntar lo máximo posible las partes que la componen. Si conseguimos dejar de discutir por esto, habremos avanzado mucho.

—Yo me encargo.

—Pero te lo digo desde ya —me advierte—. Como venga porque necesita un riñón, le doy uno de los tuyos.

CAPÍTULO 30
GENEVIEVE

Todavía estoy sentada en el suelo, en el mismo sitio en el que me he dejado caer cuando Evan se ha marchado. Miro los dibujos de la alfombra, las marcas de la pared, mientras intento entender lo que acaba de pasar. Me vuelvo a la cama a desgana, apago la luz y me ciño las mantas a los hombros mientras reproduzco la escena en mi cabeza. Su fría indiferencia. Cómo me ha mirado, como si no existiera, incluso cuando nos hemos mirado a los ojos. Invisible.

¿De verdad ha roto conmigo? Ayer habría jurado que era incapaz de pegar un cambio tan repentino y cruel.

Recuerdo fragmentos de la conversación que hemos mantenido, como si no hubiera estado del todo presente para escucharla. Ahora que ato cabos, aún no comprendo cómo he acabado sola, a oscuras y con un dolor desgarrador en el pecho.

Que me marchase el año pasado fue diferente. Él seguía aquí. Pensamos en el hogar como algo permanente. Algo que atesoramos en la memoria. Inamovible.

Entonces volví y creí que podría conservarlo. Preservarlo a la perfección. Siempre como el chico con más agallas que cerebro. Si no me lo tomaba en serio ni lo consideraba una persona compleja, no tendría que responder a las difíciles preguntas sobre lo que sentía y lo que debía hacer al respecto. Sobre lo que ocurre cuando la fiestera y el chico malo maduran.

Ahora Evan me ha arrebatado esa posibilidad, ha tomado la dura decisión por los dos. Pero yo no estaba preparada. Se me ha agotado el tiempo y aquí estoy, sentada y sola.

¿Por qué me habrá hecho esto? Conseguir que me encariñase de nuevo, poner a prueba todos los límites y derribar todos los muros para luego irse.

Duele, maldita sea.

Más de lo que imaginaba.

No dejo de pensar en qué habría pasado si... ¿Y si...? ¿Y si no hubiera sido tan cabezona al principio? ¿Y si no le hubiera puesto tantas trabas a nuestra relación? Si hubiera sido más tolerante, ¿habríamos arreglado ya lo nuestro?

Ni idea.

Nada de eso me ayuda a conciliar el sueño. Son más de la una de la mañana y todavía miro al techo. Entonces, me sobresalto al oír un ruido.

Al principio no sé bien qué es. ¿Un coche que pasa con la radio puesta? ¿Los vecinos? Por un brevísimo instante, se me acelera el pulso al imaginarme a Evan trepando.

De pronto, algo impacta contra la ventana de mi habitación.

Un sonido fuerte y agudo. Por un segundo me quedo paralizada. Enciendo la lámpara de la mesita y corro a la ventana. Un líquido espumoso baja por el cristal y hay esquirlas de cristal marrones en el alféizar. Parece una botella de cerveza.

—¡Tú! ¡Zorra de mierda!

Abajo, Rusty Randall se incorpora como puede en mi jardín. Apenas se lo distingue, pues se halla en el extremo más alejado de la luz de la farola. Se tambalea, y, salvo alguna que otra palabra, casi no se entienden los gritos que pega.

—La zorra de mi ex... —Y gruñe algo como «no me deja ver a mis putos hijos» y «mi propia casa».

El móvil se ilumina en la cama y corro como una loca a por él.

Kayla: Sé que es tarde, pero tenía que avisarte. Rusty ha estado aquí. Está borracho y enfadado. Aléjate de él si lo ves.

La casa de Kayla está justo al final de la calle. Un paseo rápido en su agresivo recorrido. Una parada más en su quejumbrosa caminata a medianoche. Precisamente esta noche no estoy de humor para aguantar su cólera.

Por suerte, no es necesario.

—¿Y ese ruido? —Craig irrumpe en mi cuarto mientras se quita las legañas y se planta a mi lado, frente a la ventana—. ¿Es el que te detuvo?

—¡Es culpa tuya! —grita Randall de nuevo—. ¡Pedazo de zorra!

Craig y yo nos volvemos al oír que las escaleras crujen y acto seguido se abre la puerta. Los focos del porche delantero se encienden e iluminan a Randall, en el jardín. Al momento, nuestro padre, en pantalón corto y camiseta, sale armado con una escopeta de corredera.

—Hostia, está cabreado —musita Craig.

Y no es el único. Se oyen más pasos que bajan las escaleras y salen por la puerta. Billy, Shane y Jay se plantan detrás de nuestro padre. Jay, de metro noventa y cinco, lleva un bate de béisbol al hombro. Ni siquiera sabía que él y Shane estaban aquí esta noche. Kellan habrá vuelto a echarlos para llevarse a una tía a casa.

Randall, como una cuba, gruñe a papá. No los oigo bien, pero con sus gestos me basta y me sobra.

—Me importa un comino tu placa —espeta papá, que alza la voz—. Largo de mi propiedad.

Como Randall no se mueve lo bastante rápido, papá carga la escopeta para enfatizar su petición.

Eso hace que Randall recule y vuelva a su coche gruñendo. La Asociación Tú Sigue, Que Te Enterarás permanece invicta.

Craig y yo salimos al porche a tiempo de ver pasar las luces traseras de su coche.

—El tío ese está zumbado —dice Jay, que entra pavoneándose como si hubiera ahuyentado al Ejército británico él solo con su bate de béisbol.

—Tendrías que haberle metido un tiro en el culo —añade Shane entre risas mientras papá entra y pone la escopeta a buen recaudo.

—Está conduciendo bebido —suelta Craig—. Habría que avisar al *sheriff.*

—Ahora lo llamo —asegura papá. Me mira y añade—: ¿Estás bien, peque?

—Sí, tranqui. —Enciendo las luces del salón y nos reunimos todos en los sofás.

—Lo hemos visto todo desde arriba —cuenta Craig con una sonrisa bobalicona de oreja a oreja—. Estaba convencido de que le dispararías.

Papá se recuesta en el respaldo de su sillón reclinable y hace una mueca.

Lucho contra el arrebato de furia teñida de culpa que siento y digo:

—Lo lamento mucho, papá. No tenía ni idea de que se presentaría aquí. Kayla me ha escrito cuando ya estaba aquí para decirme que también se había pasado por su casa. Supongo que no lo ha dejado entrar.

—Ajá. —Al poco se sienta en el enorme sillón de cuero—. Creo que me quedaré aquí un ratito. Y así me aseguro de que al majadero no se le ocurra ninguna estúpida idea.

—¿Qué le pasa al tío ese? —Craig nos mira a todos en busca de respuestas—. A ver, algo habrá pasado, ¿no?

Billy y yo nos miramos a los ojos.

Ya fue bastante malo tener esta conversación con mi padre. Ni de coña repetiré la experiencia con el benjamín.

—Va, zoquetes, a la cama —les pide papá a los chicos.

—Yo ya no tengo sueño. —Shane se pone a dar botes en la punta del sofá—. Estoy a tope. Yo también me quedo. Me sentaré en el porche delantero escopeta en mano por si vuelve.

Jay pone los ojos en blanco y me hace un gesto con la cabeza en señal de comprensión.

—Vamos.

—Sí, hombre. —Craig resopla al ver que lo echan—. Nunca me entero de lo bueno. ¿Gen?

Me mira en busca de apoyo o permiso, pero me encojo de hombros y respondo:

—Te lo contaré cuando seas mayor.

Enseña el dedo corazón y se queja:

—No moláis.

Jay tira a Craig del brazo y presiona a los demás. Empuja a Billy y Shane para que suban las escaleras mientras murmura:

—A la cama, niños.

Lo que le granjea más dedos del medio levantados y un «que te den» de Billy.

Me quedo con papá y lo observo con cuidado. En su honor, cabe destacar que ha sido extremadamente amable para tener a un desquiciado gritando obscenidades a su hija y arrojando botellas a su casa. Aunque sus puños apretados y sus nudillos blancos me indican que le gustaría volver a por la escopeta, se limita a carraspear en tono amenazante y a coger el móvil.

—Voy a hablar con el *sheriff*. —Se levanta del sillón y me besa en la coronilla—. Vete a la cama, peque. Yo me encargo.

A veces, una chica necesita a su padre. Y, dentro de lo que cabe, el mío mola bastante.

CAPÍTULO 31

EVAN

Sueño con ella. Me sumo en un duermevela tras intentar abrir los ojos un par de veces y volver a cerrarlos con fuerza por el sol que me da en la cara. Es más un recuerdo borroso de algo que nunca ocurrió que un sueño; se esfuma antes de que sea consciente de lo que pasa. Pero estamos juntos, y, cuando al fin mi cerebro me despierta de sopetón, recuerdo que dormir no me aliviará. La he dejado escapar. Y solo me quedan los sueños.

Me giro a por el móvil, en la mesita, para ver qué hora es. La pantalla está llena de mensajes de Gen. Me cuesta un poco enterarme, ya que no entiendo lo que leo porque lo estoy viendo en orden inverso. Solo aparecen los mensajes más recientes, así que deslizo un dedo hacia abajo para leerlos en el orden correcto.

Gen: Randall vino a mi casa anoche.

Gen: Se puso a gritar en el jardín delantero.

Gen: Arrojó una botella de cerveza a mi ventana.

El último mensaje me espabila de golpe.

Gen: Mi padre lo ahuyentó con una escopeta.

Gen: Porfa, tenemos que hablar.

Me levanto y me pongo los primeros pantalones cortos que pillo.

Gen: No te lo pediría si no fuera importante.

Gen: Las cosas han cambiado. Quedamos en nuestro rincón en cuanto recibas esto. Me debes eso al menos.

Ya me arrepiento de cómo me porté ayer con ella, y más si pienso lo que ha tenido que aguantar. Podría haber actuado mejor. Con tacto. Ahora parece que le da miedo que pase de ella, y es justo lo que no he querido nunca. Distancia, exacto. La suficiente para que nos hagamos a la idea de lo que es vivir sin el otro. Para que ella siga con su vida sin que yo me inmiscuya. Pero que me suplique que la ayude cuando tiene problemas es una sensación horrible.

Al poco, salgo por la puerta y enfilo el camino de entrada con la moto. Cuando llego al estrecho sendero que atraviesa el bosque y conduce a la playa secreta, Gen ya está ahí. Lleva unos pantalones cortados y una camiseta roja holgada. Sobre una manta, contempla las olas de la pleamar.

—Hola —digo para anunciar mi presencia. Me acerco y le pregunto—: ¿Estás bien? ¿Qué ha pasado?

No se levanta, sino que me invita a sentarme.

—Estoy bien. Menos mal que no había adoquines sueltos por ahí o habríamos tenido que llamarte para que vinieras a instalarnos ventanas nuevas.

—Lo digo en serio. —Examino su rostro, pero se la ve bien. Solo algo cansada—. Por tus mensajes parecía…

—Ya. —Agacha la cabeza—. Perdona. No quería asustarte.

—Tranquila. —Como no me mira, me encorvo para que crucemos la mirada—. Hablo en serio. No pasa nada. ¿Me necesitas? Aquí estoy. No te preocupes.

Al momento, se le relajan los hombros. Dibuja en la arena sin pensar mientras me explica qué ocurrió exactamente anoche. Que el loco apareció en su patio despotricando y que Ronan West se enfrentó a él en plan Harry el Sucio.

—Y luego mi padre llamó al *sheriff* y le dijo que fuera a comisaría. Me han llevado allí al amanecer para rellenar una solicitud de orden de alejamiento. Hemos estado un rato redactando un informe policial formal mientras esperábamos a que el *sheriff* Nixon trajera a Randall. Lo han detenido por conducir borracho y lo han suspendido. —Un brillo reivindicativo ilumina su rostro—. Tienen que llevar a cabo toda una investigación interna, pero mi padre cree que lo echarán.

—Qué bien. —Ya era hora. Entiendo por qué no se procedió así desde el principio, pero al menos por fin castigará al tío ese. Con suerte, así Gen vivirá tranquila—. Eres consciente de que tú no tienes la culpa de sus problemas, ¿no?

Me mira de reojo con sarcasmo y asegura:

—Sí.

—¿Te sientes mejor?

—Si así no se me acerca más, sí. Estoy harta de pensar en él, en serio.

—Te ha robado más tiempo del que merece.

—Totalmente.

Me alegra que me lo haya contado y me alivia que esté bien. Si hubiera escuchado rumores, me habría pasado por casa de Randall y nadie habría conseguido que entrase en razón. En cualquier caso, Gen se merece un golpe de suerte. Hace más de un año que arrastra este tema.

Por más que quiera, no sé cómo consolarla ni hacerle compañía. Cuanto más tiempo permanecemos aquí sentados, menos sé qué decir o qué hacer. Básicamente, corté con ella anoche, así que no creo que quiera que me quede más de lo necesario.

—Vale, pues me voy ya. —Me pongo de pie—. Te dejo tranquila.

Se levanta como un resorte y dice:

—No he acabado. No te he pedido que vinieras para contarte solo lo de Randall.

Noto una opresión en el pecho. No sé si aguantaré otra ronda de nosotros hoy. La de anoche fue brutal. Ni siquiera tengo claro cómo salí de allí sin venirme abajo. Si tuviéramos que repetir toda la discusión, no sé si mi determinación sería tan firme. Nunca se me ha dado bien decirle que no.

—He parado a tomar un café con Harrison de camino.

Ya está. Es eso.

Reprimo la risa histérica que me burbujea en la garganta. ¿De verdad creía que vendría aquí a pedirme que volvamos cuando ayer prácticamente la arrojé a los brazos de otro hombre? Idiota. Gen tiene la vida resuelta. No necesita que un cazurro como yo se la complique. Pero, en realidad, esto es bueno. Trunca las esperanzas y las ridículas ilusiones que albergaba.

—Es un tío legal —aseguro.

—Sí.

—Y un tonto. —Vale, no he podido evitarlo—. Pero es majo, educado. Seguro que hace la colada siguiendo las instrucciones a rajatabla, por lo que no tendrás que preocuparte de que te encoja la ropa.

Gen esboza una sonrisilla y se muerde el labio mientras se vuelve hacia mí.

—A veces dices unas cosas...

—Pero los hijos os saldrán bajitos. Y su cabeza tiene una forma rara. A lo mejor es hereditario. Yo de ti los apuntaría a kárate o algo así. Los enseñaría a boxear. Con un cráneo así, tendrán que aprender a defenderse.

Exasperada, niega con la cabeza y exclama:

—¿Quieres parar ya? —Pero sonríe—. He cortado con él.

Nos miramos a los ojos.

—¿Por qué harías eso?

—Porque... —Su sonrisa es tan contagiosa que no puedo evitar imitarla— le he dicho que estoy enamorada de Evan Hartley.

Noto el pulso en la cara. Sin embargo, no sé cómo, me las apaño para aparentar serenidad.

—Qué curioso, conozco a ese tipo.

—Ajá. —Le brillan los ojos de una forma tan rara que casi me asusta—. Me ha costado un poco admitirlo, pero resulta que llevo enamorada de él desde hace mucho.

Por un lado me gustaría cargármela al hombro y no pensar en las consecuencias, pero estamos aquí por un motivo.

—¿Y qué pasa con la coca de Trina? Pasaste una noche en el calabozo por mi culpa —le recuerdo—. Si no hubiera sido Randall el que te detuvo o tu padre no fuera amigo del *sheriff*, a lo mejor no te habrías ido de rositas con tanta facilidad.

—No, mira. —Alza un dedo—. Discrepo.

A veces es monísima.

—¿En serio?

—Sí. —Asiente con brío—. Ya te lo dije: me alegro de haber quedado con Trina. Me dijiste que necesitaba comprobar que podía salir y pasármelo bien sin desmadrarme. Y así fue. Esa noche me demostré un montón de cosas. Como ya te dije, el final de la noche no fue culpa tuya.

Cuando me nota en la cara que no estoy nada convencido, insiste.

—Podemos comportarnos como críos, y culparnos el uno al otro por todo lo que nos ocurrió en el pasado. No ganaríamos nada. Sería una pérdida de tiempo.

—Hablas con sensatez, y eso me preocupa —digo mientras me aguanto las ganas de sonreír.

—He tenido que convencerme de que de verdad había cambiado. Para mí, esa noche demuestra que lo he conseguido. Y ha sido contigo en mi vida. ¿Y sabes qué más? Tú también has cambiado. Desde que te conozco, casi siempre te has mostrado resentido. Te enfrentabas al mundo de mil formas distintas, siempre listo para asestarle un puñetazo antes de que te lo propinara él a ti. Ya no veo eso. Te guste o no, Evan, te has ablandado con los años.

—Joder... —Me agarro el pecho—. Directa al corazón, Fred.

Se encoge de hombros y dice:

—Se llama madurar. Supéralo.

No sé de dónde sale esta nueva energía, pero no me disgusta. Gen está viva, feliz. Irradia la chispa y el ímpetu que tenía antes. Da la impresión de que podría transformar la arena en cristal con un pestañeo.

—Hemos crecido como pareja —prosigue—. Pero confío en que crezcamos un poco más.

Siento que llevo los ojos vendados, como si Gen me guiase en la oscuridad y yo la siguiese, un tanto aterrado y expectante. Trama algo. Algo terrible a la par que emocionante. Me recuerda cuando la vi coger carrerilla para saltar del embarcadero, pero esta vez me arrastra con ella.

—Llevo aquí un rato, pensando... —Se acerca y me planta las manos en el pecho. Tiemblo bajo su roce. Ambos sabemos cómo me afecta que me toque—. Creo que deberías casarte conmigo.

Con la boca seca, exclamo:

—¿En serio?

—Y tener un montón de críos.

—¿Un montón? —No siento los dedos. El rumor de las olas resuena con fuerza en mis oídos y no quepo en mí de gozo; un gozo puro y genuino.

—Yo dirigiré el hotel de Mackenzie y tú puedes quedarte en casa criando a nuestros siete hijos.

Calla un segundo y me mira por entre sus tupidas pestañas. Me tiende una piruleta roja.

—Si quieres —añade con picardía, aunque su semblante rezuma una sinceridad absoluta—, esta es mi forma de pedírtelo.

Ni siquiera sé si sigo en pie. Pero tampoco soy imbécil.

—Sí, quiero.

Me tira de la camiseta y me besa en los labios. Todavía permanezco medio aturdido unos instantes, hasta que el cerebro se me reinicia y la abrazo y la beso con pasión. A esta loca e increíble mujer que no tiene ni idea de lo que le espera.

—Te hartarás de lo mucho que voy a quererte —le digo mientras le aparto el pelo de los hombros—. Me aborrecerás.

—Ya veremos. —Ladea la cabeza y me sonríe. Y trata de besarme otra vez.

—Eh. —La detengo—. Me encanta el plan, no me malinterpretes. Nos ceñiremos a lo que tuvieras pensado. Pero ¿y...? —Jo, no sé cómo decirlo—. ¿Y tu padre? ¿Y tus hermanos? Fijo que hay un hoyo enorme por ahí reservado para mí.

—¿Y tu hermano? —replica—. ¿Qué más da? Cambiarán de opinión o no. Tú eres lo que quiero. Lo único que he deseado en toda mi vida. A estas alturas, creo que tengo cierto derecho a reclamarte.

—Bueno, tengo el presentimiento de que Cooper entrará en razón más pronto que tarde.

Por primera vez en mi vida, me imagino un futuro más allá de a unos días vista. Una familia y una sensación de seguridad. De permanencia. Gen y yo, felizmente casados. Vislumbro lo que es amanecer con alguien con la certeza de que no se escabullirá corriendo con los zapatos en una mano.

—Pero ¿en serio lo haremos? —pregunto con brusquedad—. Porque, si crees que tenías que venirme con una propuesta solemne para volver conmigo, bastaba con que me enseñaras las tetas. Habría sucumbido al instante. Sin duda. —Me muerdo el interior de una mejilla y añado—: No quiero que pienses que tenemos que casarnos para demostrar que lo nuestro es sincero.

Esboza una sonrisa arrogante y asegura:

—Sé perfectamente que te tengo sometido desde primero de secundaria.

—¿Ves? —Sin dejar de abrazarla, le meto las manos en los bolsillos traseros para agarrarla del culo—. Crees que me has insultado, pero no me afecta lo más mínimo. Mi masculinidad sigue intacta. Te seguiría adonde fuera.

Esta vez, cuando hace amago de besarme, se lo permito. Cuando me muerde el labio, me vuelve loco. Para entonces ya he perdido todo el control. La aúpo por los muslos y hago que me rodee las caderas con las piernas sin dejar de besarnos.

¿Cómo había creído que podría vivir sin esto? Sin acariciar su piel. Sin saborearla en mis labios. Sin que el corazón me vaya tan deprisa que casi duela cuando me enreda los dedos en el pelo y tira. Sin *esta mujer*.

Cuando empieza a resollar y funde su lengua con la mía, le meto una mano por debajo de la camiseta y le agarro un pecho. Se arquea y se restriega contra mí. La tengo tan dura que se me saldrá de la bragueta. Me pasa los dientes por la barba incipiente del mentón y me lame el cuello.

—Espera. —Baja las piernas—. Súbete al asiento de atrás de mi coche.

Me quedo mirándola y digo:

—Si pasa un poli, esta vez dormiremos los dos en prisión.

—Quizá. Pero me arriesgaré. —Me besa con ternura en una mejilla—. Habrá que ser una chica mala de vez en cuando, ¿no?

Por mí vale. La aceptaré de todas las formas posibles.

Para siempre.

EPÍLOGO
GENEVIEVE

Mientras busco un mantel de exterior en el armario de la ropa blanca de los gemelos, alguien me abraza por detrás. Doy un respingo. Evan me roza la nuca con los labios. Me mete las manos por debajo de la camiseta y me las sube por las costillas. Me las cuela en el sujetador y me agarra los pechos. Noto su erección en el culo.

—Te deseo —musita.

—No me digas. —Es la cuarta vez en lo que llevamos de tarde que me acorrala en algún rincón de la casa para dejarme claras sus intenciones—. En nada estará lista la cena.

Me baja una mano por el vientre y me la mete en los pantalones cortos.

—Yo quiero comer ya.

Me recorre un escalofrío ardiente. No juega limpio. Desde que anunciamos el compromiso, no nos separamos ni con agua caliente. El nuevo juego favorito de Evan —al cual me he resistido más bien poco— consiste en ver hasta dónde puede seducirme de manera descarada en público sin que yo pida un tiempo muerto.

De momento, ha llegado bastante lejos.

—¿Te he dicho ya que me encantas? —susurra mientras me cuela los dedos en la entrepierna—. Sobre todo esta parte.

—¿Cómo que sobre todo? —Le retiro la mano con rudeza y me vuelvo hacia él con una ceja enarcada.

—Equitativamente. Quería decir de manera equitativa. Me encantan todas tus... —Me mira de arriba abajo—... partes.

—Solo por eso... —Meto una mano bajo la camiseta, desabrocho el sujetador sin tirantes y dejo que caiga al suelo—... cenaré sin sujetador.

—Uy. —Mac dobla la esquina del pasillo. Se detiene y da media vuelta—. Seguid. Como si no estuviera.

Con una sonrisa pilla, Evan recoge mi sujetador y se lo guarda en el bolsillo de atrás.

—Ya me lo quedo yo.

Mira que ha hecho cosas raras, pero esta se lleva la palma.

—¿Por?

—Ya lo verás.

Demasiado pagado de sí mismo, se va con aire despreocupado.

Cuando encuentro el mantel, vuelvo a la cocina. Mac coloca fuentes de comida en una bandeja más grande para llevarla fuera. Le tiro el mantel a Evan y le ordeno que ponga la mesa en el porche.

—¿Cómo va el marcador? —me pregunta Mac.

—Para ser sincera, he perdido la cuenta. —Echo la ensalada de patata en un cuenco enorme y saco las zanahorias asadas del horno.

Esta noche cenaremos al aire libre, estilo bufé. Varios amigos nuestros, junto con Riley y su tía, ya se agolpan fuera. Steph no deja de bromear con que es nuestra cena de compromiso, pero para nada. Es más bien un venazo que le dio a Evan, cuya impulsividad no ha desaparecido del todo.

Se topa conmigo mientras saco cubiertos de un cajón y me dice:

—Voy ganando.

—Insisto... —anuncia Cooper tras plantarse en mitad de la cocina.

—Coop, para. —Mac pone los ojos en blanco mientras coge una bandeja llena de varios tipos de ensaladas.

—No, quiero reiterarlo. Como me entere de que alguien que no soy yo usa mi cama para tener relaciones, prenderé fuego a la suya en el patio de atrás.

—Tío. —Evan se echa a reír y pregunta—: En serio, ¿qué te hace pensar que quiero echar un polvo en tu cuarto? He oído las cochinadas que haces ahí.

Lo que le granjea un manotazo rápido de Mac en un brazo.

—Pues que sepas —dice Cooper mientras Evan coge una tira de pepino de la tabla de cortar y se la mete en la boca— que me he tirado a Mac en esa encimera. Que aproveche.

—Joder. —Evan se estremece—. Ya sé que me confundes con un espejo, pero no compartimos rabo, macho. Ahórrate esos comentarios.

Últimamente, el blanco de la mayoría de las pullas somos nosotros. Una guasa sin mala intención sobre la felicidad de los recién prometidos. Que somos demasiado jóvenes para casarnos y que, antes de que nos demos cuenta, nos habremos cansado del otro y estaremos hasta arriba de pañales. Pero no nos afecta. Como Evan le dijo a Cooper cuando anunciamos el compromiso, sabemos que lo nuestro es para siempre. Siempre lo hemos sabido.

Cuando Mac y Evan se van al porche trasero, dejo las manoplas en la encimera y miro de reojo a Cooper. Este enarca una ceja al darse cuenta.

—¿Qué? —pregunta a la defensiva.

Esbozo la sonrisa más empalagosa del mundo y le recuerdo:

—Hoy no te has disculpado aún.

—Me cago en la leche. ¿En serio me vas a obligar a hacer eso?

—Desde luego.

Hace unos días, Cooper y yo dimos un paseo por la playa y hablamos largo y tendido, que ya tocaba. Y ni siquiera hizo falta que nos presionaran Evan o Mackenzie. Mi futuro cuñado y yo fuimos lo bastante maduros para saber que debíamos limar asperezas. Así que me disculpé por ser una mala influencia para Evan en el pasado, y él me pidió perdón por arremeter contra mí a las puertas de mi lugar de trabajo y decirme que era una persona horrible. Entonces, me ofreció el privilegio de volver a gozar de su amistad, y yo me reí y le informé de que, si quería tener el privilegio de gozar de *mi* amistad, tendría que pedirme perdón todos los días hasta que me casase. Que a saber cuándo será eso. Solo han pasado cuatro días, y me lo estoy pasando en grande.

—Vale. —Cooper exhala con fastidio y recita—: Perdón por mandarte a la mierda y decir que no éramos amigos.

—Gracias, Coop. —Lo despeino y añado—: Lo valoro mucho.

Mac regresa a tiempo de presenciar la conversación. Ríe por lo bajo y comenta:

—Dale cuartelillo, Gen, que ha prometido que a partir de ahora será majo.

Lo medito y le digo a Cooper:

—Vale. Te libero de la obligación de disculparte.

Pone los ojos en blanco y sale a ayudar a su hermano.

—¿Os echo una mano? —Alana se asoma por la puerta corredera, deseosa de ayudar. No es propio de ella. Casi me arranca el cuenco de ensalada de patata de la mano.

La miro y le pregunto:

—¿Qué te pasa que estás tan rara?

A mi lado, Mac echa un vistazo detrás de Alana, al porche.

—Está evitando a Wyatt —me explica. Quien, en este momento, nos fulmina con la mirada.

No sé si reír o suspirar. Mientras que mi vida amorosa por fin se ha encarrilado, la de Alana se complica por momentos.

—¿Qué le has hecho? —pregunto.

—Nada —contesta con el ceño fruncido.

Mac enarca una ceja.

—Vale. —Alana resopla—. Me tatuaré la muñeca izquierda por mi cumple la semana que viene. Y me he diseñado el tatuaje.

Estoy confundida.

—¿Y?

—Que no he pedido a Wyatt que me lo hiciera él.

Ahogo un grito.

—¡Qué fuerte!

Hasta Mac, que solo hace un año que vive en la bahía, entiende lo que supone eso. Wyatt es el mejor dibujante del pueblo. Que te tatúe otra persona es un sacrilegio.

—Tengo derecho a acudir a otro —arguye Alana—. Preferiblemente, alguien que no crea estar enamorado de mí.

—Entonces tampoco puede hacértelo Tate —dice Mac, y las dos nos echamos a reír.

Alana se enfurruña otra vez. Al momento deja la ensalada de patata y espeta:

—¿Sabéis qué os digo? Que ya me he cansado de ayudar. Os odio.

Se marcha con paso airado y nosotras nos partimos la caja. Por la puerta corredera, veo que deja atrás a Wyatt y se va con

Steph y Heidi a la otra punta del porche, donde trata de mimetizarse con la valla.

—Ay, qué red tan enmarañada tejemos —comenta Mac sin dejar de reír.

Vamos fuera a preparar las fuentes. Hay un surtido de bebidas en otra mesa plegable, y, cerca, en el suelo, unas neveras llenas de cerveza. Cooper comprueba cómo está la carne que se asa en la parrilla, y Evan sale con una pila de servilletas y la deja junto a la montaña de cubiertos.

—¿Y Riley? —me pregunta mientras echa un vistazo a su alrededor.

Señalo con la cabeza el patio de abajo. Riley y Tate están en la arena, enfrascados en una animada charla sobre navegación. Liz, la tía de Riley, está a unos metros de distancia, mirando el móvil.

—Me ha confesado que le mola una chica de su clase de Biología —le susurro a Evan mientras señalo a su hermano pequeño de alquiler.

—¿Becky? Ya, lo sé todo de ella.

—¿Becky? No, a mí me ha dicho que se llama Addison. —Se me desencaja la mandíbula—. Ay, madre, que se está volviendo un minidonjuán.

Evan sonríe con orgullo:

—Mejor. Que vaya de flor en flor. Es joven para sentar cabeza.

Suspiro. Estoy a punto de contestar, pero, por el rabillo del ojo, veo moverse algo. Al volverme, aspiro con brusquedad.

—¿Y esto? —pregunto a Evan con los dientes apretados.

Él no pierde la sonrisa.

—¡Harrison! —saluda al ayudante del *sheriff*, ataviado con polo y pantalones caquis, que se acerca al porche por el lateral de la casa de los Hartley—. ¡Qué bien que hayas venido!

¡¿Ha invitado a *Harrison*?! ¿Y lo ha llamado por su nombre en lugar de burlarse de él en plan pasivo agresivo?

—Evan —gruño en voz baja—. ¿Qué has hecho?

—Tranquila, preciosa —susurra—. Considérame el Hada del Amor, que reparte amor por doquier.

¿Qué cojones ha dicho? No he asimilado aún su absurdo comentario y ya baja las escaleras para recibir al recién llegado.

Me repongo y corro tras él, dispuesta a proceder al control de daños. ¿Cuánto hará falta? Ni idea.

Llego a tiempo de ver a Evan darle una palmada a Harrison en un hombro y decir:

—Hace siglos que quiero presentaros.

¿A *quiénes?*

Me quedo atónita cuando veo al loco de mi prometido presentar a Harrison a la tía de Riley. ¿Harrison y la tía Liz? Es... brillante, ahora que lo pienso. Cuando supero la sorpresa inicial pienso que, posiblemente, es el mejor plan de la historia para emparejar a dos personas. Casi me da pena que no se me haya ocurrido a mí antes.

—Liz es la mejor enfermera del mundo —presume Evan—. O eso he oído en los círculos de enfermeras en los que me muevo.

Me aguanto la risa y meto baza.

—Una vez Harrison bajó a un caimán de un tejado solo con las manos —informo a Liz.

Evan flipa.

—¿En serio? Buah, chaval, necesito saber qué pasó...

—Otro día —digo con alegría mientras lo agarro del brazo—. Primero hay que terminar de traer la comida. Si nos disculpáis...

Y, así, dejamos solos a Harrison, ligeramente aturdido, y a Liz, risueña.

—No veas, Hada del Amor —murmuro mientras volvemos a la cocina—. Qué buena idea. Son la pareja perfecta.

Evan asiente con energía y comenta:

—¿A que sí?

Mientras saco los últimos condimentos del frigorífico, llaman al timbre.

—Ya voy yo —dice Evan, y sale pitando.

Dejo los botes de kétchup y mostaza, me seco las manos y voy a ver quién ha llamado.

En el umbral aparece Shelley Hartley. Llevo sin ver a la madre de Evan... Ni idea cuántos años ya. Pero tiene buen aspecto. Se nota que se cuida. Ya no lleva el pelo teñido de rubio, sino castaño oscuro, su color natural. Su piel se ve lozana, y los vaqueros y el top que lleva le tapan las partes importantes.

La última vez que le pregunté a Evan por ella, me dijo que no estaba listo para presentármela. Al parecer, ya sí.

—He preparado tarta. —Le tiende un molde envuelto en papel de plata. Se le borra un poco la sonrisa y dice—: Vale, no, miento. La he comprado en el súper y la he envuelto yo. Pero por algo se empieza, ¿no?

Es evidente que Evan se está aguantado la risa.

—Muy bien, mamá. —Le da un beso en una mejilla y la invita a pasar—. Se agradece.

Cooper está en el salón cuando entra. Se ofrece a llevar la tarta. Aunque no sonríe exactamente ni besa a su madre, asiente con la cabeza.

—Gracias —dice, hosco—. Es todo un detalle.

Por el alivio que muestra su semblante, es más de lo que Shelley esperaba.

—Mamá. ¿Te acuerdas de Genevieve? —Evan me anima a que me acerque.

—Pues claro. Madre mía, qué guapa estás. —Me estrecha con fuerza—. Evan me ha dicho que os vais a casar. Me alegro mucho por los dos —dice con entusiasmo mientras me aparta sin soltarme. Mira a su hijo con una curiosa sonrisa de petulancia—. ¿Ves, cielo? ¿Qué te dije yo? Mis predicciones amorosas siempre se cumplen. —Se vuelve hacia mí y agrega—: Siempre he pensado que hacíais muy buena pareja. Incluso de niños. Decía: «Si este chico sabe lo que le conviene, se casará con ella algún día».

Me deja sin habla.

—Qué bonito.

—Buah, vuestros hijos —exclama con los ojos como platos—. Qué guapos serán. Me muero.

Shelley ya piensa en llevar a sus nietos al parque y aún ni hay fecha para la boda. No lo estamos postergando, pero, con la inauguración de El Faro a la vuelta de la esquina, planificar es un horror.

De todas formas, creo que mi padre sigue en fase de negación. Está un poco mosqueado porque le he pedido matrimonio a Evan sin consultárselo antes, y muy asustado de que su única hija ya no tenga cinco años. Bastante le duele al pobre que

283

Craig se mude a la universidad la semana que viene. Billy y Jay insisten en que superará el duelo a tiempo para la ceremonia de la boda. Bueno, si Evan sobrevive a las novatadas que Shane y Kellan han prometido hacerle hasta que se rinda o se esconda. Pero confío en que Evan sabrá defenderse. De un modo u otro, uniremos nuestras familias. A patadas y gritos si hace falta. Y que sea lo que Dios quiera.

Tras los saludos de rigor, salimos todos a llenarnos los platos. Es una reunión superinformal. Harrison y Liz han hecho buenas migas. Están tan entretenidos charlando y sonriendo que ni comen. Heidi y otros se han ido a la valla a comer de pie. Riley engulle perritos calientes y ensalada de col en las escaleras del porche.

Mientras tanto, los gemelos están sentados a la mesa, conmigo y con Mac a su lado, y su madre enfrente. Evan me aprieta una mano bajo la mesa. Estos últimos días ha estado nervioso. Tenso. No entendía por qué, pero, ahora que veo su mirada de regocijo, me doy cuenta de que es un momento importante para él. Ya era hora de que Shelley y sus chicos se sentasen a la mesa juntos. Pese a los diferentes caminos que nos han traído aquí —y gracias a ellos también—, a todos se nos ha brindado una segunda oportunidad.

Sopla una brisa fresca por el porche que mueve las servilletas. La bahía cambia de estación; el verano está a punto de llegar a su fin. Se me erizan los vellos de los brazos y un ligero escalofrío me recorre la espalda. Entonces reparo en que noto aire bajo la camiseta. Cuando miro a Evan y veo que sonríe ufano, recuerdo que voy sin sujetador. La primera vez que ceno con su madre. Y se me han puesto los pezones de punta.

Evan dibuja un tic en el aire.

Me lo he buscado.

—Conque así será, ¿eh? —gruño por lo bajo.

Se lleva mi mano a los labios y me besa en los nudillos.

—Siempre.

AGRADECIMIENTOS

Hay historias que cuesta más escribir que otras, y hay algunas con las que te lo pasas pipa mientras las plasmas en papel. Esta novela pertenece al último grupo: he disfrutado hasta el último segundo al escribir *Mala fama* y dar vida a Genevieve y a Evan. Su historia trata temas como la redención, el perdón, las segundas oportunidades y los problemas que entraña desligarse del pasado e intentar ser una versión más sana y mejorada de uno mismo. Muchas gracias a todos los que me han ayudado a conformar el mundo de Avalon Bay y han hecho posible que tengas este libro entre las manos.

A mi editora, Eileen Rothschild, y al fabuloso equipo de SMP: Lisa Bonvissuto, Christa Desir, Beatrice Jason, Alyssa Gammello y Jonathan Bush, quien, además, ha hecho otra portada increíble para la edición en inglés.

A Kimberly Bower, una agente extraordinaria, igual de enganchada a *Felicity*.

A Ann-Marie y Lori, de Get Red PR, por ayudarme a publicitar este libro y la serie de Avalon Bay.

A todos los lectores, reseñadores, blogueros, usuarios de Instagram, Twitter o BookTok, y a todos los que han apoyado mis obras. No podría dedicarme a esto sin vosotros. Os estoy eternamente agradecida.

Y a las que antaño fuisteis chicas malas, sabed que siempre gozaréis de una segunda oportunidad y podréis empezar de cero.

Sigue a Wonderbooks
en www.wonderbooks.es
en nuestras redes sociales
y suscríbete a nuestra *newsletter*.

Acerca tu teléfono móvil a los códigos QR
y empieza a disfrutar de información anti-
cipada sobre nuestras novedades y conte-
nidos y ofertas exclusivas.